KATHARINA SCHÖDE

Bei Liebeskummer hilft Magie

Grand Hotel Wunder

Mit Illustrationen von Marco Guadalupi

KARIBU

INHALT

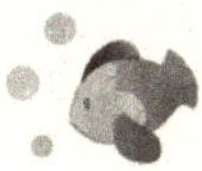

1

Geisterturnierparty

»Hey, wach auf! Ich hab-*hicks* eine Überraschung!«

Lorie schwebte zu Mias Bett hinunter und hauchte sie mit ihrem eisigen Atem an. Verschlafen und fröstelnd öffnete Mia die Augen. Sie war es gewohnt, dass das kleine Gespenstermädchen sie nachts in ihrem Zimmer besuchte – aber eigentlich hatte Lorie versprochen, Mia nur im absoluten Notfall zu wecken.

»Is was passiert?«, murmelte Mia schlaftrunken und versuchte, die Kälte abzuschütteln, die Lorie mitbrachte.

»Nein, also doch, aber n-*hicks* Schlimmes«, antwortete Lorie. Es war nichts Neues, dass sie an ständigem Schluckauf litt. Aber Mia bemerkte, dass ihre Geisterfreundin gar nicht so traurig und niedergeschlagen klang wie sonst – und das machte sie neugierig.

»Was denn dann?«

»Du wirs-*hicks* staunen.«

»Lorie, jetzt sag schon!«, flehte Mia im Flüsterton. Sie

wollte ja nicht, dass ihre Mutter etwas von dem nächtlichen Besuch mitbekam.

»Es wird etwas ganz Besond-*hicks*-eres geschehen, und ihr seid alle einge-*hicks*-laden.«

»Eingeladen? Wozu???«

Diese Geheimnistuerei machte sie total hibbelig! An Weiterschlafen war nicht mehr zu denken. Also setzte sie sich auf und zog sich trotz der warmen Sommernacht die Decke bis zum Hals.

»Lorie! Jetzt sag schon!!!«

Doch Lorie ließ sie zappeln. Sie schwebte ans Fußende des Bettes und zog ganz langsam etwas aus ihrem silbrig glitzernden Umhang. Es war so dunkel, dass Mia nicht erkennen konnte, um was es sich handelte. Also schaltete sie die Lichterkette über ihrem Bett ein. Nun sah sie, dass Lorie drei alte Papierrollen in der Hand hielt. Sie sahen aus wie antike Schriftstücke, zusammengehalten mit einem grünen Seidenband und verschlossen durch ein goldenes Siegel mit dem Frosch-Wappen des Hotels.

»WAS IST DAS?«, fragte Mia lauter. Langsam wurde sie wirklich ungeduldig.

»Pssst!«, mahnte Lorie. »Es ist total-*hicks* geheim.«

Mia schnaubte. »Lorelei, wenn du mir nicht sofort sagst, was das ist, dann …«

»Was-*hicks* dann?«, schniefte Lorie und ließ den Kopf hängen. »Dann bin ich n-*hicks* mehr deine Freundin?«

O nein! Mia hatte vergessen, wie empfindlich das Gespenstermädchen war. Als sie sah, wie Lorie die Tränen die Wangen herunterliefen, bereute sie sofort, dass sie so heftig gewesen war. Sie war noch immer nicht dahintergekommen, was der Auslöser für Lories anhaltende Traurigkeit war, aber es tat ihr sehr leid, und sie hoffte, irgendwann einen Weg zu finden, sie davon zu befreien.

»Nein, nein, Lorie, entschuldige, so war das doch nicht gemeint. Natürlich bist du meine Freundin. Bitte, hör auf zu weinen. Ich bin doch nur so neugierig.«

Es war manchmal echt mühsam, mit übernatürlichen Wesen wie Lorie in Verbindung zu stehen. Doch natürlich auch ziemlich aufregend.

»Aber wenn du mich schon weckst, könntest du mir vielleicht auch sagen, was das ist? Sieht superspannend aus. Darf ich es bitte, bitte anschauen?«

Lorie seufzte theatralisch und hatte endlich ein Einsehen. Sie ließ eine der Schriftrollen zu Mia hinüberschweben. Mia schnappte danach und betrachtete ihren Fang. »Wow!«

In geschwungener Schrift stand ihr Name auf der Papierrolle:

An Mia Agathe Wunder
Wohnhaft im Grand Hotel Wunder
am Blankensee,
6. Etage, unter dem Dach

»Was ist das?«

»Für dich. Mach es do-*hicks* auf«, schluchzte Lorie und wischte sich mit dem Handrücken die Tränen von der Wange.

Behutsam löste Mia das Siegel, rollte das Schriftstück aus und las:

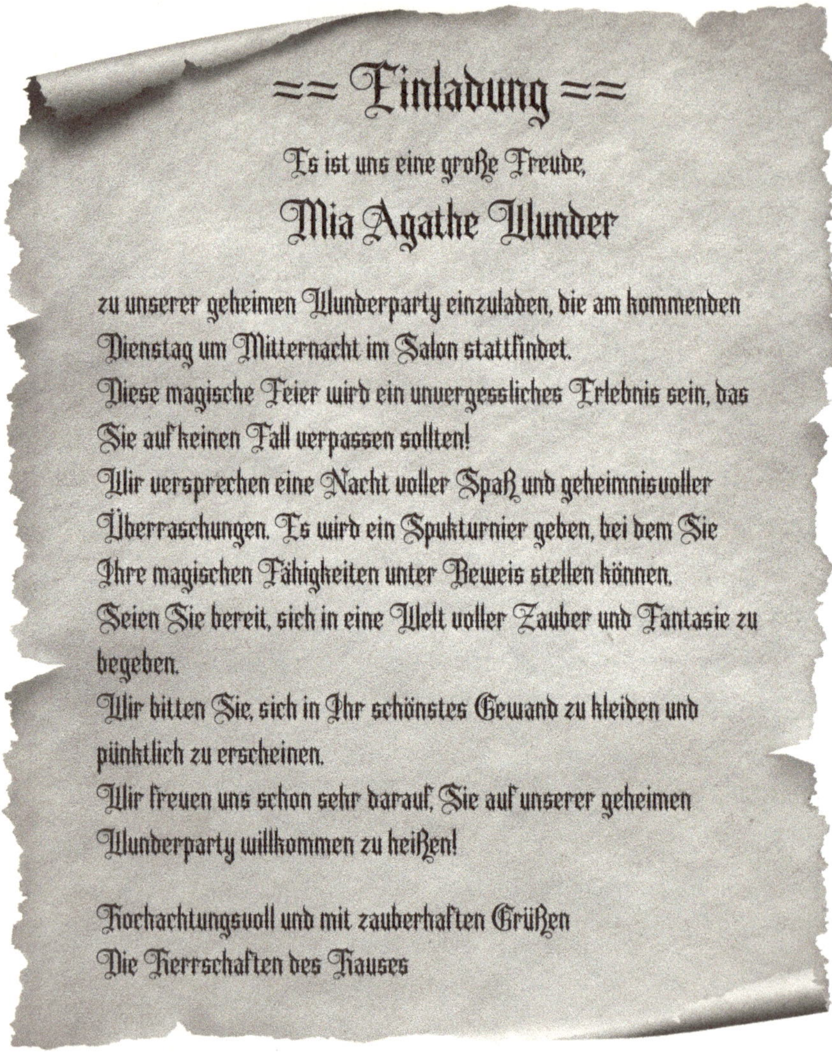

== Einladung ==

Es ist uns eine große Freude,

Mia Agathe Wunder

zu unserer geheimen Wunderparty einzuladen, die am kommenden Dienstag um Mitternacht im Salon stattfindet.
Diese magische Feier wird ein unvergessliches Erlebnis sein, das Sie auf keinen Fall verpassen sollten!
Wir versprechen eine Nacht voller Spaß und geheimnisvoller Überraschungen. Es wird ein Spukturnier geben, bei dem Sie Ihre magischen Fähigkeiten unter Beweis stellen können.
Seien Sie bereit, sich in eine Welt voller Zauber und Fantasie zu begeben.
Wir bitten Sie, sich in Ihr schönstes Gewand zu kleiden und pünktlich zu erscheinen.
Wir freuen uns schon sehr darauf, Sie auf unserer geheimen Wunderparty willkommen zu heißen!

Hochachtungsvoll und mit zauberhaften Grüßen
Die Herrschaften des Hauses

Bei den »Herrschaften« handelte es sich um die Gemeinschaft der Geister und Geisterinnen des Grand Hotels. Die meisten von ihnen hatte Mia bereits kennengelernt, trotzdem war sie sehr erstaunt über ihre Einladung.

»Eine Geisterparty? Hier im Hotel? Weiß Lady Lou davon?«

Sie konnte sich beim besten Willen nicht vorstellen, dass ihre Großmutter, die rigorose Hoteldirektorin, einer solchen übernatürlichen Feierlichkeit zugestimmt hatte. Denn es war das oberste Gesetz des Hauses, dass die lebendigen Gäste nichts von den Geistern im Hotel mitbekommen durften. Und eine solche Wunderparty würde sicher nicht lautlos vonstattengehen, erst recht nicht, wenn dort auch noch ein Spukturnier veranstaltet wurde.

Mia runzelte die Stirn.

Doch Lorie beruhigte sie.

»Lady Lou hat es selb-*hicks* erlaubt. Dienstag Nacht sind keine Gäste im *Hicks*-otel, weil doch die Wasserleitung repariert wird. Also ha-*hicks* die Chefin ausnahmsweise erlaubt, ein Spuk-*hicks*-ball-Turnier zu veranstalten. Weil, deine Großmutter weiß schließlich, dass sie die Herrschaften bei Laune *hicks*-halten muss.«

»Superkrass«, war alles, was Mia dazu einfiel. Sie wohnte nun schon einige Monate mit ihrer Mutter im Grand Hotel Wunder, aber es gab immer noch Überraschungen.

»Sind Paulina und Charlie auch eingeladen?«, fragte sie Lorie. Denn ohne ihre beiden Freundinnen ging gar nichts.

»Ja, klaro, was denk-*hicks* denn du? Ihr drei gehört doch zusammen«, sagte Lorie mit gewohnt trauriger Stimme. Dann ließ sie die übrigen zwei Schriftrollen so schnell zu Mia hinübersausen, dass sie ihr gegen den Kopf knallten und auf ihre Bettdecke fielen.

»Aua!«

»'tschuld-*hicks*-gung!«, jammerte das Gespenstermädchen und drohte schon wieder in Tränen auszubrechen.

Mia betrachtete die Schriftstücke. Tatsächlich, es standen die Namen ihrer Freundinnen darauf:

Mia freute sich sehr auf das anstehende Geister-Event. Im Grand Hotel hatte sie das erste Mal im Leben echte Freundinnen gefunden – und damit war nicht nur das Gespenstermädchen Lorie gemeint. Paulina war immer gut gelaunt und voller genialer Ideen. Und Mias Cousine Charlie war nicht nur eine Sportskanone, sie war auch unglaublich mutig. Zusammen hatten sie die Geheimagentur Wunder gegründet. Ihr Tarnname lautete *Chicas*, das war Spanisch für »Mädchen«. Die *Chicas* waren eine Geheimbande, die sich mit der Erforschung aller mystischen und übernatürlichen Wesen, Ereignisse, Orte und Gegenstände rund um das Hotel befasste. Als Geheimagentinnen hatten die drei bereits unglaubliche Mysterien ans Licht gebracht und es sogar geschafft, einen echten Fluch aufzulösen. Dabei hatten sie Bekanntschaft mit den Geistern des Hauses gemacht und mit einigen von ihnen sogar erfolgreich zusammengearbeitet. Dass sie nun auf eine echte Gespensterparty eingeladen wurden, war also nur konsequent.

Trotzdem war Mia unglaublich aufgeregt. Denn dass es sich um eine übernatürliche und absolut magische Veranstaltung handelte, daran bestand kein Zweifel.

»*Fantastico*, aber was zieht man an zu einer Geisterparty?«, wollte Paulina von Mia wissen, als sie sich am nächsten Tag in ihrem Hauptquartier, dem vollgerümpelten Dachboden, trafen.

»Keine Ahnung, da steht: Wir bitten Sie, sich in Ihr schönstes Gewand zu kleiden ...«

»Ich zieh ganz sicher nichts Vornehmes an«, erklärte Charlie, die in zerrissenen Jeans auf einer staubigen Kiste hockte. »Ich hab auch gar kein *Gewand.*«

»*Gewand* heißt einfach nur Kleid«, erklärte Mia.

»Kleid hab ich auch nicht«, antwortete ihre Cousine entschieden.

»*Chicas*, ich glaube, die meinen nur, dass wir etwas besonders Schönes anziehen sollen, weil es eine besondere *fiesta* ist«, versuchte Paulina, zwischen den beiden zu schlichten, und damit waren alle einverstanden.

Die Mädchen konnten es kaum erwarten herauszufinden, was sie auf der *geheimen Wunderparty* erwartete.

»Auf jeden Fall ist diese Spuk-Sause eine erstklassige Gelegenheit, die Spukenden des Hauses besser kennenzulernen und ihnen das ein oder andere Geheimnis zu entlocken«, erklärte Charlie – und da waren Mia und Paulina ganz ihrer Meinung.

Als Mia abends vor ihrem Kleiderschrank stand und überlegte, was wohl ihr schönstes Gewand sei, beschäftigte sie noch etwas anderes.

Es wird ein Spukturnier geben, bei dem Sie Ihre magischen Fähigkeiten unter Beweis stellen können, stand in der Einladung.

Doch die *Chicas* konnten weder spuken noch zaubern. Trotzdem war Mia aufgefallen, dass zumindest sie selbst eine besondere Fähigkeit besaß. Sie hatte es schon während ihres letzten magischen Abenteuers bemerkt. Die Geister, die ihren Freundinnen und ihr begegnet waren, konnten sich mit einem Fingerschnipsen sichtbar und unsichtbar machen. Aber Mia konnte die Geister auch sehen und hören, wenn sie vor anderen Menschen verborgen waren. Ihre Großmutter Lady Lou nannte diese Fähigkeit eine Gabe. Und sie schien mehr darüber zu wissen, genauso wie Mias Mutter Marlen. Aber bisher hatte keine von ihnen so wirklich mit der Sprache herausgerückt, was es damit auf sich hatte.

Das Thema beunruhigte Mia, seit sie mit angehört hatte, wie sich ihre Mutter und Lady Lou einmal darüber unterhalten hatten. Mia war es so vorgekommen, als würden sich die beiden deshalb Sorgen um sie machen.

Sie verstand nicht, was diese Geheimnistuerei sollte. Warum erklärte ihr niemand, was genau es bedeutete, diese Gabe zu haben? War sie so was wie ein Wunder-Gen oder einfach nur ein Talent für übersinnliche Wahrnehmung? Ein magischer Sehnerv, sozusagen?

Sie musste unbedingt mehr über ihre besondere Fähigkeit erfahren. Und diese Gespensterparty war genau die richtige Gelegenheit, um herauszufinden, was dahintersteckte.

Kurz entschlossen griff sie nach ihrem blau-weiß gestreiften Lieblingskleid und zog es über. Dann versuchte sie, ihre wilden Locken mit einer roten Schleife zu bändigen, und putzte ihre Brille.

Jetzt musste sie nur noch warten, bis ihre Mutter eingeschlafen war, damit sie sich unbemerkt aus der Dachgeschosswohnung schleichen konnte. Denn obwohl ihre Mutter Marlen sehr wohl wusste, dass Geister im Hotel lebten, würde sie es sicher nicht gutheißen, wenn Mia mitten in der Nacht auf eine Spukparty ging.

Kurz vor Mitternacht traf Mia ihre Freundinnen in der Eingangshalle. Paulina trug ein wunderschönes rotes Kleid mit schwarzen Punkten, das ihre Oma ihr aus Spanien geschickt hatte, und Charlie hatte immerhin eine unbeschädigte Jeans und ein sauberes T-Shirt angezogen.

Sie verständigten sich lautlos, um Richard nicht zu wecken. Der mürrische Empfangschef des Hotels wachte Tag und Nacht darüber, dass im Grand Hotel alles mit Recht und Ordnung zuging. Zugegebenermaßen war dies in einem Spukhotel ein ganz schön anspruchsvoller Job. Die Mädchen fanden aber, dass der alte Herr trotzdem zu mürrisch und außerdem viel zu streng war.

In dieser Nacht waren zwar gar keine Gäste im Haus, aber das würde den alten Ritchi, wie sie ihn nannten, nicht davon abhalten, ihnen die Hölle heißzumachen, sollten sie ihn aufwecken. Außerdem brauchten sie noch etwas anderes.

Obwohl sie die Herrschaften bereits kannten und sicher waren, dass es sich um weitgehend harmlose und liebenswerte Hotelgeister handelte, war doch eine gewisse Vorsicht geboten. Denn magische Wesen reagierten oft unvorhersehbar und hatten überirdische Kräfte. Für diesen Fall gab es im Hotel den Generalschlüsselbund – einen magischen Bund mit Hunderten von Schlüsseln für die Türen zu den wichtigsten geheimen Räumen, Kammern, Kellern, Schränken und Schatztruhen des Grand Hotels. Das Rasseln dieses Schlüsselbundes verursachte bei Geistern unerträgliche Schmerzen. Es wurde eingesetzt, um die übernatürlichen Bewohner unter Kontrolle zu halten, sollten sie über die Stränge schlagen oder nachts zu laut herumspuken.

Als Empfangschef und Geisterbeauftragter des Hotels war Ritchi Herr über den Generalbund und ließ ihn normalerweise nicht aus den Augen. Doch die Mädchen hatten ein ausgeklügeltes Manöver erprobt, wie sie den magischen Schlüsselbund nachts unbemerkt von seinem Nachttisch stibitzen konnten. Es gelang auch in dieser Nacht.

Um Ritchi nicht doch noch aufzuwecken, schlichen sie auf Zehenspitzen die Treppe hinauf zum Salon. Mia hielt den magischen Generalbund in ihrer Jackentasche fest umschlossen. *Sicher ist sicher*, sagte ihre Großmutter immer.

Als sie die alte Standuhr Mitternacht schlagen hörten, öffnete Charlie vorsichtig die große, knarzende Flügeltür.

Sobald sie den Salon betraten, fühlten sie die magische Aura in der Luft. Der Saal war mit alten Kronleuchtern beschienen, die ihr funkelndes Licht auf die antiken Möbel warfen. Die Wände waren mit dicken Teppichen bedeckt, auf denen sich zauberhafte Szenen abzeichneten. Es schien, als würden die Bilder zum Leben erwachen, als die Mädchen näher kamen. Ritter grüßten vom Pferde, Burgfräulein tanzten, große Weiden neigten sich zum Seeufer.

In der Mitte des Raumes war ein großer Tisch mit einer Fülle von leckeren Speisen und Süßigkeiten gedeckt. Es gab kunstvoll verzierte Cupcakes, glitzernde Zuckerplätzchen und dampfende Schokoladenfontänen. Der süße Duft in der Luft war so verlockend, dass die drei Mädchen es kaum erwarten konnten, sich an den Leckereien zu bedienen.

Plötzlich ertönte eine geheimnisvolle Melodie, und der Salon füllte sich mit schimmerndem Rauch. Mia sah, wie aus dem Nebel freundliche Geister auftauchten, die fröhlich durch den Raum schwebten. Anscheinend konnte wieder einmal nur sie die Geister sehen, denn ihre Freundinnen schauten suchend umher.

Dann schnipsten die Geister einer nach dem anderen mit den Fingern – und wurden so auch für Charlie und Paulina sichtbar. Als Letztes erschien Lorie. Sie wischte sich ein paar Tränchen aus den Augen und winkte ihnen zu.

Sir Edmund ohne Kopf trug einen schicken, schwarzen

Smoking, und auf seinem Kopf, der wie gewöhnlich unter seinem Arm steckte, saß ein glänzender Zylinder. Er nickte den Mädchen zu. »*Welcome*! Hereinspaziert, die jungen Damen! Seid unsere Gäste, esst, tanzt, genießt diese besondere Nacht mit uns.«

Hilpold von Schauerstein, der Geisterritter, schob quietschend das Visier seines Helmes hoch. Tragischerweise war seine Rüstung so verrostet, dass sie klemmte und er schon seit Jahrzehnten darin gefangen war. »Anmeldungen zum Turnier hier bei mir!«, verkündete er mit blecherner Stimme.

Staunend schaute Mia sich um und entdeckte, dass außer den ihr bekannten guten Geistern des Hotels eine Gruppe von Unbekannten am Fenster stand.

Die drei Männer und drei Frauen sahen aus, als wären sie eine Mannschaft oder ein Team. Es waren sechs groß gewachsene Gestalten in einheitlichen, dunkelrot glänzenden Trainingsanzügen. Auf der Brust waren die goldgestickten Initialen *RR* zu lesen. Sie hatten alle pechschwarze Haare und dunkle Ränder unter den wässrig grauen Augen. Ihre schweren schwarzen Samtumhänge mit aufgestelltem Kragen verliehen ihnen etwas Vampirhaftes.

Abschätzig schauten sie zu den drei Mädchen herüber.

Mia bemerkte, dass die Haut der Gäste so hell und dünn war, dass man darunter die Adern hervorscheinen sah. Konnte es sein, dass diese gespenstischen Besucher dunkelblaues Blut hatten?

Wie von allen Geistern, so ging auch von dieser Furcht einflößenden Truppe eine eisige Kälte aus. Man sah sogar ihren eisigen Atem neblig in den Salon strömen.

Paulina drückte sich an Mia und flüsterte: »Wer ist das denn? Die sind *totalmente* gruselig. Hast du die schon mal gesehen?«

Mia schüttelte den Kopf, und auch Charlie zuckte mit den Schultern.

Sir Edmund bemerkte, dass die Mädchen die Gruppe am Fenster skeptisch beäugte, und lachte. »Darf ich vorstellen? Die Rambossa-Geschwister, unsere transsilvanische Reisegruppe. Sie sind auf der Durchreise von den Karpaten nach Florenz, wo demnächst die Internationalen Spukball-Championships stattfinden. Echte Profis. Es ist ein besonders spektakulärer Zufall, dass sie uns heute Nacht mit ihrer Anwesenheit beehren.«

Die transsilvanische Reisegruppe fixierte die drei lebendigen Freundinnen, dann nickten sie in einer synchronen Bewegung, was megagespenstisch aussah. Mia lief ein Schauer über den Rücken. Gut, dass sie eine Jacke mitgenommen hatte. Sie zog den Reißverschluss zu und biss sich auf die Lippe, damit niemand merkte, wie sie vor Furcht und Kälte bibberte.

»*Vampiros*«, flüsterte Paulina nicht weniger ängstlich.

Charlie zeigte ihr einen Vogel. »Quatsch, so was gibt es nicht.«

Mia war sich da nicht so sicher. Diese transsilvanischen Brüder und Schwestern waren ihr nicht geheuer, so viel stand fest. Und dass im Grand Hotel Wunder Geistergäste beherbergt wurden, war ihr auch neu. Sie fragte sich, in welchen Zimmern die wohl schliefen und ob sie tags oder nachts anreisten. Wieder mal wurde ihr bewusst, wie viele Mysterien es rund um das alte Hotel noch aufzudecken gab.

Als Letztes entdeckte sie Prinzessin Anastasia. Die russische Zarentochter thronte auf dem glitzernden Kronleuchter und überblickte das Geschehen. Als Mia ihren Blick streifte, gab sie ein knurrendes Geräusch von sich, das wohl so etwas wie *Hallo, schön, dass ihr da seid* heißen sollte.

Anastasia war über und über tätowiert. In dieser Nacht trug sie ein grünes Samtkleid, und ihre Haare waren zu grauen Korkenzieherlocken frisiert. Sie hatte die Gestalt eines jungen Mädchens mit dem Gesicht einer alten Frau. Von allen Geistern, die Mia bisher begegnet waren, fand sie Prinzessin Anastasia am faszinierendsten. Sie war sicher, dass unter ihrer rauen russischen Schale ein weicher Kern steckte. Anastasia war stets darauf bedacht gewesen, dass es allen Geistern im Hause gut ging, dass alle fair behandelt und die Regeln eingehalten wurden.

Doch Mia wusste auch, dass sich die russische Geisterprinzessin mit schwarzer Magie wie Flüchen und bösen

Zaubern auskannte. Wenn ihr irgendjemand die schonungslose Wahrheit über ihre sogenannte Gabe sagen konnte, dann war es Prinzessin Anastasia.

Also beschloss Mia, später unbemerkt Kontakt mit der Prinzessin aufzunehmen.

Nachdem sich alle über die angebotenen Leckereien hergemacht hatten, ertönte ein verbeulter Fanfarenstoß von Hilpold von Schreckenstein, der das Turnier offiziell eröffnete. »Ta-ta-ta-ta!«

Alle Köpfe wandten sich in seine Richtung, mit Ausnahme von Sir Edmund ohne Kopf, der seinen Kopf auf dem Tisch abgelegt hatte, um den Neuankömmlingen und Unwissenden die Regeln zu erklären.

»Sehr geehrte Gästinnen und Gäste, verehrte Herrschaften, liebe Freundinnen und Freunde,« begann er feierlich. »Ich darf Sie alle im Namen der Spukenden dieses ehrenwerten Grand Hotels begrüßen. Das Spukball-Turnier ist eine uralte Tradition im Hotelsalon Wunder. Als Wurfgeschoss dient klassisch eine Kanonenkugel, unsere wiegt exakt 30 000 Gramm und stammt aus dem 15. Jahrhundert. Der Spukball, also die Kugel, wird gekonnt geworfen, geschleudert oder geschmettert, mit dem Ziel, fünf Silberleuchter umzuwerfen.«

Mia sah die alten Leuchter auf der gegenüberliegenden Seite des Salons auf einem Serviertisch stehen. Jetzt ergaben auch die zusätzlichen Wandteppiche Sinn. Vermutlich sollten sie das Gebäude vor Fehlschlägen der Kanonenkugel schützen.

Unruhe machte sich breit. Die Rambossa-Geschwister begannen zu tuscheln, was sich anhörte wie ein gespenstisches Zischen und alles um sie herum in eisigen Nebel hüllte.

»Es versteht sich von selbst, dass eine Manipulation durch Zauber aller Art ausgeschlossen ist und jeder Turnierteilnehmer für eventuelle Schäden selbst aufkommt. Wer es schafft, in insgesamt drei Runden die meisten Leuchter umzuwerfen und dabei am wenigsten zu zerstören, hat gewonnen«, beendete Sir Edmund seine Ausführungen.

»Also eigentlich ganz einfach, man muss nur gut zielen und darf nichts kaputtmachen. Das kriege ich hin«, raunte Charlie ihren Freundinnen zu.

Paulina hingegen war etwas enttäuscht. »Ich dachte, es geht beim Spukball um Magie oder zumindest ums Tanzen.«

Mia nickte. Sie hatte sich das auch etwas außergewöhnlicher vorgestellt. Aber Tradition war Tradition, und die Geister schienen die ganze Angelegenheit ziemlich ernst zu nehmen.

Charlie hingegen war Feuer und Flamme. Sie liebte sportliche Herausforderungen, war eine erstklassige Fußballspielerin und sehr ehrgeizig in jeder Art von Wettbewerb.

»Entschuldigung, Sir Edmund, darf ich etwas fragen?«, wandte sich Charlie an den kopflosen Geist, und sofort war ihr die Aufmerksamkeit aller Anwesenden sicher.

»Selbstverständlich, Fräulein Charlotte, um was geht es denn?«, antwortete der abgetrennte Kopf des Aristokraten und rollte über den Tisch zu ihr.

»Ähhh, ja, also, Sie haben gesagt, die Reisegruppe, also die Geschwister aus Transsilvanien, das seien alles Profi-Spukballer?«

Synchron bewegten sich sechs transsilvanische Augenpaare zu Charlie und fixierten sie finster.

»Wäre es dann nicht unfair, wenn sie gegen uns Laien und Anfänger spielen? Sollten wir nicht einen Bonus bekommen?«

Mia beobachtete besorgt, wie das dunkle Blut in den Adern der Rambossas immer schneller pumpte. Sie bewunderte ihre Cousine für ihren Mut. Sie selbst hätte sich sicher nicht mit diesen Gruselgeschwistern angelegt. Aber Charlie war von ihrem sportlichen Ehrgeiz getrieben.

Vorsichtshalber umklammerte Mia den Generalbund in ihrer Tasche. Sie hoffte, dass er zur Not auch bei auswärtigen Gespenstern funktionieren würde.

Da mischte sich der quietschende Ritter aus der Ecke des Salons ein und erklärte, dass Charlie recht habe. Da man gegen die Profis aus Transsilvanien unter normalen Bedingungen keine Chance hätte, hatte man beschlossen, die

Rambossa-Geschwister in diesem Turnier nur einhändig spielen zu lassen.

Demonstrativ wedelten die Rambossas gleichzeitig mit dem rechten Arm und legten den linken auf den Rücken. Dabei schauten sie so arrogant zu den übrigen Turnierteilnehmern hinüber, als wären sie absolut sicher, auch einarmig allen Anwesenden haushoch überlegen zu sein.

Nachdem nun alles geklärt war, konnten die Spiele beginnen. Ronja Rambossa begann und balancierte die schwere Kugel mit einer Leichtigkeit, als handele es sich lediglich um eine (leichte) Wassermelone. Dann vollführte sie eine Pirouette, schwang den rechten Wurfarm mit der Kanonenkugel elegant über den Kopf, holte aus und schleuderte das Geschoß auf den rechten der fünf Kerzenleuchter.

Mia beobachtete die rasende Kanonenkugel. Ganz so banal, wie es ihr erschienen war, war dieser Geistersport doch nicht.

In der nächsten Sekunde begannen die fünf Leuchter ein regelrechtes Tänzchen auf dem Serviertischchen aufzuführen. Sie glitten hin und her, hüpften auf und ab, als hätten sie ein Eigenleben entwickelt, und versuchten geschickt, der Kanonenkugel auszuweichen. Zusätzlich schien ein Energiefeld von ihnen auszugehen, das die fliegende Kugel ablenkte.

Es steckte also doch mehr Magie hinter dem Spiel, als

die Mädchen gedacht hatten! Spukball erforderte nicht nur pure Kraft, sondern auch Fingerspitzengefühl und ein Verständnis für diesen rätselhaften metaphysischen Prozess.

»Wow, krass!«, staunte Mia, während sie das ungewöhnliche Schauspiel beobachtete.

»Vielleicht handelt es sich um eine Art magnetische Abstoßung?«, versuchte Charlie, das Phänomen zu erklären.

»Nein, das ist *mágico*«, meinte Paulina fasziniert.

Im nächsten Moment gelang es der Kugel, den unsichtbaren magisch-magnetischen Schutzschild zu durchbrechen. Der zweite Leuchter von rechts fiel um und riss zwei weitere mit zu Boden. Die Rambossas nickten sich selbstzufrieden zu, klopften Ronja auf die Schulter und trugen ihre blassen Nasen noch ein bisschen höher.

»*Great shot!* Wenn das keine Vorlage ist. Doch nun ist die Favoritin des Hauses an der Reihe, Loreley die Graue!«, verkündete Sir Edmund aufmunternd. Er hatte seinen Kopf wieder fest unter den Arm geklemmt und kommentierte aus dem Hintergrund.

Lorie verblüffte ihre menschlichen Freundinnen, indem sie die Kanonenkugel geschickt balancierte, das Ziel fixierte und zu einem meisterhaften Wurf ausholte. Die Kanonenkugel schwebte in Richtung der Leuchter, bremste abrupt ab und verharrte einen Moment lang direkt über den silbernen Kerzenständern. Diese schienen nicht damit gerechnet zu haben, von oben angegriffen zu werden. Dann stürzte die Kugel mit voller Wucht nach unten und kegelte vier der silbernen Leuchter um.

Die Herrschaften jubelten.

»*Wonderful! Absolutly wonderful!* Die erste Runde geht an das Team Wunder!«, verkündete Sir Edmund stolz.

Die Rambossas schauten finster und tuschelten zischend.

Irgendwann kam schließlich auch Charlie an die Reihe. Allerdings stellte sich heraus, dass sie das Gewicht der Kanonenkugel hoffnungslos unterschätzt hatte. Selbst mit beiden Armen schaffte sie es gerade eben so, dieses superschwere Ding hochzuheben. Ihr Wurf war dementsprechend kläglich, und nur weil Lorie unbemerkt an einem der Leuchter gerüttelt hatte, fiel einer um.

Paulina und Mia beschlossen daraufhin, sich das Ganze nur als Zuschauer anzusehen.

Hilpold von Schauerstein eröffnete sein Wettbüro.

»Setzt jetzt eure Wetten auf die Gewinner ab. Wer wettet gegen die Rambossas?«

Hätten Blicke töten können – der Blick aus sechs eiskalten Rambossa-Augenpaaren hätte Hilpold auf der Stelle hingerichtet. Aber er war ja schon ein Geist und in seiner Rüstung ohnehin optimal geschützt.

Sir Edmund ohne Kopf setzte eine glänzende Goldmünze auf Lorie.

Das Gespenstermädchen begann natürlich zu weinen.

»Das is-*hicks* einfach viel zu viel Druck! Ich schaffe das nic-*hicks.*«

»Es bleibt spannend! Wird es einer der Herrschaften gelingen, einen einarmigen Rambossa zu schlagen?«, kommentierte der Kopf unter Sir Edmunds Arm weiter. Spätestens damit war klar, dass er nicht ganz unparteiisch war.

In der zweiten Runde lieferte sich Lorie einen harten Wettkampf mit Ramon Rambossa, dem ältesten der transsilvanischen Geschwister.

Doch dann durchkreuzte der Schluckauf Lories Pläne. Sie musste so laut und heftig hicksen, dass sie für einen Moment die Kontrolle über den Spukball verlor, woraufhin die Kanonenkugel scheppernd in eine Vitrine voller Teetassen krachte. Das würde Lady Lou sicher nicht gefallen, befürchtete Mia.

In der dritten Runde schwang Anastasia die Kugel so geschickt, dass vier Silberleuchter umfielen, ohne dass die Kanonenkugel irgendetwas anderes berührt hatte. Die Herrschaften applaudierten, und die Prinzessin verbeugte sich. Was für ein Wurf! Selbst Ronja Rambossa nickte ihr anerkennend zu.

Bevor die Zarentochter zurück zu ihrem Kronleuchter schwebte, näherte sich Mia unauffällig. Das Spukball-Turnier tobte weiter, sodass niemand ihre Unterhaltung bemerken würde. Die Gelegenheit wollte sich Mia nicht entgehen lassen. »Eure Hoheit, ich habe eine Frage, vielleicht könnten

Sie mir weiterhelfen. Es wäre sehr freundlich, wenn ich Sie etwas ... also, na ja, eben fragen dürfte – nur, wenn es Ihnen nichts ausmacht, weil ...«, stammelte sie vor Aufregung.

»Sprrich!«, gebot Anastasia mit ihrem harten russischen Akzent, der Mia jedes Mal wieder zusammenzucken ließ.

»Ja, also, es geht um Folgendes: Ich kann euch sehen und hören, auch wenn ihr für andere unsichtbar seid, sogar bevor ihr euch zeigt. Lady Lou sagt, es sei eine Gabe, und meine Mutter weiß ebenfalls davon – aber niemand will mir erklären, was das zu bedeuten hat!«

Die Prinzessin richtete sich auf und betrachtete Mia aufmerksam. Es war, als könnte sie tief in sie hineinblicken. Mia spürte eine eisige Kälte in sich hochkriechen, und sie wusste nicht, ob sie vor Furcht oder vor Kälte zitterte.

»Das ist das Dritte Auge, auch bekannt als das Auge der Errkenntnis«, raunte die Russin und ergriff Mias Hände. Ein weiterer Schauer durchlief sie.

»Was bedeutet das?«

»Du bist empfindsam für jede Arrt von Magie, nicht nurr für die Enthüllung von Geisterrn. Das ist eine gefährrliche Fähigkeit fürr einen lebenden Menschen. Du musst lerrnen, damit umzugehen. Nicht alle Geisterr möchten gesehen werrden. Nicht alle Geisterr sind ungefährrlich.«

Anastasia tätschelte Mias Wange mit ihren eiskalten, tätowierten Fingern, bevor sie zurück zu ihrem Kronleuchter schwebte.

Mia fröstelte, während der Rest des Salons Lories überraschenden Sieg über Ramon Rambossa ausgelassen feierte.

Es war ein triumphaler Moment. Die transsilvanischen Profis waren so enttäuscht von ihrer eigenen Leistung, dass sie sich beschämt zurückzogen und planten, vor ihrer Abfahrt am nächsten Tag eine zusätzliche Trainingseinheit einzuschieben.

Schließlich verdrängte auch Mia ihr ungutes Gefühl und ließ Lorie hochleben. Das kleine Gespenstermädchen hatte, wie konnte es auch anders sein, Tränen in den Augen. Aber Mia war sicher, dass es sich diesmal um Freudentränen handelte.

Es war an der Zeit, zum gemütlichen Teil der Nacht überzugehen. Sie hatten ja noch gar nicht die Cupcakes, den Schokoladenbrunnen und all die anderen Leckereien probiert. Vielleicht würde sogar noch getanzt.

Doch gerade als Mia einen Butterkeks in die Schokoladenfontäne halten wollte, sauste Anastasia vom Kronleuchter auf den festlich gedeckten Tisch herab und krachte auf das Buffet. Es schepperte laut. Die Schüssel mit dem Vanillepudding fiel um, und die Zuckerplätzchen rollten über die Tafel.

Erschrocken schauten alle zu der russischen Prinzessin. Was sollte das?

Anastasia riss die Augen weit auf und kreischte: »Herrrschaften! Meine Zehen jucken!« Sie zog sich eines ihrer

Schnürstiefelchen aus, riss den schwarzen Seidenstrumpf herunter und wackelte demonstrativ mit ihren Zehen. »Verrdammt, sie haben seit Jahrrzehnten nicht mehr so gejuckt! Meine Zehen jucken!!!«

Wie bitte? Ihre Zehen juckten? Meinte sie das ernst? Ratlos schaute Mia zu Charlie und Paulina. Sollte das ein Spaß sein oder irgendein Spiel?

Die Situation war dermaßen absurd, dass alle drei zu lachen begannen. Doch im nächsten Moment bemerkten sie, das sie die Einzigen waren, die diesen Vorfall lustig fanden.

Die anwesenden Geister waren auf der Stelle verstummt und schauten betroffen zu Anastasia, die nun dabei war, sich den Vanillepudding vom Kleid zu wischen.

Das Visier von Hilpold klappte scheppernd nach unten. Lorie begann, laut zu schluchzen. Und Sir Edmunds Kopf rollte über den Tisch zu seinem Körper zurück und sprang ihm förmlich unter den Arm.

Was hatte das zu bedeuten? Schließlich fasste sich Mia ein Herz und fragte vorsichtig: »Ähh, Entschuldigung, aber was ist denn so schlimm an juckenden Zehen?«

Niemand sagte etwas, alle Geister wichen den fragenden Blicken der Mädchen aus.

»Wollt ihr uns veräppeln?«, platzte es aus Charlie heraus.

Da hob die düstere Prinzessin abrupt den Kopf und schaute ihr direkt in die Augen. »Glaubt ihrr mirr nicht? Das Jucken meinerr Zehen bedeutet grroßes Unheil. Ich spüürre es. Herrrschaften, es kommt aus der Rrichtung des Sees!«

»Oje, oje, vom See-*hicks*!«, jammerte Lorie.

Sir Edmund räusperte sich, auch er klang beunruhigt. »Wann wird uns das Unheil ereilen, Eure Hoheit?«

»Nicht heute Nacht, nicht morrgen, doch nicht mehrr lange«, zischte Anastasia, dann schwebte sie wieder hinauf zu ihrem Kronleuchter.

»*Thank you, princess.* Vielen Dank für die Warnung. Ich denke, unter diesen Umständen ist es angebracht, unseren Ball umgehend zu beenden und den Blankensee im geistigen Auge zu behalten.«

Alle stimmten zu.

Und so verließen die drei Mädchen kurz darauf erstaunt und verunsichert den Salon.

Auf der Treppe überlegten sie, was zu tun war. Sollten sie sich fürchten? Wegen juckender Geisterprinzessinnenzehen? Mussten sie irgendjemand warnen?

»Sie hat gesagt, heute Nacht passiert nix, also überlegen wir morgen weiter«, entschied Charlie schließlich gähnend. Und damit waren auch Mia und Paulina einverstanden. Sie waren so müde, dass sie sowieso keinen klaren Gedanken mehr fassen könnten.

Also brachten die Geheimagentinnen unbemerkt den Generalschlüsselbund zurück auf Ritchis Nachttisch und verabschiedeten sich.

Als Mia wieder in ihrem Zimmer unter dem Dach ankam, war sie doch ziemlich beunruhigt. Sie öffnete die Dachluke und schaute hinaus auf den Blankensee. Dunkel und ruhig lag er dort, eingebettet von dichten Wäldern, erleuchtet durch den hellen Vollmond, der sich auf der Wasseroberfläche spiegelte. Was für Geheimnisse wohl in ihm schlummerten?

Sie mussten unbedingt herausfinden, was es mit der rätselhaften Vorhersage auf sich hatte.

2

WUNSCHBRUNNEN-WÜNSCHE

Am nächsten Morgen wunderte sich Mias Mutter Marlen, dass ihre Tochter früher als normalerweise aufstand, obwohl sie völlig übermüdet zu sein schien.

Mia wollte unbedingt noch vor der Schule ihrer Großmutter einen Besuch abstatten, denn Lady Lou war schließlich die Direktorin des Grand Hotel Wunder und sollte über die gespenstische Warnung von Prinzessin Anastasia Bescheid wissen.

Ohne anzuklopfen, stürmte Mia ins Büro der Chefin, woraufhin ihre Großmutter hinter ihrem riesigen Schreibtisch aufschreckte und fast ihren Tee verschüttete. Über ihre Lesebrille hinweg schaute sie empört zu ihrer Enkelin.

»Mia Agathe Wunder, was hat dieser Überfall zu bedeuten?«

Lady Lou trug wie immer eines ihrer schwarzen Seidenkleider, die mindestens aus dem vorletzten Jahrhundert stammen mussten, und dazu neue, neon-orange Turnschuhe.

Atemlos berichtete Mia von der vergangenen Nacht und der düsteren Vorahnung der Zarentochter.

»Anastasias Zehen jucken, und die Herrschaften sind sicher, das bedeutet großes Unheil. Sie meinte, es kommt vom See, also zumindest aus der Richtung.«

»Unheil? Vom See?«, fragte Lady Lou.

Mia nickte. Ihre Großmutter runzelte die Stirn und ließ ihren Blick zum Fenster gleiten, von dem aus man das Ufer des Blankensees sehen konnte.

Mia ließ sie nicht aus den Augen. War Lady Lou beunruhigt? Waren die juckenden Zehen der Prinzessin tatsächlich ein ernsthaftes Problem? »Meinst du, es passiert wirklich etwas Schlimmes?«, fragte sie unruhig.

Doch Lady Lou setzte ein harmloses Lächeln auf und schüttelte den Kopf. »Nein, mein Kind. Ihre Hoheit Prinzessin Anastasia ist eine wahre Prinzessin auf der Erbse. Sie ist überempfindlich und hysterisch. Letztes Jahr hat sie ein Erdbeben vorausgesagt, und tatsächlich ist nur ein Blumenkübel umgefallen. Es ist gut, dass du gleich zu mir gekommen bist, aber es besteht keinerlei Grund zur Sorge.«

Mia wollte ihr gerne glauben, aber irgendwie hatte sie das Gefühl, dass ihre Großmutter versuchte, die Sache kleinzureden.

Sie hätte gerne noch mal nachgefragt, aber sie musste sich beeilen, um den Schulbus nicht zu verpassen.

Dass die drei Mädchen völlig übermüdet waren und im Schulbus fast einschliefen, war nicht so schlimm, denn es war der letzte Schultag vor den Ferien.

Frau Krautwurm teilte die Zeugnisse aus und wünschte allen schöne Ferien. Gut gelaunt hüpften sie raus auf den Schulhof.

Netti und Hugo, die beiden nervigen Geschwister, die sich für etwas Besseres hielten, weil ihr Vater der Bürgermeister war, liefen den Freundinnen hinterher. »Hey, ihr Hotelkröten, was macht ihr denn in den Ferien? Müsst ihr in eurem ollen Hotel bleiben?«, fragte Netti neugierig.

»Wir fahren ja erst zum Cluburlaub nach Italien und dann zum Wandern in die Alpen. Aber eure Eltern haben sicher keine Zeit, um mit euch wegzufahren«, fügte Hugo hinzu.

Und seine Schwester bemerkte mit gespieltem Mitleid: »Oder kein Geld.«

Mia packte Charlie am Arm, denn sie wusste, dass ihre Cousine am liebsten auf die beiden losgegangen wäre.

Paulina lachte nur. »Wer im Sommer woanders Urlaub macht als bei uns, der ist selber schuld. Blankensee ist ein *paraíso*. Sehr schade, dass ausgerechnet euer Vater als Bürgermeister lieber woanders Urlaub macht.«

Charlie nickte zustimmend und sagte: »Und wenn ihr weg seid, haben wir das Paradies für uns ganz alleine.«

Mia lachte, und bevor die Obermeyer-Geschwister antworten konnten, ließen die drei Freundinnen sie einfach links liegen.

Paulina wollte sich noch mit ihrem Freund Leon aus der Parallelklasse zum Eisessen verabreden. Also warteten sie am Schultor auf ihn. Aber als Leon kam, schlug er vor, lieber wie seine Freunde ins Freibad fahren.

Mia wusste, dass Paulina unglücklich war, weil Leon nie Lust hatte, etwas mit ihr alleine zu unternehmen. Aber da es heute endlich heiß genug war, um schwimmen zu gehen, wollte auch Charlie unbedingt in das legendäre Seebad am Blankensee. »Cool, dann fahren wir alle zusammen, das wird super«, sagte sie.

Mia hatte noch Bedenken. »Was, wenn Anastasia recht hat, und am See passiert irgendein Unglück?«

Charlie widersprach: »Ach, so ein Quatsch. Lady Lou

hat doch selbst gesagt, die ist überempfindlich und wir müssen uns keine Sorgen machen, oder?«

Mia nickte.

Und Paulina meinte, Leon gar nicht zu treffen, wäre ja auch blöd.

Also war der Ausflug zum Seebad beschlossene Sache.

Die drei Geheimagentinnen freuten sich auf sechs unbeschwerte Ferienwochen am See. Doch es sollte anders kommen. Und daran war vor allem der Brunnen schuld.

In der Einfahrt vor dem Portal des alten Grand Hotels mit seinen Türmchen und Kuppeldächern stand ein uralter Springbrunnen. Auf dem sogenannten Seejungfrauenbrunnen tummelten sich neben den namensgebenden Seejungfrauen auch Fische, Muscheln und ein riesiger Oktopus – alles aus feinstem Marmor. In sprudelnden Fontänen spuckten die Meeresbewohner Wasser in den Brunnen.

Besonders schön waren die Augen der Figuren und die Tentakel der Krake, in die bunte Steine eingelassen waren, die in den schönsten Farben funkelten. Angeblich durfte man sich etwas wünschen, wenn man eine Münze in den Brunnen warf. Die Gäste des Hotels liebten diesen alten Aberglauben und warfen haufenweise Centstücke hinein.

Charlie hatte mal die Idee gehabt, das Geld wieder herauszuholen, aber im Brunnen war ein grobes, schmiedeeisernes Gitter angebracht, durch das die Münzen weiter nach unten fielen. Es war fest verschlossen, und der Brunnen war zu tief, um durch das Gitter hindurchzugreifen.

Mia und ihre beiden Freundinnen liebten es, nach der Schule oder am Nachmittag auf der Marmorumrandung des Brunnens zu sitzen, sich die Sonne ins Gesicht scheinen zu lassen und zuzuschauen, wer alles im Hotel ein und aus ging. So auch an diesem letzten Schultag vor den Ferien.

»Wieso hab ich nur eine Drei in *matemáticas* und du eine Eins?«, beschwerte sich Paulina, als sie Charlies Zeugnis begutachtete.

»Weil du dich überhaupt nicht für Zahlen und Formeln interessierst und nie Mathe-Hausaufgaben machst, sondern immer nur bei mir abschreibst«, erklärte Charlie.

»*Si, si*, aber das weiß Frau Krautwurm doch nicht.«

»Dafür hab ich eine Vier in Kunst. So schlecht war meine Pappmaschee-Laterne doch gar nicht«, beschwerte sich Charlie.

»*Chica*, sie ist abgebrannt«, entgegnete Paulina, woraufhin die Mädchen lachen mussten.

Mia war mit ihrem Zeugnis ganz zufrieden, vor allem, wenn man bedachte, dass sie noch nicht lange auf der Schule war und einiges nachholen musste.

Die drei freuten sich auf die Ferien und alberten ausgelassen herum, bis sich hinter ihnen die große, alte Holztür des Hotels öffnete. Die Freundinnen verstummten abrupt, denn für gewöhnlich war es Ritchi, der hinauskam und schimpfte, weil sie zu laut lachten, redeten oder atmeten. Doch dieses Mal war es nicht der griesgrämige alte Empfangschef, der durch die Tür kam, sondern Lady Lou, die Hoteldirektorin persönlich.

»Na dann, meine jungen Damen, zeigt mal her eure Zeugnisse«, forderte sie. Gestützt auf ihren Gehstock kam sie die Stufen herunter und ging zielstrebig auf die Freundinnen zu.

Mia fragte sich, warum sie immer unbewusst die Luft anhielt, wenn ihre Großmutter sie in Augenschein nahm. Diese Frau war einfach ein Mysterium. Louise Wunder war die Grande Dame des Grand Hotels. Jeder hatte Respekt vor ihr, aber die Mädchen hatten sie auch schon schwach und hilflos erlebt.

Sie war fünfmal verheiratet gewesen, einmal sogar mit einem englischen Lord, deshalb war sie jetzt auch eine Lady. Es kursierte das Gerücht, dass sie Schachweltmeisterin und Olympiasiegerin im Turmspringen und sogar beim Geheimdienst gewesen sei. Die alte Dame hatte viele Gesichter, mal war sie streng und absolut rigoros, dann wieder völlig ungeniert und lustig. In jedem Fall steckte Lady Lou voller Geheimnisse und war absolut unberechenbar.

Lady Lou streckte also ihre Hand aus, und die Mädchen zögerten nicht, ihr die Zeugnisse auszuhändigen. Sie setzte ihre Lesebrille auf, die sie wie gewöhnlich an einer Perlenkette um ihren Hals trug, und musterte kritisch ein Zeugnis nach dem anderen. Ab und zu schnalzte sie mit der Zunge oder schüttelte den Kopf. Die Mädchen hielten den Atem an. Wie würde ihr Urteil lauten?

»Ts, ts, ihr lernt also gar kein Französisch? Und ich kann auch keinen Hinweis auf Benimmunterricht oder Fechten, persische Literatur oder Kurse im Umgang mit künstlicher Intelligenz finden. Was ist mit chinesischer Kunst, Botanik oder Kegeln? Was lernt ihr denn überhaupt in dieser Schule?«

»Nur langweiliges Zeug«, meinte Charlie, und die anderen grinsten.

»Ja, total nutzlos«, ergänzte Mia.

»Ts, ts, ts, also, als nutzlos würde ich es wohl nicht bezeichnen. Mia, mir scheint, du hast noch einiges aufzuholen. Und Charlotte, warum nur ein Ausreichend in Kunst? Paulina, deine gute Note in Deutsch ist zwar bemerkenswert, aber mit der Mathematik stehst du wohl immer noch auf Kriegsfuß?«

Das war jetzt echt gemein. Die Mädchen schauten, als hätten sie gerade einen Eimer kaltes Wasser über den Kopf bekommen. Doch Lady Lou war noch nicht fertig mit ihnen.

»Genug der Meckerei – jetzt sind erst mal Ferien. Es gibt schließlich Wichtigeres als Schule.«

Das gefiel den Mädchen schon viel besser.

»Hast du wieder einen geheimen Auftrag für uns?«, flüsterte Mia ihrer Großmutter fragend zu.

Vor nicht allzu langer Zeit hatte Lady Lou Andeutungen in diese Richtung gemacht, und seitdem warteten die drei gespannt auf eine neue magische Mission. Mia hatte von ihrer Großmutter sogar die Aufgabe bekommen, ein bestimmtes Kapitel in einem alten Buch zu lesen. Was das wohl zu bedeuten hatte? Die Mädchen hatten schon einmal als Geheimagentinnen einen magischen Fall gelöst und waren begierig auf neue magische Herausforderungen.

Die alte Lady nickte.

»Ja, tatsächlich, ich benötige erneut eure Unterstützung als Komplizinnen in einer magischen Geheimangelegenheit.«

Wow, das war ja total aufregend! Sofort rückten die drei etwas enger an die Hoteldirektorin heran, denn so viel wussten sie: Von Magie und Geheimnissen durfte niemand etwas mitbekommen.

»Um was geht es? Ist es gefährlich?«, fragte Charlie begeistert.

Doch Lady Lou winkte ab.

»Abwarten, ich muss vorher noch etwas klären. Trefft

mich heute Abend um sieben am Hotelsteg, dann verrate ich euch mehr.«

Sie nickten etwas enttäuscht. Doch die Direktorin hielt noch eine andere Überraschung für sie bereit.

»Jetzt habe ich erst einmal eine wundervolle Belohnung für euch. Ich verrate euch heute, zur Feier des Tages, ganz exklusiv und nur unter dem Siegel der absoluten Verschwiegenheit ...«, sie machte eine theatralische Handbewegung, »... ein magisches Geheimnis!«

Lady Lou schaute sich verstohlen um. Keine Mitarbeiter oder neu angereisten Gäste waren in Sicht. Also setzte sie sich zu den Mädchen auf den Brunnenrand. Was sie ihnen jetzt erzählen wollte, ließ sich nicht im Vorbeigehen vermitteln. »Nun, meine jungen Damen, es ist so: Dieser Seejungfrauenbrunnen wird nicht zu Unrecht Wunschbrunnen genannt. Er funktioniert wirklich.«

Mia runzelte die Stirn. Wollte ihre Großmutter sie mit einem kindischen Aberglauben abspeisen?

Auch ihre Cousine war skeptisch und schüttelte den Kopf. »Nee, der funktioniert nicht. Das hab ich schon tausendmal probiert. Was meinst du, wie viel Taschengeld ich da schon reingeworfen habe in der Hoffnung, dass einer meiner Wünsche in Erfüllung geht?«

Doch Lady Lou lächelte weise. »Glaubt mir, er funktioniert. Aber der Brunnen folgt seiner eigenen Magie.«

Nun hatte die Hoteldirektorin die ungeteilte Aufmerksamkeit der Mädchen gewonnen. Denn es bestand kein Zweifel daran, dass echte Magie im Grand Hotel Wunder möglich und weitverbreitet war.

»Seht ihr die Sonnenuhr da drüben unter dem Turm?« Lady Lou zeigte zum Turm an der Südseite des Hotels. Unter den obersten Fenstern war eine Sandsteinplatte mit einer Sonnenuhr angebracht. An einem sonnigen Tag wie diesem konnte man dort die Uhrzeit ablesen. Gerade hatte die Sonne ihren Zenit überschritten, es musste also etwa halb eins sein. »Nur wenn die Sonne in einem bestimmten Winkel steht, heute circa um ein Uhr mittags, erstrahlen die blauen Augen der Seejungfrau, und die Wunschmagie des Brunnens lebt auf.«

Eine Krähe flog krächzend von der Allee aus auf sie zu. Lady Lou betrachtete sie, was dazu führte, dass sie eine Pause in ihrer magischen Unterweisung machte.

»Was heißt das, die Magie lebt auf?«, fragte Mia ungeduldig und versuchte, sich alle Einzelheiten zu merken, um sie später in ihrem geheimen Agenten-Tagebuch aufzuschreiben.

»Immer mit der Ruhe, wir haben noch ein paar Minuten Zeit. Habt ihr Geld dabei? Es muss eine Kupfermünze sein. Fünf-Cent-Münzen eignen sich am besten.«

Die Mädchen holten ihre Portemonnaies heraus und kramten nach Fünf-Cent-Münzen.

»In dem Moment, wenn die Sonne die blauen Augen der

Seejungfrau erstrahlen lässt, werft ihr eine Münze in den Brunnen und sprecht dabei euren Wunsch aus. Dann wird er sich erfüllen.«

»Glaube ich nicht«, widersprach Charlie sofort. »Wie soll das denn gehen?«

Mia wusste, dass Charlie von der Wirkung der Magie immer erst überzeugt werden musste. Doch Lady Lou stand auf und lächelte. Sie würde ihnen keine Erklärung für dieses Wunder liefern.

»Müssen die Wünsche geheim bleiben? Wie bei Sternschnuppen?«, wollte Mia wissen.

»Nein, ihr braucht die Wünsche nur ins Ohr der Seejungfrau zu flüstern.«

Charlie runzelte die Stirn. »Könnte man dann nicht einfach einen riesigen Haufen Fünf-Cent-Münzen in den Brunnen werfen und sich tausend Sachen wünschen?«

Ihre Großmutter schüttelte entschieden den Kopf. »Nein, es erfüllt sich jedem immer nur ein Wunsch pro Jahr, und das auch nur an bestimmten Tagen. Einer davon ist heute.«

»Warum ist heute so ein bestimmter Tag?«, fragte Mia neugierig.

»Es ist der siebte Juli, also der 7.7. Es funktioniert nur, wenn Tag und Monat die gleiche Ziffer haben. Also am ersten Januar, am zweiten Februar und so weiter.«

»Zwölfmal im Jahr«, rechnete Charlie.

Ihre Großmutter schüttelte den Kopf. »Nein, genau genommen sind es nur zehnmal, der 10.10. und der 12.12. funktionieren nicht, weil noch andere Ziffern vorkommen. Und an den anderen Tagen klappt es auch nur in dem Moment, wenn die Sonne die Augen der Seejungfrau erstrahlen lässt. Ihr habt Glück mit dem Wetter. Der Wunschbrunnen ist eines der bestgehüteten Geheimnisse des Hauses. Also überlegt gut, was ihr euch wünscht.«

Mit dieser unglaublichen Wunschanleitung ließ die Hoteldirektorin die drei Mädchen alleine und ging zurück ins Haus.

»Fantastico, totalmente fantastico!«, jubelte Paulina.

Mia war die ganze Sache nicht geheuer.

Und auch Charlie war immer noch nicht sicher, was sie von der Geschichte halten sollte. »Ich glaube das nicht, das ist sicher totaler Quatsch.«

»*Chicas*, wir haben nicht mehr viel Zeit«, rief Paulina mit Blick auf die Sonnenuhr. »Wenn wir es probieren wollen, müssen wir uns ganz *rápido* einen Wunsch überlegen. Und wir wollen doch, oder?«

»Klaro«, meint Charlie. »Ich glaube zwar nicht dran, aber wer weiß.«

»Ja, eben, wer weiß. Gibt es nicht bei jedem Zauber Nebenwirkungen?«, gab Mia zu bedenken. Aber sie erntete nur ein Schulterzucken und Augenverdrehen von ihren Freundinnen.

Die Sonne wanderte auf der Sonnenuhr, und schneller,

als sie gedacht hatten, traf der erste Sonnenstrahl das Gesicht der steinernen Seejungfrau. Kurz darauf blitzte ihr linkes Auge saphirblau auf, und wenig später wurde auch das rechte beleuchtet.

»JETZT!«, befahl Charlie.

Mias Herz begann, wie wild zu klopfen.

Wie abgemacht war Paulina die Erste, die ihre Münze in den Brunnen warf und dann auf den Rand des Brunnens kletterte und ihren Kopf zum Haupt der zauberhaften Seejungfrau streckte. »Ich wünsche mir, dass Leon und ich …«

O nein, bangte Mia. *Sie wird sich doch keinen Liebeszauber wünschen? Wir wissen doch, wie riskant das ist!*

»Nein, stopp!«, mischte sie sich energisch ein. »Keine Liebeszauber!«

»Auf keinen Fall!«, erklärte auch Charlie strikt. »Liebeszauber sind gefährlich!«

»Nein, *claro*«, brummte Paulina und verdrehte die Augen. »Ich wünsche mir nur, dass Leon und ich einen tollen Sommer haben und auch mal alleine Eis essen gehen.«

Charlie verdrehte die Augen. »Du kannst dir alles auf der Welt wünschen und willst nur Eis essen gehen?«

Paulina zuckte mit den Schultern und warf trotzig ihre Zöpfe über die Schulter. Mia wurde ungeduldig. Es lag schon ein Schatten auf der linken Schulter der Marmornixe, und sie wollte schließlich auch noch an die Reihe kommen. Also klopfte sie Charlie auf den Rücken. »Los jetzt, beeil dich, du bist dran.«

Ihre Cousine schnipste ihre Münze ins Wasser und beugte sich zum Ohr der Seejungfrau. »Ich wünsche mir, dass meine Eltern, Betty und Manuel Wunder, einen großartigen Erfolg in ihrer wissenschaftlichen Forschung haben werden, damit erstens die Welt verbessert wird und zweitens wir zusammen in Urlaub fahren können und ich nicht den ganzen Sommer auf meine Zwillingsbrüder aufpassen muss.«

Das war mal ein gut überlegter und umfassender Wunsch, fand Mia und grübelte fieberhaft, wie sie ihren eigenen Wunsch auch so gut in Worte fassen konnte. Der Schatten zog bereits auf die Wange der Seejungfrau. Es waren sicher nur noch Sekunden, bis ihr Auge aufhörte zu leuchten.

Charlie sprang auf den Boden, und mit zitternden Beinen kletterte Mia, so schnell sie konnte, auf den Brunnenrand. Sie wollte sich gerade zum Ohr der blauäugigen Jungfrau wenden, da protestierten ihre Freundinnen: »Halt! Warte! Erst die Münze!«

O Schreck, das hätte sie fast vergessen. Sie öffnete die Hand und ließ die Fünf-Cent-Münze in den Brunnen fallen. Platsch! Dann holte sie tief Luft. »Ich wünsche mir, dass meine Mutter Marlen und mein Vater Freddy sich versöhnen und wir wieder eine glückliche Familie werden und ich trotzdem hier im Hotel Wunder bleiben darf. Bitte!«

Als Mia den Kopf hob, sah sie ein letztes Glitzern in den blauen Augen der Nixe. Erleichtert atmete sie aus und hüpfte hinunter zu ihren Freundinnen.

Dass die Ferien so aufregend anfangen würden, hätte keine von ihnen gedacht. Ob die Wünsche wirklich in Erfüllung gehen würden, wie Lady Lou es versprochen hatte?

»Da sind wir mal gespannt. Treffpunkt hier, in zwei Stunden, wegen Freibad?«, fragte Charlie, um der magischen Aufregung ein vorläufiges Ende zu setzen.

Mia und Paulina waren einverstanden.

Als Mia zwei Stunden später ihr Fahrrad aus dem Bootsschuppen schob, grübelte sie immer noch, ob sie sich das Richtige gewünscht hatte. Hätte sie sich lieber wünschen sollen, dass ihre besondere Gabe verschwand oder sie endlich begriff, was es damit auf sich hatte? In jedem Fall beschloss sie, ihre Mutter am Abend noch mal danach auszufragen.

Als die Chicas im Freibad am Blankensee ankamen, war noch niemand von ihren Freunden und Klassenkameraden dort, aber der Bademeister begrüßte sie überschwänglich. Und die Mädchen trauten ihren Augen kaum, als sie erkannten, um wen es sich handelte.

Klaus-Maria Mögern, der Lokaljournalist des Blankenseer Tageblattes, arbeitete in diesem Sommer im Nebenjob als Bademeister! Die Geheimagentinnen kannten ihn, weil er auf der Jagd nach übernatürlichen Sensationen und magischen Geistergeschichten ständig im Grand Hotel herumlungerte. Glücklicherweise ahnten seine Zeitungsleser nicht, dass seine amüsanten Spukgeschichten rund um das Hotel Wunder stets einen wahren Kern hatten.

Aber den Mädchen war durchaus bewusst, dass sie vor Mögern auf der Hut sein mussten, denn er gab nicht auf, nach Beweisen für seine Annahme zu suchen, dass im Hotel übernatürliche Dinge geschahen.

Auch als Bademeister ließ er die Hotel-Wunder-Mädels nicht aus den Augen. Also setzte Paulina ein gespieltes Lächeln für ihn auf, und Mia winkte ihm zu, bevor sie ihre Picknickdecke ausbreitete.

»Leute, ich hab's doch gesagt, dieser Brunnen funktioniert nicht. Meine Eltern müssen dauernd arbeiten, und ich werde die Zwillinge die ganzen Ferien am Hals haben«, beschwerte sich Charlie und ließ sich auf die Decke fallen.

Die Zwillinge waren ihre fünfjährigen Brüder Peter und Paul, die im nächsten Moment damit begannen, die Mädels mit ihren Wasserpistolen nass zu spritzen.

»Iiiiihhh, nein, stopp! Ihr kleinen Tyrannen, ich kriege euch!«, rief Charlie und jagte die kreischenden Jungs lachend über die Wiese.

Mia grinste. Sie wusste, dass es Charlie eigentlich großen Spaß machte, mit den Zwillingen herumzutoben.

Auch Paulina war unzufrieden, was die Wunscherfüllungs-Qualitäten anging. Denn Leon tauchte zwar mit seinen Freunden auf, schien aber kein großes Interesse an ihr zu haben, sondern ging lieber direkt mit seinen Kumpels schwimmen.

»Wieso bist du denn nicht mit ins Wasser gegangen?«, fragte Mia.

»Die raufen nur und reden über Fußball«, meinte Paulina verunsichert.

»Klingt doch super«, entgegnete Charlie, die außer Atem wieder angekommen war, sich das T-Shirt über den Kopf zog und die Zwillinge zum See scheuchte.

Mia überlegte, ob es Hoffnung gab, dass sich ihr Wunsch erfüllte, aber bisher gab es leider keine Anzeichen dafür, dass sich ihre Eltern wieder näherkamen. Ihre Mutter war als neue Küchenchefin im Hotel erfolgreich, und ihr Vater schipperte immer noch als Kapitän der Queen Esmeralda über die sieben Weltmeere.

Mia vermisste ihn und das Kreuzfahrtschiff, das so lange ihr Zuhause gewesen war – aber für nichts auf der Welt hätte sie das Grand Hotel Wunder und ihre Freundinnen verlassen wollen.

Sie seufzte und schaute zu der lustigen Wasserschlacht zwischen Charlie, ihren Brüdern und den Jungs. Der Anblick vertrieb ihre düsteren Gedanken. Sie hatten schließlich Ferien und sollten die Sonne genießen, bevor der angekündigte Geheimauftrag von Lady Lou sie wieder voll in Beschlag nahm.

»Komm schon, Pauli, wir gehen auch schwimmen. Oder willst du hier alleine in der Sonne brutzeln?«

Sie nahm Paulina bei der Hand und zog sie mit sich.

Im kühlen Wasser des Sees unterzutauchen, fühlte sich herrlich an. Wasser war absolut Mias Element. Wie sie das vermisst hatte! Als sie noch mit ihren Eltern auf der Queen Esmeralda gelebt hatte, war sie jeden Tag mehrmals schwimmen gegangen. Sie hatte die schönsten Strände der Welt gesehen und war oft mit ihrem Vater schnorcheln gegangen. Dagegen war der Blankensee vergleichsweise ruhig und kalt.

Aber Mia fand ihn trotzdem magisch.

Mitten im See befand sich eine Felseninsel, auf der eine alte Burgruine stand. Vom Freibad aus konnte man die Ruine besonders gut sehen. Die mit Efeu und Kletterrosen bewachsenen Mauern und Türme sahen aus wie in einem Märchen. Und auch im Wasser hatte der Blankensee einiges zu bieten. Es war kristallklar, sodass man beim Reingehen kleine Fische um seine Beine schwimmen sehen konnte. Außerdem wuchsen auf dem Grund des Sees die ausgefallensten Wasserpflanzen und an der Oberfläche die schönsten Seerosen, die Mia je gesehen hatte.

Aber dafür hatten ihre Freundinnen keinen Sinn. Charlie liebte es, mit den Jungs vom Steg zu springen. Sie schaffte sogar einen Salto.

Und Paulina jammerte, weil ihr die Kieselsteine in die Füßen pikten und der See sogar im Sommer so kalt war. »Das Mittelmeer ist wärmer.«

»Ja, aber der Blankensee ist trotzdem was Besonderes.«

Wie recht Mia mit dieser Aussage hatte, ahnte sie zu diesem Zeitpunkt noch nicht.

Nach dem Baden waren alle erfrischt und hungrig. Eine Wassermelone, fünf Cornetto-Nuss und eine Tüte Chips später lag der ganze Trupp satt und faul auf der Picknickdecke. Die Zwillinge spielten mit Paulina und Charlie Uno, und Mia zog ein kleines, sehr altes und zerschlissenes Büchlein aus ihrem Rucksack. Der Titel des Buches lautete *Sagen und Legenden rund um den Blankensee und das mondäne Grand Hotel Wunder*.

Lady Lou hatte ihr das Büchlein vor Kurzem geschenkt, mit dem Hinweis darauf, das Kapitel 6 über Unterwassermagie und mystische Unterwasserwesen im Blankensee zu lesen. Sie war sicher, dass ihr neuer magischer Auftrag etwas damit zu tun hatte.

Mia war sehr gespannt – und gerade nach der gespenstischen Warnung der letzten Nacht schien es ihr besonders wichtig, sich mit der Mystik des Blankensees vertraut zu machen. Neugierig blätterte sie zum sechsten Kapitel und begann zu lesen.

Kapitel 6

Unterwassermagie und mystische Unterwasserwesen im Blankensee

Tief unter der glitzernden Oberfläche des Blankensees verbirgt sich eine unglaubliche Unterwasserwelt, von der nur wenige Menschen je gehört haben. Es ist ein Ort voller Magie und Geheimnisse, an dem sich die Wunder der Natur auf zauberhafte Weise entfalten.

Taucht man in das klare, kristallblaue Wasser ein, offenbart sich eine lebendige Welt voller unwirklicher Pflanzen und schillernder Fischschwärme. Wassergewächse wie Seephylla, Nymphaflora oder die äußerst seltene Aquafolia schimmern in allen erdenklichen Farben des Regenbogens und bilden ein atemberaubendes Mosaik, das die Augen zum Staunen bringt. Man mag kaum glauben, dass sich unter der ruhigen Oberfläche des Sees eine solche Pracht verbirgt.

Die Klänge der Unterwasserwelt sind ebenso zauberhaft. Das sanfte Rauschen des Wassers wird begleitet von einem Chor aus dem melodischen Gesang der Wassernymphen. Es sind die magischen Frösche des Blankensees, die am Ufer ihre zauberhaften Lieder singen. Ihr Gesang erzählt von verborgenen Schätzen, die tief in den Weiten des Sees verborgen liegen, aber auch von dem, was kommen wird.

Und dann ist da noch der legendäre Wassergeist, der angeblich im See haust und über einen kostbaren Schatz wacht. Niemand hat ihn je gesehen, doch Erzählungen und Legenden über seine Existenz sind weitverbreitet. In seltenen Nächten kann man sein bedrohliches Schnarchen vernehmen. Wie Donnern und Brausen lässt es das Wasser erbeben. Wehe dem, der ihn weckt.

Die magische Unterwasserwelt des Blankensees ist ein Ort, an dem sich Fantasie und Realität vermischen. Sie ist eine wahrhaft zauberhafte Sphäre, die die Herzen derjenigen, die sie entdecken, mit Staunen und Freude erfüllt. Wer es wagt, tief in diese faszinierende Welt einzutauchen, wird mit unvergesslichen Abenteuern belohnt werden.

Ein legendärer Wassergeist, der angeblich im See hauste und einen Schatz bewachte? Singende Frösche und magische Gewächse? Krass. Fasziniert las Mia weiter und überlegte, dass sie unbedingt im See tauchen musste, um die Unterwasserwelt selbst zu erforschen.

3

HERZFLUMMIGOLD

Nachdem die Mädchen vom Freibad zurückgeradelt waren und die müden Zwillingsbrüder zu Hause abgeliefert hatten, gönnten sie sich noch ein Wassereis am hoteleigenen Steg, bevor sie mit Lady Lou verabredet waren.

Es war ein wunderbar warmer und friedlicher Sommerabend. Sie ließen die Füße ins Wasser baumeln und alberten herum. Die düstere Warnung der Gespensterprinzessin, der Ärger mit Leon, die anstrengenden Brüder und legendären Wassergeister – das alles rückte in den Hintergrund, denn die Mädchen waren sicher, solange sie nur zusammen waren, konnte sowieso nichts passieren. Freundschaftsmagie!

Mia seufzte zufrieden und wollte gerade ihre Füße etwas tiefer ins kühle Wasser tauchen, da sah sie ganz plötzlich unter ihr etwas golden glitzern. Was war das denn?

Beim genaueren Hinschauen glaubte sie, im Wasser verschwommen ein hübsches Gesicht auszumachen, umgeben von dichten goldenen Locken. Mia traute ihren Augen kaum. War es die Abendsonne, die sich auf der Wasseroberfläche spiegelte und ihr einen Streich spielte?

Sie blinzelte. Nein, tatsächlich! Sie sah tief unten im Wasser tatsächlich das Gesicht eines Jungen mit meergrünen Augen und goldenen Locken, der durch einen Wald aus Seegras zu ihr hinaufschaute. Ihre Blicke kreuzten sich, und Mias Herz begann, wie ein Flummi zu hüpfen.

Sie konnte gar nicht anders, als zu lächeln, und der Junge im Wasser lächelte zurück. Total verrückt! Träumte sie? Es war, als würde sie von dem goldenen Schein des Jungen magisch angezogen. Wer war das? Sollte sie einfach ins Wasser springen und es rausfinden? Mia rutschte auf dem Steg noch etwas weiter nach vorne, doch da erschrak der Junge und tauchte ab.

Mia rieb sich ungläubig die Augen. Es war so schnell gegangen, dass sie nicht sicher war, ob diese seltsame Begegnung real gewesen war oder sie sie sich nur eingebildet hatte. Hatte sie vielleicht zu viel über die Unterwassermagie gelesen? Aber selbst in dem Legendenbüchlein hatte nichts von hübschen Unterwasserjungen gestanden.

Sie wollte ihren Freundinnen gerade von ihrem komischen Tagtraum erzählen, da sah sie das Leuchten erneut. Und kurz darauf tauchte auch der Junge mit den goldenen

Locken wieder im Wasser unter ihren Füßen auf. Dieses Mal hielt Mia ganz still, aus Angst, eine falsche Bewegung könnte ihn erneut verschrecken. Es funktionierte. Ganz langsam kam er zu ihr Richtung Wasseroberfläche geschwommen.

Jetzt keine falsche Bewegung. Mit jedem Zentimeter, den dieser Junge mit den grünen Augen und einer der goldenen Lockenmähne auf sie zuschwamm, war Mia faszinierter von seiner Erscheinung. So fasziniert sogar, dass sie total vergaß, dass ihre Freundinnen hinter ihr auf dem Steg saßen und herumalberten.

Wieso konnte er so lange unter Wasser bleiben? War er womöglich gar kein normaler Junge, sondern irgendein Wasserwesen? Nee, das wäre zu verrückt, selbst für das Grand Hotel Wunder, oder?

Mia schloss für einen Moment die Augen, um zu überprüfen, ob er noch da sein würde, wenn sie sie wieder öffnete. Sie zwang sich, bis fünf zu zählen, dann machte sie ihre Augen wieder auf. Und er war noch da! Erleichtert atmete sie aus. Der Flummi in ihrer Brust hopste wie wild auf und ab.

Der Unbekannte war noch ein Stückchen näher auf sie zugekommen, bald würde er direkt unter der Wasseroberfläche sein. Er blinzelte ihr zu, und sie blinzelte zurück. So ging es hin und her, bis beide anfingen zu lachen. Er mochte aussehen wie ein Unterwassergott, aber sein Grinsen war total frech.

»Hey, wer bist du?«, blubberte die glucksende Stimme des Jungen plötzlich durchs Wasser zu ihr nach oben.

Schock! Fast wäre Mia vom Steg gefallen, so erstaunt war sie darüber, dass er tatsächlich mit ihr sprach.

»Äh … Mia«, stammelte sie.

»Hallo, Äh-Mia, wohnst du hier?«, blubberte er zurück.

O nein! Jetzt dachte er wirklich, sie hieße Äh-Mia! Wie äh-peinlich!

Mia bemerkte, dass sie einen knallroten Kopf bekam. Sie konnte nur hoffen, dass er das vom Wasser aus nicht so richtig sehen konnte.

»Nee, nur Mia, also ohne Äh. Und du?«, versuchte sie die Sache klarzustellen, während der Flummi in ihrer Brust komplett durchdrehte.

»Tony«, blubberte er.

Mia war so fasziniert von der Begegnung, dass sie wirklich ALLES um sich herum vergessen hatte, sogar ihre Freundinnen, die direkt neben ihr saßen und sich womöglich über sie wunderten. Es war, als befände sie sich in einer Blase. Sie beugte ihren Kopf noch ein bisschen weiter hinunter, um diesen Tony besser sehen zu können.

Er war nun direkt unter der Wasseroberfläche. Ihre Blicke kreuzten sich erneut, und dieses Mal war es, als würde der Flummi in ihrer Brust tausend Fensterscheiben auf einmal zersplittern. *Crash-boom-bang!* So etwas hatte sie noch nie gefühlt, und es haute sie dermaßen um, dass sie sich festhalten musste, um nicht vom Steg zu fallen. Wow, hoffentlich merkte er nicht, was er in ihr auslöste. Sie musste jetzt schnell etwas sagen, sonst verschwand er womöglich wieder oder dachte, sie sei total dämlich. Oder beides. Aber was sollte sie sagen? Obwohl Tausende von Fragen durch ihr Hirn schossen, wusste sie nicht, wie sie anfangen sollte.

»Äh, ja, super … cool. Und wie, warum … was … machst du hier?«, stammelte sie und versuchte, dabei so unaufgeregt wie möglich rüberzukommen.

Doch bevor er antworten konnte, stupste Charlie sie an und riss sie so aus ihrer Bubble. »Alles okay bei dir, *chica*?«

Auch Paulina rutschte zu Mia heran und schaute ins Wasser, um herauszufinden, mit wem sie sprach.

Da tauchte Tony blitzartig ab und hinterließ nichts weiter als einen goldenen Schein, der langsam verblasste. Völlig verdattert schaute Mia erst ihm hinterher und dann zu ihren Freundinnen.

»Habt ihr das gesehen? Ihr habt das doch auch gesehen, oder?«

»Was? Einen Fisch?«, fragte Charlie.

Paulina runzelte ungläubig die Stirn. Mia schaute noch immer irritiert ins Wasser.

»Nee, aber … ich würde ihn gerne wiedersehen«, stammelte sie und kam sich dabei selbst ziemlich verrückt vor.

»Wen?«, fragte Paulina irritiert.

Charlie lachte laut. »Jetzt dreht sie total durch!«

Mia zuckte ratlos mit den Schultern. Der Flummi in ihrer Brust beruhigte sich langsam wieder. Vielleicht hatte sie doch nur ein bisschen zu viel Sonne bekommen?

Aber Paulina ließ nicht locker.

»Hast du wirklich jemanden gesehen? Einen Geist, *un fantasma* oder so was?«

Mia hatte ihren Freundinnen schon nach ihrem letzten magischen Abenteuer gestanden, dass sie die Fähigkeit besaß, Geister zu sehen, die für andere Menschen unsichtbar waren. Aber die ganze Sache mit dieser besonderen Gabe des »Dritten Auges« verunsicherte sie so sehr, dass sie eigentlich nicht gerne darüber sprach. Sie verstand ja selber nicht, was das alles sollte. Außerdem wollte sie nicht, dass die beiden an ihrem Verstand zweifelten. Also versuchte sie abzulenken.

»Nee, Quatsch. Ich glaube, ich habe einen Sonnenstich. Oder vielleicht habe ich auch einfach zu viele Geschichten über die magische Unterwasserwelt gelesen. Echt krass, was da unten angeblich alles abgeht.«

Bevor sie weiterreden konnte, bemerkten sie, dass jemand von hinten mit rigorosen Schritten auf den Steg kam. Sie schauten sich um und erkannten: Es war Lady Lou mit einem Klappstuhl unter dem Arm.

Stimmt, da war ja noch was. Ihre Verabredung! Die hätte Mia vor Schreck fast vergessen.

»Der Wunschbrunnen funktioniert nicht«, rief Charlie ihrer Oma gleich vorwurfsvoll entgegen.

»Unsinn. Geduld ist eine Tugend, Charlotte«, mahnte Lady Lou, stellte den Klappstuhl auf und ließ sich darauf nieder.

Charlie schnaubte ungläubig, sagte aber nichts weiter.

Mia wollte ihre Großmutter gerade fragen, was es mit der magischen Unterwasserwelt des Sees auf sich hatte, da fing die alte Dame schon an zu reden.

»Also gut, junge Damen, ich gehe davon aus, dass sich eure Wünsche in den nächsten Tagen erfüllen werden, solltet ihr meine Anweisungen befolgt haben. Ich hoffe, ihr versteht, wie generös es von mir war, euch das Geheimnis des Wunschbrunnens anzuvertrauen. Also ist es sicher nicht zu viel verlangt, wenn ich dafür von euch eine kleine Gegenleistung erwarte.«

Eine Gegenleistung für ihre Wünsche? Was das wohl sein würde!

»Sollen wir den Steg schrubben? Oder den Rasen mähen?«, schlug Paulina vor. »Wir könnten auch für die Gäste singen oder tanzen, das wäre bestimmt lustig.« Sie deutete eine Pirouette an und wäre dabei fast vom Steg gefallen.

»Ach nee, wir haben doch Ferien«, beschwerte sich Charlie.

Mia, die nun wieder klar denken konnte, erinnerte sich

an den Grund ihres Treffens. »Es geht doch um den neuen Auftrag für die Geheimagentur Wunder.«

Lady Lou nickte. »Ja, es ist eine ziemlich verzwickte, aber ich fürchte, auch gefährliche Sache. Ich kann doch auf euch zählen?«

Das klang natürlich schon viel aufregender.

»Selbstverständlich«, bestätigte Charlie schnell. Die drei waren viel zu neugierig, um abzulehnen.

»Was sollen wir tun? Es hat etwas mit dem See und der Unterwassermagie zu tun, oder?«, fragte Mia erwartungsvoll.

Warum hätte ihre Großmutter sie sonst auf das entsprechende Kapitel im Legendenbüchlein hinweisen sollen?

»Ja, so ist es.«

Lady Lou holte tief Luft und begann zu erzählen. »Es hängt alles mit dem Seejungfrauenbrunnen zusammen. Was ihr noch nicht wisst: Die Kupfermünzen fallen nach der Wunscherfüllung tief nach unten in den Brunnen und verwandeln sich dabei in echtes Gold.«

Wow. Das war ja unglaublich! Charlie pfiff beeindruckt durch die Zähne. »Deshalb gibt es das Gitter im Brunnen, damit niemand das Gold klaut?«

Lady Lou nickte.

Sie wollte gerade weitererzählen, als Charlie sie unterbrach. »Sollen wir dir helfen, die Goldmünzen da rauszuholen? Dürfen wir dann ein paar davon behalten?«

Mia und Paulina lachten. Das wäre eine tolle Sache.

Doch Lady Lou blieb ernst. Und Mia bemerkte, dass sie nervös auf ihrem Klappstuhl hin und her rutschte, während sie besorgt auf den See hinausschaute. »Es ist komplizierter, als ihr denkt, Kinder. Diese Magie ist eine ziemlich komplexe Sache. Und es gibt einen – nein, eigentlich drei Haken.«

Sie machte eine Pause und ließ noch einmal ihren Blick über den See gleiten. Wovor hatte sie Angst?

Dann raunte sie: »Es handelt sich um eines der größten Geheimnisse dieses Hauses.«

Die Art und Weise, wie sie das sagte, verursachte bei Mia sofort eine Gänsehaut.

Im Flüsterton sprach Lady Lou weiter: »Erstens: Das Gold gehört uns nicht. Uns gehören nur die Wünsche. Zweitens: Nur wenn die Goldmünzen dauerhaft unter Wasser aufbewahrt werden, behalten die Wünsche ihre Kraft und lösen sich nicht wieder auf. Und drittens: Wenn wir das Gold nicht an seinen rechtmäßigen Besitzer abgeben, droht dem Hotel großes Unheil.«

Mia erschauderte. Bildete sie sich das ein, oder war in dem Augenblick, in dem ihre Großmutter von Unheil sprach, eine eiskalte Windbö über den See zu ihnen herübergebraust? Sofort hatte sie die warnenden Worte der Geisterprinzessin wieder im Kopf. Großes Unheil vom See. Hatte das alles etwas miteinander zu tun? Oder spielte ihre Fantasie ihr nur wieder einen Streich?

Charlie ging die Sache nüchterner an und versuchte, hinter die Logik der Wunschbrunnenmagie zu kommen. »Warum müssen die Münzen im Wasser bleiben? Ist die Magie nicht mit der Umwandlung der Münzen in Gold abgeschlossen?«

Mia wunderte sich, dass ihre Cousine bereit war, daran zu glauben, dass einfache Kupfermünzen im Wunschbrunnen zu echtem Gold wurden, auf der anderen Seite aber nicht akzeptieren wollte, dass die Wünsche sich auflösten, wenn man die Goldmünzen aus dem Wasser nahm. Das war doch alles unglaublich.

»Wir können es nicht begründen, aber das Wasser ist notwendig, um den Wunschzauber zu erhalten«, antwortete ihre Großmutter.

»Und wem gehört das Gold?«, fragte Paulina.

Lady Lou seufzte, es schien ihr nicht leichtzufallen, darüber zu sprechen.

»Es gehört jemand sehr Mächtigem. Er schützt uns und unser Hotel, solange er das Gold bekommt. Der Brunnen wird einmal im Jahr geleert, und die zu Gold gewordenen Münzen werden ihm übergeben. Diese Aufgabe hat bisher stets Richard übernommen.«

Der Wunschbrunnen produzierte also auf magische Weise Gold, das das Hotel als Schutzgeld an »jemand sehr Mächtiges« zahlen musste. Mia überlegte, wer das sein könnte. Ein Mafiaboss? Oder ein korrupter Politiker? Bevor sie fragen konnte, sprach ihre Großmutter schon weiter.

»Eigentlich sollte es euer Auftrag sein, Richard beim Herausholen und Übergeben der Münzen zu unterstützen. Er ist doch so alt und klapperig geworden. Aber dann ist ein größeres Problem aufgetreten.« Lady Lou seufzte noch einmal tief.

»Was für ein Problem?«, fragte Mia.

»Nun, als ich Richard heute Nachmittag mitteilte, dass ich euch bitten will, ihm zu helfen, damit die Münzübergabe reibungslos verläuft, berichtete er mir etwas Unfassbares.« Wieder machte sie eine Pause, um die richtigen Worte zu finden.

»Was denn?«, fragte jetzt Charlie ungeduldig.

Es war unerträglich spannend.

»Der Schlüssel ist weg«, flüsterte Lady Lou.

»Welcher Schlüssel?«, fragten darauf alle drei Geheimagentinnen gleichzeitig.

»Der Schlüssel, mit dem man das Eisengitter im Brunnen öffnen kann, um die Münzen hinaufzuholen. Er befand sich stets am Generalschlüsselbund und damit in Richards Obhut. Doch nun ist er weg, und das Gitter kann nicht geöffnet werden. Das Schlimme daran ist, dass der Zeitpunkt der Übergabe immer näher rückt und der Besitzer der Goldmünzen vermutlich sehr zornig wird, sollte er sein Gold nicht rechtzeitig bekommen.«

Mia dachte an die Sache mit dem großen Unheil und schluckte. Dann sah sie ihre Freundinnen an. Waren sie womöglich schuld daran, dass der Schlüssel vom Generalbund verschwunden war? War er bei ihrem nächtlichen Spukturnier-Besuch abgefallen oder so? Charlie und Paulina zuckten mit den Schultern.

»Seit wann ist denn der weg, der … der Schlüssel?«, stammelte Mia.

»Richard hat es heute erst bemerkt, aber so schusselig, wie er neuerdings ist, heißt das gar nichts. Wichtig ist, dass wir ihn schnell wiederfinden«, antwortete ihre Großmutter und schaute besorgt auf ihre Uhr.

»In exakt drei Tagen, zwei Stunden und 27 Minuten muss die Übergabe der Goldmünzen stattfinden, sonst wird etwas furchtbares passieren.«

»Wir könnten das Gitter aufschweißen«, schlug Charlie vor.

Doch ihre Großmutter schüttelte entschieden den Kopf. »Das würde viel zu viel Wind machen. Niemand darf davon erfahren. Absolute Geheimhaltung. Es hilft nichts, wir müssen den Schlüssel wiederfinden. Also brauche ich dringend eure Hilfe.«

Nun seufzte auch Charlie. »Wir können es versuchen, aber ich sage es gleich, ich bin echt schlecht im Sachenfinden. Ich verliere dauernd etwas, Schlüssel, Mützen, Turnbeutel … alles. Und nichts davon finde ich wieder.«

Mia ahnte, dass ihre Großmutter ihnen bisher nur die Hälfte der Geschichte erzählt hatte. »Wem gehören die Goldmünzen? Wem müssen sie übergeben werden?«, flüsterte sie.

Lady Lou antwortete nicht, stattdessen schaute sie wieder ängstlich auf den See hinaus. Die Abendsonne war fast hinter den Bäumen verschwunden und tauchte den ganzen Blankensee in ein goldrotes Licht.

»Wenn wir helfen sollen, musst du uns alles erzählen«, flehte Mia.

Lady Lou bedeutete den Mädchen, noch etwas näher zu rücken. Man merkte, wie sie mit sich rang und wie schwer es ihr fiel, dieses Geheimnis zu lüften. »Die Übergabe findet jedes Jahr hier am Steg statt, abends um genau neun Minuten nach neun. Die Goldmünzen werden dann in einer stabilen Truhe auf dem Grund des Sees verwahrt.«

»Im See ist eine echte Schatztruhe, *de verdad*?«, staunte Paulina.

»Ja, wenn du so willst, ist es eine Schatztruhe.«

Doch das war nicht die Antwort auf Mias Frage.

»Wer bekommt die Goldmünzen?«, flüsterte Mia noch einmal.

Lady Lou zögerte erneut. »Es ist nicht so harmlos, wie ihr denkt. Geheimnisse dieser Art sind gefährlich«, warnte sie.

»Jetzt sag es schon, wir haben keine Angst«, erklärte Charlie mutig.

Mia nickte, obwohl sie sehr wohl Angst hatte.

Ihre Großmutter schaute jeder von ihnen eindringlich in die Augen, dann nickte sie und flüsterte: »Undarthor.«

Ein Schauer lief über Mias Rücken, obwohl sie keine Ahnung hatte, wer dieser Undarthor sein konnte.

4

Sommernachtsmagie

Die Sonne war mittlerweile untergegangen, und die Mädchen eilten zusammen mit Lady Lou zurück zum Hotel. Sie würden ihr nicht von der Seite weichen, bis sie erfahren hatten, was sich hinter dem Namen Undarthor verbarg.

Sie nutzten den Hintereingang und liefen eine schmale Wendeltreppe hinauf, die sie direkt in das Büro der Direktorin führte.

Erschöpft ließ sich Lady Lou auf den Sessel hinter ihrem Schreibtisch fallen. »Setzt euch. In der Minibar sind noch Saft und Schokolade.«

Doch die Mädchen waren viel zu aufgeregt, um an Essen oder Trinken zu denken. Sie wollten endlich erfahren, wie dieses Mysterium zusammenhing.

Lady Lou wartete, bis alle saßen, dann lüftete sie das Geheimnis. Und was die Geheimagentinnen nun zu hören bekamen, war noch viel unglaublicher als jeglicher übernatürlicher Zauber, dem sie bisher im Grand Hotel Wunder begegnet waren.

»In den Tiefen des Blankensees, unter der Insel, auf der noch die Ruine von Burg Schauerstein steht, befindet sich eine Felsenhöhle, in der die magische Schatztruhe versteckt ist, die das Brunnengold bewahrt. Sie hat einen mächtigen Wächter: Undarthor, einen uralten Wassergeist. Er herrscht über die Wasserwelt des Blankensees und aller angrenzenden Gewässer. Wir sind auf seine Gunst angewiesen«, warnte Lady Lou.

Die Mädchen schauten sich ungläubig an. Die Felseninsel, auf der sich die Ruine von Schloss Schauerstein befand, lag mitten im See, gegenüber vom Freibad. Keine von ihnen hatte bisher geahnt, dass sich dort im Felsen tief unten im See eine Höhle befand, in der ein mutmaßlich gefährlicher Wassergeist wohnte. Charlie prustete skeptisch. Sie würde auch diese Geschichte erst glauben, wenn es Beweise gab.

Selbst Mia konnte nicht glauben, dass der mächtige Wassergeist, von dem sie in dem Legendenbüchlein gelesen hatte, tatsächlich existierte. Das war ja noch viel unwahrscheinlicher als ein Mafiaboss!

Doch ihre Großmutter ließ sich nicht aus dem Konzept

bringen und sprach langsam weiter. »Ich habe mich stets darauf verlassen, dass Undarthor im See für Ordnung sorgt. Er ist der Herrscher über alle Unterwasserwesen und Wächter des Schatzes und des Hotels. Er war immer gütig, für seine Dienste forderte er nichts weiter als die goldenen Wunschmünzen. Einmal im Jahr holt er sie am Steg ab, um sie in die magische Truhe zu legen. So funktioniert der Wunschzauber schon seit langer, langer Zeit. Doch was geschieht, wenn Undarthor seine Goldmünzen nicht bekommt, ist unberechenbar. Ich befürchte großes Unheil, und auch Prinzessin Anastasias Vorahnung spricht dafür.«

»Du hast doch gesagt, die ist nur überempfindlich?«, meinte Mia.

»Da wusste ich ja noch nichts von dem verlorenen Schlüssel«, antwortete ihre Großmutter besorgt.

Paulina runzelte die Stirn. »Und warum haben wir den Unterwassergeist noch nie gesehen? Wir schwimmen doch ganz oft im See!«

»Undarthor ist sehr menschenscheu, aber das bedeutet nicht, dass er ungefährlich ist. Kinder, wir brauchen unbedingt eine Strategie, um diesen Schlüssel zu finden.«

Lady Lou griff zum Telefon und rief Richard an, um ihn zu ihnen ins Büro zu bitten. Er schien nicht sonderlich begeistert zu sein, aber die resolute Hotelchefin machte unmissverständlich klar, dass seine Anwesenheit nicht nur gewünscht, sondern absolut notwendig war.

Ein paar Minuten später klopfte es an der Tür, und der griesgrämige alte Empfangschef kam hinein. »Bitte schön, da bin ich«, knurrte er unwillig.

Lady Lou musterte ihn streng. »Gibt es etwas Neues? Haben Sie diesen verflixten Schlüssel gefunden?«

Er schüttelte den Kopf. »Nein, Madame.«

»Also gut, die Mädchen werden Ihnen von jetzt an bei der Suche nach dem Schlüssel helfen. Ich habe sie in unser Problem eingeweiht.«

Ritchi räusperte sich unzufrieden. »Ich sagte Ihnen doch schon, ich brauche keine Hilfe, erst recht nicht von Kindern. Ich halte dieses Vorgehen für unwürdig und unangebracht, wenn ich das so sagen darf. Es ist allein meine Aufgabe, und ich werde sie erfüllen.«

Nun wurde die Direktorin ungeduldig. »Und ob Sie Hilfe brauchen. Sie haben schließlich den Schlüssel verloren, und die Uhr tickt.«

»Ich werde mich um alles kümmern, Madame«, antwortete Ritchi entschlossen.

»Wie sieht denn der Schlüssel aus?«, mischte sich Charlie ein.

»Und wann haben Sie ihn zum letzten Mal gesehen?«, ergänzte Paulina.

Ritchi ignorierte ihre Frage, bis Lady Lou ungeduldig wurde. »Richard? Wie kann man nur so stur sein? Nun antworten Sie schon!«

Nur widerwillig erwiderte er: »Der besagte Schlüssel, der auch ohne eure Hilfe wieder auftauchen wird, ist sehr alt, schwarz, etwa sieben Zentimeter groß und hat einen Kopf in Form einer Muschel. Ich kann nicht sagen, seit wann er fehlt, aber es spielt auch keine Rolle. Wenn Sie mich nun entschuldigen würden, der koreanische Botschafter trifft jede Minute mit seiner Familie ein.«

Damit drehte sich er sich um und ging aus dem Büro.

Irritiert schauten sich die Geheimagentinnen an. War ihre Hilfe jetzt gefragt oder nicht?

Lady Lou schnaubte unzufrieden. »Dieser aufgeblasene alte Knacker.«

Die Mädchen mussten lachen. Sie hätten sich nie getraut, Ritchi so zu nennen.

Mia versuchte zu verstehen, was gerade passiert war. »Wieso will der denn unsere Hilfe nicht? Weiß er nicht, was auf dem Spiel steht?

Lady Lou seufzte. »Ich fürchte, er nimmt es nicht ernst. Überhaupt ist er in letzter Zeit so vergesslich und langsam geworden. Deshalb sollt ihr ihm ja überhaupt nur helfen.«

»Und was machen wir jetzt?«, fragte Charlie.

»Jetzt geht ihr erst mal ins Bett. Müde seid ihr sowieso unbrauchbar. Ich werde morgen früh ein Wörtchen mit Richard reden, und dann schmieden wir einen Schlachtplan.«

Die Mädchen waren einverstanden, sie konnten nach so

viel magischem Input sowieso keinen klaren Gedanken mehr fassen.

Doch als die Mädchen zu dritt im Treppenhaus standen, um sich zu verabschieden, war Mia nicht ganz wohl bei der Sache. »Die Zeit bis zur Übergabe läuft ab, und wir sollen einfach schlafen gehen?«

»*Sí*, und warum ist Ritchi so stur? Der macht doch sonst alles, was die Direktorin will«, rätselte Paulina.

Charlie runzelte die Stirn. »Ja, aber mal ehrlich, wie sollen wir diesen blöden Schlüssel finden? Eigentlich kann ja nur Ritchi wissen, wo er den verloren haben könnte. Ich hatte echt auf einen spannenderen Auftrag gehofft.«

»Aber das ist doch alles total spannend«, widersprach Mia. »Und es bleiben nur noch drei Tage. Ich würde sagen, wir treffen uns gleich morgen früh im Hauptquartier und sprechen alles noch mal durch, bevor wir zu Lady Lou gehen.«

Die anderen stimmten zu. Heute war es definitiv schon zu spät.

Erledigt ließ Mia sich auf ihr Bett fallen. Ihre Mutter war noch nicht zu Hause, wie gewöhnlich kam sie erst spät aus der Hotelküche. Und auch von ihrer Geisterfreundin Lorie war nichts zu sehen. Anscheinend hatte sie sich immer noch nicht von den Siegesfeierlichkeiten der Turniernacht erholt. Also war Mia alleine.

Sie zog den geheimen Ordner mit ihrem Agentinnen-Tagebuch hervor, um alles aufzuschreiben, was es Magisches zu berichten gab.

Und das war ja so einiges.

Geheimakte Wunder 7. Eintrag

Agentinnen der Geheimagentur Wunder:

- Mia: Recherche und Strategie
- Paulina: Ideen, Ausreden und Geheimhaltung
- Charlie: Ausrüstung und Verteidigung
- Lorie (Geisteragentin): magische Ermittlung

Neues Mysterium:

Der Seejungfrauen-Wunschbrunnen: Der Brunnen kann angeblich Wünsche erfüllen, wenn man in dem Moment, in dem die Sonne die Augen der Seejungfrau trifft (etwa 13 Uhr, abzulesen an der Sonnenuhr), eine kleine Kupfermünze in den Brunnen wirft und dabei einen Wunsch sagt. Angeblich funktioniert es bei jedem Wünscher oder jeder Wünscherin, aber nur an zehn bestimmten Tagen (1.1., 2.2. 3.3., 4.4., 5.5., 6.6., 7.7., 8.8., 9.9., 11.11.), jeweils einmal pro Jahr.

Die Kupfermünzen verwandeln sich nach der Wunscherfüllung in pures Gold. Geschützt werden sie durch ein Eisengitter im Brunnen.

Undarthor ist ein uralter, mächtiger Wassergeist, der im Blankensee lebt. Er herrscht über den See und alle angrenzenden Gewässer und sorgt dort für Ordnung. Dafür bekommt er einmal im Jahr das Wunschmünzen-Gold.

Die Übergabe findet immer am zweiten Sonntag im Juli statt, abends um neun Minuten nach neun Uhr.

Nur wenn die Münzen im Wasser bleiben, behalten sie ihre Kraft.

Neue Aufgaben:

- Den Schlüssel für das Eisengitter im Brunnen finden (7 Zentimeter groß, alt, schwarz, Muschelkopf)
- Goldene Wunschmünzen aus dem Brunnen sichern und Undarthor übergeben. (Münzen müssen im Wasser bleiben!)
- Herausfinden, warum Ritchi so stur ist.

Neue (übernatürliche) Fragestellung:

- Funktioniert die Wunscherfüllung des Brunnens wirklich?
- Was ist das Dritte Auge? Was bedeutet es für Mia, das »Auge der Erkenntnis« zu haben?

Ständige Aufgaben:

- Die mystische Welt des Grand Hotel Wunder zu erforschen und zu verstehen.

Magische Verpflichtung:

Die Geheimagentinnen verpflichten sich, die Geheimnisse des Grand Hotel Wunder zu bewahren, die magischen Geschöpfe und Bewohner des Hauses zu respektieren und ihre Fähigkeiten im Dienste des ewigen Fortbestehens des Hauses einzusetzen.

»Hey, Mia-Maus, ich hab Lachspastete, Steinpilzrisotto und Himbeersorbet mitgebracht«, rief Marlen, als sie später aus der Hotelküche kam. Sie balancierte verschiedene Teller und Schüsseln, die Mia ihr abnahm und auf den Tisch stellte.

Das war der Vorteil, wenn man eine Mutter hatte, die Chefköchin war: Sie brachte immer superleckeres Essen mit nach Hause.

Erstaunlicherweise hatte Mia auch schon wieder Hunger, und so saßen sie bald an ihrem alten Küchentisch zusammen und machten sich über die Köstlichkeiten aus der Hotelküche her.

Mia liebte die seltenen Gelegenheiten, bei denen sie mit ihrer Mutter alleine war. Und diesmal wollte sie den Moment nutzen, um etwas anzusprechen, über das ihre Mutter eigentlich lieber schwieg. »Mama, ich muss mit dir reden, wegen dieser Gabe. Dass ich mehr Magisches sehen und hören kann als andere.« Mias Herz schlug bis zum Hals, aber sie wollte endlich Antworten. »Ich weiß, dass ich irgendwie nicht ganz normal bin, aber was soll ich dagegen tun? Und wie gefährlich ist es wirklich?«

Ihre Mutter lächelte und versuchte, sie zu beruhigen. »Ach, Mia, weißt du, du bist einfach nur ein bisschen sensibler als andere. Das Dritte Auge ist nichts weiter als eine besondere Begabung, so wie ein Sprachtalent oder Musikalität – nichts, worüber du dir Sorgen machen musst.«

»Aber Lady Lou …«, wollte Mia widersprechen, doch ihre Mutter unterbrach sie.

»Deine Großmutter ist ziemlich gut darin, aus allem ein Drama zu machen.«

»Es ist also nicht gefährlich?«

»Nein, Mäuschen, du wirst von ganz alleine lernen, es zu kontrollieren.«

»Und du hast diese Gabe auch?«

»Ja, du hast sie von mir geerbt und ich von deiner Großmutter. Und ich lebe ganz gut damit. Es sei denn, irgendeine der Herrschaften schleicht sich in die Hotelküche und überrascht mich, dann lasse ich schon mal vor Schreck den Kochlöffel fallen.« Marlen lachte und begann, das Geschirr wegzuräumen.

Aber Mia gab sich damit nicht zufrieden. »Könnte es sein, dass ich deshalb seltsame Tagträume habe?«, fragte sie. Sie dachte dabei an ihre Begegnung mit dem Jungen im See.

»Nein, du hattest immer schon viel Fantasie, das hat nichts mit deiner Gabe zu tun.«

Mia hätte gerne noch mehr erfahren, aber ihre Mutter erklärte, sie sei total erledigt und müsse schnellstmöglich ins Bett. Ihr Gähnen war ansteckend, und Mia musste zugeben, dass auch sie hundemüde war.

Als Mia wenig später im Bett lag und die Augen schloss, sah sie Tonys hübsches Gesicht wieder vor sich: grüne Augen, goldene Locken, ein freches Lächeln. War er wirklich nur ein Produkt ihrer überquellenden Fantasie?

Schließlich schlief sie doch irgendwann ein und hatte einen ungewöhnlichen Traum. Das Mondlicht beleuchtete den See. Mia sprang vom Steg und tauchte unter.

Im See breitete sich eine zauberhafte Unterwasserwelt vor ihr aus. Mit offenen Augen schwamm sie durch die Tiefen. Es war, als könnte sie sich unter Wasser völlig frei bewegen, ganz ohne Luft zu holen. Fantastisch. Ob es sich so anfühlte, unter Wasser zu leben?

Das Wasser war klar und ruhig. Mondlicht schien von oben herab und tauchte die Unterwasserlandschaft in ein schimmerndes Licht.

Plötzlich sah Mia ein goldenes Leuchten vor sich und folgte ihm immer weiter in den See hinein. Was war das für ein Licht? Sie schwamm schneller, um das Leuchten einzuholen, und entdeckte eine goldgeschuppte Schwanzflosse vor sich. Doch es war kein Fisch, der mit ihr durch die Seegraswälder tauchte, sondern ein Junge, der statt Füßen einen Fischschwanz hatte! Echt jetzt? Was war das für ein Geschöpf? War es womöglich Tony? Konnte das sein?

Sie versuchte, ihn genauer zu betrachten, doch jedes Mal, wenn sie sich ihm näherte, schwamm er weg oder tauchte unter.

Fasziniert folgte Mia ihm durch den See. Sie versuchte, ihn einzuholen, doch er war schneller. Bald entwickelte sich ein Spiel zwischen den beiden, in dem sie immer wieder probierte, ihn zu fangen, und er jedes Mal im letzten Moment davonsauste, sich versteckte und dann wieder hinter einem Unterwasserfelsen hervorlugte.

So durchquerten sie leuchtende Seerosenteppiche, ließen sich von der Strömung mitreißen und schwammen mit riesigen Karpfen und winzigen Rotfedern um die Wette.

Bis er sich schließlich zu Mia umdrehte. Er grinste sie an, und es war, als träfe Mia ein Blitz. Sie erkannte Tony sofort wieder. Ein knisterndes Gefühl breitete sich in ihrem Körper aus, und auch der Herzflummi in ihrer Brust machte sich bemerkbar. Sie konnte nicht anders, als ihn anzustarren, auch wenn das vermutlich total dämlich rüberkam.

Bis zum Bauchnabel sah er aus wie ein Menschenjunge mit vielen Muskeln, darunter hatte er eine Fischschwanzflosse mit glänzenden, grün-goldenen Schuppen. Er musste etwa in ihrem Alter sein, wenn man das bei dieser Spezies überhaupt sagen konnte. Mia fragte sich, ob es wohl unhöflich war, ihn so anzustarren, aber sie konnte einfach nicht anders. Schließlich war es ja auch nicht so, dass sie täglich Typen mit goldener Flosse begegnete. Als sie fasziniert feststellte, dass sein Bauchnabel die Form einer Muschel hatte, hörte sie ihn lachen und sah ihm ertappt wieder in die grünen Augen.

»Alles gut bei dir?«, fragte Tony.

O nein, was jetzt? Sollte sie einfach so tun, als sei das alles hier total normal? Er hatte sicher schon bemerkt, dass sie noch nie jemandem wie ihm begegnet war.

Sie entschied sich dafür, so tun, als wäre nichts dabei. Funktionierte aber nicht so richtig. »Ääh, ja … cool. Tony, oder? Ich bin Mia … hab ich schon gesagt, oder? Wieso … kann ich mit dir sprechen … unter Wasser? Krass. Äh, was? Ich meine, äh, wo … wohnst du hier … im See?«

Okay, jetzt musste er sie echt für megabescheuert halten.

»Ahoi, Mia. Eigentlich heiße ich Triton, aber ich finde, Tony klingt cooler«, antwortete er und lächelte dabei.

Mal ernsthaft, wie konnte man nur so gut aussehen?

Mia versuchte, ruhig zu bleiben, aber ihr Herzflummi brachte sie so aus dem Gleichgewicht, dass sie wild mit den Armen rudern musste, um auf der Stelle schwimmen zu können. Das sah bestimmt megablöd aus.

Zum Glück blubberte Tony einfach weiter. »Ich komme eigentlich aus dem Mittelmeer und bin nur auf der Durchreise hier. Ich mache gerade eine meiner Wasserwelterkundungen. Vom Schwarzen Meer aus bin ich flussaufwärts geschwommen, ein paarmal abgebogen und hier gelandet. Der See ist echt super, also hab ich gedacht, hier chill ich erst mal ein bisschen.«

Mia verstand nur die Hälfte, aber damit die ganze Sache

nicht noch blamabler wurde, zwang sie sich dazu, etwas zu sagen. »Ah ... cool. Ich hab auch Ferien.«

Doch dann verhedderte sie sich mit ihren rudernden Armen in den langen Stängeln einer Wasserpflanze, die sich immer enger um sie wickelte. Verdammt, wo war die denn jetzt hergekommen? Und wie kam sie da jetzt wieder raus?

Sie versuchte, sich zu befreien, aber die Stängel ließen sich nicht abschütteln, und je mehr sie sich bewegte, umso gründlicher verwickelte sie sich in den grünen Schlingen.

Tony kam ihr schließlich zu Hilfe. »Warte, still halten, nicht so strampeln, hab's gleich.« Heldenhaft zerriss er die Stängel und Ranken und befreite Mia.

»Danke, ohne dich wär ich da nicht rausgekommen«, sagte sie.

»Doch, du hättest nur nicht so mit den Beinen zappeln dürfen«, blubberte er.

Da fiel ihr Blick wieder auf seine Schwanzflosse.

»Was bist du überhaupt? Ein Meerjungfrauen-Junge?« Mia war nicht sicher, ob sie das wirklich gesagt oder nur gedacht hatte.

Tony prustete ein paar Wasserblasen aus, die um ihn herum nach oben schwebten. »Korrekt heißt es Meerjunge. Mein Vater ist Poseidon, von dem hast du sicher gehört. Ich habe 28 Geschwister und Halbgeschwister.«

»Echt jetzt?«, staunte Mia. Poseidon, war das nicht der Gott des Meeres? Ihr Vater hatte ihr früher nächtelang griechische Sagen erzählt. Krass, das erklärte zumindest, warum dieser Tony so göttlich aussah. Mist, jetzt starrte sie ihn schon wieder an. »Sorry, ich habe noch nie einen Meerjungen getroffen.«

»Und ich kein Landmädchen. Du kannst echt gut tauchen. Ich meine, dafür, dass du Beine hast.«

»Ha, ha!« Mia zupfte sich die letzten Stängel der Schlingpflanze von den Füßen. Je länger sie mit Tony sprach, desto entspannter wurde sie. Es fühlte sich eigentlich ganz einfach an. Er war echt nett und lustig und schien sie bemerkenswerterweise weder blöd noch peinlich zu finden.

Tony staunte, was ein »Landmädchen« alles über die Welt der Ozeane wusste. Da Mia auf einem Kreuzfahrtschiff aufgewachsen war, kannte sie sich auf den Weltmeeren fast so gut aus wie Tony in den Weltmeeren.

»Lust auf eine Tour durch den See?«, fragte er schließlich.

»Klaro«, antwortete sie.

Und schon tauchte er ab. Sie schwamm, so schnell sie konnte, hinterher.

Ein aufregendes Gefühl voller Glück und Abenteuerlust durchströmte sie.

Bunte Wasserpflanzen wiegten in der leichten Strömung. Kleine silberne Glitzerschuppen-Fische glitten wie flinke Sterne durch das klare Wasser, während sich kunterbunte Sonnenbarsche majestätisch zwischen den Wasserpflanzen umherbewegten. Ein dicker Karpfen trieb mit starren Augen und offenem Maul auf sie zu. Mia und Tony alberten herum. Er imitierte den Karpfen, und sie lachte blubbernd.

Doch dann legte sich ganz plötzlich ein düsterer Schatten über die beiden. Schlagartig wurde es dunkel und kalt. Mia schaute nach oben zur Wasseroberfläche und sah, dass sie sich unterhalb des Steges befanden. Der Schatten gehörte einer Gestalt, die zu ihnen ins Wasser starrte. Mia drehte sich zu Tony um, doch er war schlagartig verschwunden.

Im nächsten Augenblick erwachte sie. Mit nassen Haaren und klopfendem Herzen lag Mia in ihrem Zimmer im Bett. Was war passiert? War das alles ein Traum gewesen? War dieser Tony, Sohn des Poseidon, mit seinem frechen Grinsen und den türkisgrünen Augen real? Oder existierte er nur in ihrer Fantasie? Gab es überhaupt Meerjungen? Und wieso konnte sie mit ihm überhaupt so lange tauchen, ohne Luft zu holen?

Mia stand auf und guckte aus dem Dachfenster runter zum See. Still und friedlich lag er dort, und es erschien ihr ziemlich unwahrscheinlich, dass die zauberhafte Unterwasserwelt, die sie gerade erlebt hatte, real sein sollte. War es also nichts weiter als ein schöner Traum gewesen? Aber warum waren dann ihre Haare nass?

Sie seufzte und wollte sich gerade zurück ins Bett fallen

lassen, als sie jemanden unten am Steg stehen sah. Der Anblick traf sie wie ein Schlag. War das die Gestalt, die sie gerade aus ihrem Traum gerissen hatte? Sie kniff die Augen zusammen und glaubte, einen großen fremden Mann zu erkennen.

Der groß gewachsene Typ schaute mit einem Fernglas über den See. Was sollte das? Vielleicht handelte es sich um ein Nachtsichtgerät, überlegte sie. Aber was suchte der Fremde? Wonach hielt er Ausschau? Sie beobachtete, wie der Mann nach einer Weile das Ufer verließ und Richtung Hotel ging. War er einer der Gäste? Mia erinnerte sich nicht an ihn, aber wenn er im Hotel wohnte, würde er gleich in die Eingangshalle kommen.

Also schlich sie kurz entschlossen aus der Dachwohnung ins Treppenhaus.

Und wahrhaftig: Sie konnte hören, wie die Hotelglocke läutete. Gleich würde der alte Ritchi auftauchen.

Um besser sehen zu können, was vor sich ging, huschte sie noch eine Etage tiefer und beugte sich über das Treppengeländer, sodass sie unbemerkt hinunter in die Eingangshalle blicken konnte.

Wie erwartet schlurfte Ritchi in seinem karierten Morgenmantel und grauen Hausschuhen zum Hotelportal und öffnete. »Guten Abend. Willkommen im Grand Hotel Wunder«, murmelte er verschlafen.

»Ja, hallo, ich bin Max Muster. Wir haben geschrieben.

Ich brauche ein Zimmer mit Seeblick«, knurrte der Neuankömmling.

Mia beobachtete, wie der groß gewachsene Mann hereinkam. Er trug einen olivgrünen Overall. Sie fand, dass er aussah wie ein waschechter Riese, alles an ihm schien überdimensional groß zu sein, seine Hände, sein Kopf samt Nase, Mund und Bart und der riesige Koffer, den er hinter sich herzog.

»Ah ja, Herr Muster. Haben Sie gut hergefunden? Ihr Zimmer befindet sich in der ersten Etage, mit Blick auf unseren wunderbaren See. Ich werde Ihnen behilflich sein.«

Ritchi wollte nach dem Kisten-Koffer greifen, aber der Riese ließ den Griff nicht los. »Um meine Ausrüstung kümmere ich mich selbst«, knurrte er.

Richard zeigte in Richtung Treppe. »Nun gut, wenn Sie mir folgen wollen? Alles Weitere besprechen wir morgen.«

Der Riese nickte. Mit seinen starken Armen umfasste er seine große Ausrüstungskiste und hob sie die Treppe zur ersten Etage hinauf. Mia beeilte sich, wieder hoch zum Dachgeschoss zu laufen, um nicht entdeckt zu werden. Nun konnte sie allerdings nicht mehr sehen, was vor sich ging. Sie hörte noch leise die Stimmen der beiden Männer, verstand jedoch nicht, worüber sie sprachen.

Auf dem Weg zurück in ihr Zimmer überlegte sie, was den Riesen mit der seltsamen Ausrüstungskiste wohl ins Grand Hotel Wunder verschlagen hatte. Warum war er so interessiert an dem See? Und warum tauchte er ausgerechnet jetzt hier auf?

Ihr Gefühl sagte ihr, das irgendwas mit ihm nicht stimmte. Gleich morgen würde sie den *Chicas* von dem seltsamen neuen Gast erzählen und versuchen, mehr über seine Absichten herauszufinden.

5

Raubritterschatztruhe

Am nächsten Morgen trafen sich die Mädchen wie verabredet – das heißt, nicht ganz, denn Mia kam ihren Freundinnen auf der Treppe entgegen und erklärte, sie sollten ihre Besprechung doch lieber unten am Ufer des Sees abhalten als in ihrem Hauptquartier auf dem Dachboden. Charlie und Paulina waren einverstanden, und so liefen sie über die Hotelwiese runter zum See.

Es gab einiges zu berichten. Die gute Nachricht lautete, dass ihre Brunnenwünsche offenbar doch noch in Erfüllung gingen.

Charlie erzählte aufgeregt, dass ihre Eltern einen großartigen Forschungserfolg gefeiert hatten. In ihrem Labor waren sie spätnachts auf eine alles verändernde Formel gestoßen. Nun mussten sie die Lösung nur noch anhand einiger Experimente überprüfen. Aber ihr Vater war sich sehr sicher, dass alles stimmte. Sollte diese sensationelle neue Formel halten, was sie versprach, würde sie die Welt verbessern, und Charlies Eltern würden damit sogar berühmt werden. Aber was noch viel wichtiger war: Sie würden endlich Zeit für einen gemeinsamen Familienurlaub ohne Forschung und Experimente haben.

Mia war ähnlich begeistert, denn ihre Mutter hatte ihr beim Frühstück erzählt, dass ihr Vater seinen Besuch angekündigt hatte. Er wollte Zeit mit ihnen verbringen, weil er sie so vermisste. Mia freute sich sehr – umso mehr, als sie bemerkte, wie glücklich auch ihre Mutter darüber war. Sie war sich sicher, wenn ihre Eltern sich wiedersähen, würden sie sich auch wieder versöhnen.

Auch Paulina war happy mit dem Fortschritt ihrer Wunscherfüllung. Leon hatte ihr abends noch eine Nachricht geschrieben und sich für den Nachmittag mit ihr im Eiscafé Fantasia am Marktplatz verabredet. Endlich würden sie mit ihm alleine sein und über etwas anderes reden als Fußball.

Aber neben all diesen guten Nachrichten gab es auch eine schlechte. Und die war der Grund dafür, dass Mia mit den *Chicas* zum See wollte. Als sie an der hoteleigenen Badestelle angekommen waren, sahen sie den nächtlichen Neuankömmling bereits am Ufer stehen und seine Ausrüstungskiste sortieren.

Mia wendete sich verschwörerisch an ihre Freundinnen. »Das ist er, Max Muster, der Riese dort. Er hat gestern Nacht eingecheckt, und ich sage euch, mit dem stimmt was nicht.«

In sicherer Entfernung, im Schatten des Bootsschuppens, ließen sich die drei nieder und beobachteten den neuen Gast.

»Was packt der denn alles aus?«, wollte Charlie wissen.

»Und was will der damit hier anstellen?«, fügte Paulina hinzu.

»Ich glaube, er will in den See«, meine Mia. »Das ist eine Taucherausrüstung.«

Bei dem Gedanken an die zauberhafte Unterwasserwelt, die sie in der letzten Nacht in magischer Begleitung erlebt hatte, musste Mia unwillkürlich lächeln. Doch sie traute sich nicht, ihren Freundinnen von ihrem Traum – oder was auch immer es gewesen war – zu berichten. Die beiden würden sich sicher nur über sie lustig machen. Der Meerjunge Tony sollte vorerst ihr Geheimnis bleiben.

»Oh, *no*, hoffentlich sucht er nicht diesen Goldschatz mit den Wunschbrunnenmünzen«, meinte Paulina besorgt.

»Davon kann er nichts wissen«, erklärte Charlie.

Mia zuckte mit den Schultern. »Fest steht, wir müssen verhindern, dass dieser Typ hier irgendetwas findet – denn Schätze, Geister und Geheimnisse gibt es im Hotel und der näheren Umgebung ja genug.«

Charlie stand kurz entschlossen auf. »Kommt, wir fühlen ihm auf den Zahn.«

Bevor ihre Freundinnen sie aufhalten konnten, ging sie schnurstracks auf den Riesen zu. Mia und Paulina folgten ihr.

Charlie blieb vor Max Musters Ausrüstungskiste stehen, stemmte die Arme in die Hüfte und schaute neugierig, was er alles auspackte.

Der Riese, der immer noch den grünen Overall trug, musterte sie irritiert. »Was willst du denn?«, knurrte er unfreundlich.

Mia konnte sogar aus drei Schritt Entfernung sehen, wie gefährlich seine dunklen Augen funkelten.

Aber ihre Cousine ließ sich nicht beeindrucken. »Guten Tag, ich bin Charlotte Wunder, meiner Familie gehört dieses Hotel. Darf ich fragen, was Sie hier machen?« Sie beugte sich forschend über die Kiste. »Ist das ein Metalldetektor? Und eine Taucherausrüstung? Interessant.«

Ein mürrisches Brummen war die Antwort.

Da fiel Mia etwas auf. Auf der Kiste stand nicht Max Muster, der Name, mit dem sich der Riese angemeldet hatte, sondern Falk Lutzer.

Nachdem der Riese offenbar verstanden hatte, dass er die Mädchen nicht ohne Weiteres wieder loswerden würde, strafte er sie mit Nichtbeachtung.

»Was wollen Sie denn hier mit dieser ganzen Ausrüstung? Hier gibt es doch gar nichts Interessantes zu entdecken«, erklärte Charlie.

»*Sí*, hier gibt es nix Spannendes. *Nada*. Der See ist nur kalt und dreckig«, log nun auch Paulina.

Da schaute er sie erbost an. »Es geht euch überhaupt nichts an, was ich hier suche. Verschwindet, ihr Gören.«

Okay, das war ziemlich furchteinflößend. Mia griff nach Paulinas Hand und zog sie mit sich die Wiese hinauf.

Charlie folgte ihnen fluchend. »So ein Dumpfbrocken, Großkotz, Knurrkacker.«

Von der Hotelterrasse aus beobachteten sie den unfreundlichen Gast von Weitem.

Mia berichtete ihren Freundinnen von dem anderen Namen auf der Ausrüstungskiste.

»Vielleicht ist das ein Hinweis?« Charlie zog kurzerhand ihr Smartphone hervor und googelte Falk Lutzer. »Bingo! Hier, das ist er doch. Da hat er wohl mit falschem Namen bei uns eingecheckt. Und schaut mal.«

Tatsächlich, es gab einen Artikel in einem Onlineportal für »Ungewöhnliche Forschung«, in dem ein gewisser F. Lutzer interviewt wurde. Er bezeichnete sich selbst als »Archäologe und Schatzsucher« und war offenbar schon an vielen Orten gewesen, um »mythologisch wertvolle Kostbarkeiten« zu finden. Zuletzt hatte er ein »verfluchtes« Pharaonengrab gefunden und geöffnet.

»Krass«, rief Mia. »Wir sollten Lady Lou Bescheid

sagen. Sie muss etwas gegen diesen Schatzsucher unternehmen!«

Ihre Freundinnen gaben ihr absolut recht.

Wenig später standen sie im Büro der Hoteldirektorin. Inzwischen waren sie so oft hier, dass sie fast hätten einziehen können. Gemeinsam mit Lady Lou schauten sie durchs Fenster hinunter zum See. Dieser Falk Lutzer war gerade dabei, Wasserproben zu nehmen. Was er damit wohl wollte?

»Es sind schon einige Schatzsucher hier gewesen. Normalerweise paddeln sie herüber zur Insel und hoffen, in der Ruine von Burg Schauerstein ein paar alte Münzen oder eine zerbrochene Karaffe zu finden«, erzählte Lady Lou.

»Aber der will tauchen«, gab Mia zu bedenken.

»Ja, das könnte ein Problem werden«, gab ihre Großmutter zu.

»*Un gran problema*«, bestätigte Paulina. »Aber ich habe überlegt, vielleicht würde dieser Undarthor ihn ja selbst angreifen und verjagen? Das wäre doch eine super Lösung!«

»Er würde ihn sicher verjagen. Aber erstens darf niemand von der Existenz von Geistern jeder Art erfahren. Und zweitens ist es unsere Aufgabe, Eindringlinge vom See fernzuhalten, sonst wird Undarthor wütend, und das wollen wir nicht erleben.«

Mia nickte, das wollte sie wirklich nicht erleben. »Kannst du ihn nicht einfach aus dem Hotel rausschmeißen? Schließlich hat er unter falschem Namen eingecheckt?«, fragte sie ihre Großmutter.

»Könnte ich, aber der sieht nicht so aus, als ließe er sich so schnell loswerden. Wahrscheinlich käme er irgendwo im Ort unter. Besser, er bleibt hier, da haben wir ein Auge auf ihn.«

»Ja, und zur Not müssen wir ihn aufhalten«, erklärte Charlie unerschrocken.

Mia runzelte die Stirn. Selbst zu dritt würden sie es wohl kaum schaffen, diesen Berg von einem Mann aufzuhalten. Der würde sie doch zwischen zwei Fingern zerquetschen, wenn es sein musste!

Doch ihre Großmutter gab Charlie recht und schien vollstes Vertrauen in die Geheimagentinnen zu haben. »Aber die Suche nach dem Schlüssel hat Vorrang. Unsere Zeit läuft ab, nicht mal mehr drei Tage. Habt ihr schon angefangen?«

Die Mädchen sahen sich an und zuckten mit den Schultern.

»Nee, wir dachten … ähm … Ritchi?«, stotterte Mia.

»Ach, vergesst diesen senilen Sturkopf, der hilft uns nicht weiter. Macht euch an die Arbeit, krempelt das ganze Hotel um – aber unauffällig.«

Dann ging sie zu ihrem großen Schreibtisch, setzte sich und widmete sich wieder ihrer Arbeit. Die Mädchen wussten, dass erwartet wurde, dass sie sich so schnell wie möglich auf die Schlüssel-Suche machten.

Doch in der Tür drehte sich Mia noch einmal zu ihrer Großmutter um. »Kann ich dich noch etwas fragen?«

Lady Lou schaute sie ungeduldig über ihre Lesebrille hinweg an. »Du hast eine Minute, mein Kind.«

Mia bedeutete ihren Freundinnen mit einer Kopfbewegung, dass sie schon mal vorgehen sollten. Dann schloss sie hinter ihnen die Tür und setzte sich schnell auf den Stuhl vor Lady Lous Schreibtisch.

»Ja, ähh, also …«

»Also?«, fragte ihre Großmutter.

»Kann es sein, dass man, also dass ich … Sachen träume, die real sind oder werden? Also Begegnungen oder Erlebnisse? Hat es vielleicht irgendetwas mit … dieser Gabe zu tun?«

Lady Lou kräuselte die Stirn. »Träume sind oft trügerisch, lass dich nicht von ihnen täuschen, mein Kind. Mit dem Dritten Auge haben sie bestimmt nichts zu tun.«

Mia war etwas enttäuscht. Sie hatte gehofft, dass sie einen Anhaltspunkt dafür finden würde, dass ihr Abenteuer mit Tony nicht bloß ihrer Fantasie entsprungen war. Aber sie hatte noch tausend andere Fragen. »Ist es eigentlich ein Zufall, dass hier im Hotel und im See so viele Geister wohnen?«

Lady Lou lachte. »Es gibt weniger Zufälle, als du denkst. Ich vermute, dass das Dritte Auge meines Großvaters ausschlaggebend dafür war, dass das Grand Hotel Wunder einst an diesem besonderen Ort mit seiner besonderen mystischen Energie gebaut wurde. Das Hotel ist auf den Grundmauern des verfallenen Schlosses Schauergrund errichtet worden, und dort soll es schon seit Jahrhunderten gespukt haben. Der Wunschbrunnen stammt noch aus dieser Zeit. Aber warum die Magie existiert, ist genauso unergründlich wie die Existenz unseres Universums.« Damit schloss die Direktorin die Unterredung und sah auf die Uhr. »Unsere Minute ist vorbei, *chérie.*«

»Aber ich habe noch so viele Fragen!«, protestierte Mia.

»In den Hotelchroniken wirst du sicher deine Antworten finden. Aber sei vorsichtig, Mia. Eine besondere Gabe bedeutet auch immer eine besondere Verantwortung.«

Mia war dankbar, dass ihre Großmutter ihr vor einiger Zeit erlaubt hatte, in den alten Aufzeichnungen über das Hotel und seine magischen Vorkommnisse zu lesen. Aber sie wusste auch, dass in den Chroniken keinerlei Begründungen für die Magie dieses besonderen Ortes gegeben wurden, sondern sie lediglich der Dokumentation dienten.

Verwirrt und keinen Schritt weiter traf Mia ihre Freundinnen am Seejungfrauenbrunnen wieder.

Der Anblick der Marmornixe versetzte Mia einen kleinen Stich, weil sie sie an Tony erinnerte. Ob die Nixe wohl auch mal im Blankensee zu Besuch gewesen war? Vielleicht war sie sogar mit Tony verwandt?

Charlie riss Mia aus ihren Gedanken, als sie vor ihr aus dem Brunnen auftauchte und sich das Wasser aus den Haaren schüttelte. »Nix zu sehen, total dunkel da unten. Aber ich glaube, ich hab das Gitter mit den Fingerspitzen berührt.«

»Hör auf, *chica*, wenn dich der Riese sieht, weiß der doch gleich, wo er nach Gold suchen muss«, zischte Mia ihr vorwurfsvoll zu.

»*No, el gigante,* der Riese, ist eben mit dem Bus in den Ort gefahren. Seine Ausrüstung ist in seinem Zimmer eingeschlossen, haben wir schon gecheckt«, erklärte Paulina.

»Okay, Leute, wo fangen wir an, nach dem Schlüssel zu suchen?«, fragte Mia.

Charlie verdrehte die Augen. »Willst du ernsthaft alle 365 Zimmer des Hotels durchsuchen? So finden wir den sicher nicht. Der könnte ja überall sein."

»Aber was, wenn es unsere Schuld ist, dass er verloren gegangen ist? Vielleicht ist er mir aus der Tasche gefallen, als ich den Generalbund dabeihatte?«, meinte Mia besorgt.

»Ach Quatsch. Vom Generalbund fällt doch nicht einfach ein Schlüssel ab. Wir müssen die Sache irgendwie anders angehen."

»Was wolltest du eigentlich noch von Lady Lou?«, fragte Paulina neugierig.

Mia überlegte, ob sie ihren Freundinnen von Tony und ihrem seltsamen Traum erzählen sollte. Aber die zwei würden sich bestimmt nur über ihre Meerjungenträume lustig machen. Also verschwieg sie ihnen die Traumbegegnung vorerst. »Ach, es ging nur um meine bescheuerte Gabe. Aber ich hab noch etwas Interessantes erfahren.«

»Du kannst nicht nur Geister sehen, sondern auch die Zukunft voraussagen?«, fragte Charlie scherzhaft.

»Oder zaubern? Kannst du zaubern, *chica*?«, fiel Paulina ein, und die beiden lachten.

»Ha, ha! Sehr lustig. Nein, es geht um das Hotel und diesen Brunnen. Lady Lou hat erzählt, das Hotel sei auf den Mauern eines alten Spukschlosses gebaut worden. Nur dieser Brunnen ist von Schloss Schauergrund übrig geblieben.«

»Schloss Schauergrund? Gehört das *posiblemente* zu der Burg Schauerstein auf der Insel?«, vermutete Paulina.

»Ja, das hab ich auch gedacht. Das hängt alles irgendwie zusammen. Und ich hab überlegt, wir sollten unbedingt Hilpold von Schauerstein, den Geisterritter, befragen«, meinte Mia.

»Der heißt ja auch so«, entgegnete Paulina trocken.

»Ja, und vielleicht kann der uns auch irgendwie bei der Schlüsselsuche weiterhelfen. Geister sind bestimmt super Sachenfinder«, schlug Charlie vor.

»Aber Hilpold ist seit Jahrzehnten in seiner rostigen Rüstung gefangen«, gab Mia zu bedenken.

»Eben, er hat den Salon immer im Blick. Los, wir gehen gleich hin!«, rief Charlie und sprang auch schon die Treppe zum Hotelportal hinauf.

Mia war nicht ganz wohl dabei, einen Hotelgeist bei Tageslicht aufzusuchen, und das auch noch ohne den Generalbund. »Die Herrschaften schlafen tagsüber. Man darf sie nur nachts treffen.«

»Dann wecken wir ihn eben auf. Ist schließlich ein Notfall«, erklärte ihre Cousine, öffnete die Hoteltür und ging hinein, ohne auf Mia und Paulina zu warten.

Den beiden blieb nichts anderes übrig, als ihr hinterherzulaufen. Schließlich konnten sie etwas magischen Beistand bei der Schlüsselsuche echt gut gebrauchen.

Die drei Freundinnen schlichen durch die Empfangshalle, am mürrischen Concierge vorbei, um unbemerkt in den Salon zu gelangen. Es war ihnen verboten, sich dort ohne die Begleitung von Erwachsenen aufzuhalten, und sie hatten absolut keine Lust auf Diskussionen mit Ritchi.

Sie schafften es unbemerkt durch die Flügeltür, die Charlie vorsichtig hinter ihnen schloss. Der Salon war bei dem schönen Sommerwetter menschenleer, alle Gäste tummelten sich am See und auf der Hotelterrasse.

Hilpold von Schauerstein stand wie gewöhnlich in rostiger Rüstung in der Ecke.

Zur Sicherheit zog Charlie den schweren Samtvorhang zu. Dadurch entstand gleich eine geheimnisvolle, schaurige Atmosphäre.

Mia konnte nicht sehen, ob Hilpold wach war oder wie die meisten Geister bei Tage ein Nickerchen machte. Also klopfte sie vorsichtig an seine Rüstung. »Hallo? Guten Tag, Hilpold? Werter Herr von Schauerstein? Sind Sie da?«

»Schnarch, hmmm, grummpf, hrrrr«, machte es aus dem Inneren der Rüstung.

»Wir sind es, Geheimagentur Wunder. Sollen wir lieber heute Abend wiederkommen?«, versuchte Mia es noch einmal.

Ihre Cousine hatte nicht so viel Geduld. Mit einem Ruck zog Charlie das quietschende Visier von Hilpolds Ritterhelm nach oben und schaute hinein. »Hallo? Jemand zu Hause?«

Sie sah den schlafenden Ritter genauso wenig wie Paulina. Nur Mia konnte sehen, wie Hilpold aus dem Tiefschlaf erwachte und sie völlig entgeistert anblinzelte.

»Was? Wer? Warum? Wo ist meine Lanze? Verflixtes Spukgewitter, ist das hell. Es ist ja Tag! Was begehret ihr, mich so schauerhaft zu erwecken zu tagschlafender Zeit?«, schimpfte er und streckte sich, sodass seine Rüstung ordentlich quietschte und schepperte.

»Sorry, wir haben eine Frage an Sie«, erklärte Mia kleinlaut.

Nachdem der Ritter sich noch einmal quietschend geschüttelt und vergewissert hatte, dass keine Gäste im Raum waren, machte er sich auch für Charlie und Paulina sichtbar. »Seid gegrüßt, ihr holden Jungfern, was verschafft mir die Ehre eures Besuches?«

Holde Jungfern? Paulina kicherte, Charlie verdrehte die Augen.

»Wir haben eine Frage an Sie«, wiederholte Mia. »Es geht um einen Schlüssel. Er war am Generalbund, aber jetzt ist er weg. Der Kopf sieht aus wie eine Muschel. Haben Sie ihn vielleicht gesehen oder irgendeinen Hinweis, wo wir ihn suchen könnten?«

Doch Hilpold schüttelte quietschend den Kopf.

»Auf gar keinen Fall. Der Generalbund ist ein hässliches Werkzeug. Es verursacht Schmerzen in Geisterohren. Keiner der Herrschaften wird euch helfen, einen verlorenen Schlüssel von diesem barbarischen Bund zu finden.« Damit ließ er sein Visier geräuschvoll nach unten fallen.

»Ah ja, Entschuldigung. Das verstehen wir, aber wir haben noch eine ganz andere Frage«, erklärte Mia. »Es geht um Schloss Schauergrund.«

Da öffnete sich Hilpolds Visier langsam wieder. »Schloss Schauergrund? Das Schloss meiner Sippe? Was verlangt es euch zu erfahren?«

»Ja, also, eigentlich alles. Lady Lou hat gesagt, dass das Hotel auf den Mauern des Schlosses gebaut wurde und dass es dort schon früher gespukt haben soll«, fasste Mia zusammen.

»*Sí*, und der Wunsch-äh-Seejungfrauenbrunnen, der war auch in dem Schloss? Wissen Sie etwas über dieses *misterio*?«, füge Paulina hinzu.

»Ha, ihr zeigt Interesse an der Historie meiner Sippe? Wie erfreulich, wie erquickend«, schepperte der Salonritter. »Ich schlage vor, ihr setzet euch nieder und ich rapportiere.«

Die Mädchen wussten zwar nicht, was rapportieren sein sollte, aber sie zogen ein paar Stühle heran und setzten sich neben Hilpolds Rüstung.

Mit einem blechernen Räuspern begann der Ritter zu erzählen.

»So lauschet der Geschichte derer von Schauerstein ... Es war einst vor langer, langer Zeit, da weilte an diesem Orte die altehrwürdige Familie derer von Schauerstein. Sie hausten vor mehr als 8.000 Monden auf Burg Schauerstein, umschlossen von den Wellen des Blankensees. Ihr Besitz erstreckte sich weit um den See herum, wo ihre Bauern Korn säten und Schafe hüteten. Doch sie waren ein adeliges Geblüt von schmalem Reichtum und wenig Prunk. Keine güldenen Kronen zierten ihre Häupter wie jene ihrer Nachbarn, weder Toiletten noch Fernseher gab es, einzig warme Wollhemden waren ihr Gewand. Die Burg selbst war ein eisiger Ort, insbesondere im Winter, und wie man sich die Tage vertrieb, war wahrlich eine Qual grenzenloser Tristheit. Selbst die Geister und Gespenster, die dort hausten, waren öde und einfallslos. Doch eines Tages ergriff mein Urururururururahn Hubertus von Schauerstein ein wagemutiger Einfall. Er wollte sich auf Raubzug begeben, denn die Gefahr, gefangen und bestraft zu werden, erschien ihm kleiner, als in der Kälte seiner Burg zu harren und an Langeweile dahinzusiechen. Was er suchte, war ein Abenteuer. Von der reichen Beute, die er sich erhoffte, einmal ganz zu schweigen. So brach er eines Nachts in Begleitung seines Knappen Bruno gen Osten auf. Sie wollten ins Land der aufgehenden Sonne, in den fernen Orient, von dem sie viele sagenhafte Geschichten vernommen hatten.«

»Orient sagt man nicht mehr«, mischte sich Paulina ein. »Das heißt jetzt globaler Süden.«

Charlie schaute sie ungläubig an. »Echt jetzt? Ist das wichtig?«

»Ja, so was ist wichtig! Es ist nicht politisch korrekt, Orient zu sagen.«

Charlie stöhnte übertrieben laut.

»Erzählen Sie bitte weiter, Herr von Schauerstein«, bat Mia mit einem genervten Blick auf die streitenden Freundinnen.

»Sonach ritten Hubertus von Schauerstein und sein Knappe Bruno mit schnellem Galopp in südöstliche Gefilde. Sie durchquerten die majestätischen Alpen, durchwanderten schier endlose Wüsten und fanden an sonderbaren Orten Unterkunft. Schließlich wagten sie sogar die Überquerung des gefahrvollen Mittelmeeres und erreichten die gepriesenen Küsten von Levante. Doch dort befiel Bruno bald eine üble Krankheit, seien es die Pocken oder Malaria, ich vermag es nicht mehr genau zu sagen. Doch es raffte ihn dahin.«

»*Que terrible,* der arme Bruno«, meine Paulina betroffen.

»Wo ist denn Levante?«, wollte Mia wissen. Sie kannte sich am Mittelmeer gut aus, aber von diesem Land hatte sie noch nie gehört.

Quietschend räusperte sich Hilpold von Schauerstein. Er hatte wahrscheinlich seit Jahrzehnten nicht mehr so viel am Stück geredet. »Levante war ein sehr besonderer Ort an der nordafrikanischen Küste. Früher wurden dort viele wertvolle Dinge gehandelt. Die Menschen brachten diese Schätze über die langen Wege der Karawanen. Dort tauschten sie diese gegen abendländische Handelsgüter wie schöne Stoffe oder Waffen ein. Ha, ha, ha, o nein, verflixt und zugenietet! Ha, ha, ha, da ist mir doch glatt eine Fliege in meine Rüstung geflogen! Ha, ha, ha, wie das kitzelt!«

Der Ritter lachte und fluchte abwechselnd. Die Mädchen

konnten mit ansehen, wie eine dicke Fliege im Labyrinth der Rüstung umherbrummte und Hilpold sich vor Lachen krümmte. Es war ziemlich komisch, und sie mussten mitlachen, bis Mia ein Einsehen hatte, den Arm von Hilpolds Rüstung abschraubte und die Fliege befreite.

»Oh, vielen herzlichen Dank, holde Maid, dass Sie mich von diesem tückischen Insekt befreiten. Und nun vermag ich es auch wieder, meinen Arm zu bewegen. Wie wunderbar!«, jubelte Hilpold. Zum Beweis winkte er mit dem rostigen Rüstungsarm. Dann erzählte er weiter.

»Wie die Geschichte weiterging, mein liebes Auditorium? Es war so, dass während dieses gewagten Raubzugs Hubertus von Schauersteins im fernen Morgenland eine alte Truhe auftauchte. Diese Truhe, mit kostbaren Edelsteinen geschmückt, fiel dem tapferen Ritter in die Hände. Ihr ahnt natürlich, dass er sie gestohlen hat, aber ich beteuere, dafür gibt es keinen Beweis. Ohne Umwege kehrte Hubertus mit dieser außerordentlichen Beute zurück zur Burg Schauerstein.

Nicht erst als er mit der edlen Truhe heimkam, bemerkte er, dass von ihr eine zauberhafte Kraft ausging. Legte man eine Kupfermünze in den Schrein hinein, so begannen die Edelsteine zu leuchten, und die Münze verwandelte sich fürwahr in pures Gold. Und sprach man dazu noch einen Wunsch aus, so ging dieser Wunsch wahrhaftig in Erfüllung. Doch Vorsicht war geboten, denn beim nächsten Öffnen der magischen Truhe kehrte sich der Zauber um. Der Wunsch zerplatzte wie eine Seifenblase, und das Gold verwandelte sich zurück zu Kupfer.

Die Gemüter auf Burg Schauerstein waren über alle Maßen verängstigt ob dieses vermeintlich verhexten und teuflischen Schatzes. So wurde die Truhe in das tiefste Verlies der Burg gebracht und dort sicher weggeschlossen. Die Schauersteiner vergaßen mit der Zeit sogar ihre bloße Existenz. Und so ruhte der Schrein jahrhundertelang in jenem düsteren Kellerverlies, von der Welt vergessen.«

»Krass, aber das hat sicher auch etwas mit dem Wunschbrunnen zu tun, oder?«, fragte Charlie ungeduldig.

»Nicht so ungeduldig, ihr naseweisen Jungfern. Zu diesem Punkte komme ich in Kürze. Die Mär wird fortgesponnen. So haltet inne und lauschet meinen Worten, denn die Geschichte nimmt sogleich eine wundersame Wendung.

Wohl dreihundert Jahre nach dem Tode des tapferen Hubertus von Schauerstein begab sich ein erstaunliches Ereignis. In jenen Tagen entdeckte Hella von Schauerstein, ein neugieriges und von übersinnlichen Gaben erfülltes Burgfräulein, den geheimnisumwobenen Schrein. Hella, eine wahrlich bezaubernde Maid, beherrschte die Künste der Magie, auch wenn sie aus Furcht, als Hexe verfolgt zu werden, ihre Kräfte nur selten entfaltete. Als sie die Truhe sah, war sie sofort fasziniert von der Magie, die von ihr ausging. Hella machte zahlreiche Experimente und stellte fest, dass die Macht des Zaubers in der Trennung der kostbaren Edelsteine von der Schatztruhe ruhte. Außerdem war Wasser ein wesentliches Element, um die Magie der Wünsche und des Goldes haltbar zu machen. Nach Jahrzehnten der Studie dieses Mysteriums erfand sie ein ausgeklügeltes Konstrukt, das bis heute in Gang ist. Mit größter Sorgfalt wurden die strahlenden Edelsteine von der Truhe entfernt, ans Ufer gebracht und mit kunstvoller Hand in den Brunnen vor dem neu erbauten Schloss Schauergrund eingefügt.«

Gespannt hingen die Mädchen an Hilpolds Lippen, auch wenn sie unter dem Helm seiner rostigen Rüstung kaum zu sehen waren und seine Geschichte immer wieder durch das laute Quietschen seiner Rüstung unterbrochen wurde.

»Der Seejungfrauenbrunnen selbst war ein Zeichen für die Verehrung jener mysteriösen Kreaturen, von denen man erzählte, dass sie in den Tiefen des Sees lebten, aus feinstem Marmor gemeißelt und ihre Anmut und Schönheit bis ins kleinste Detail eingefangen. Die magischen Edelsteine schmückten von nun an die Augen der Seejungfrauenfiguren und die Tentakel der Krake.

Der Brunnen war ein wahres Kunstwerk. Die Bewohner von Schloss Schauergrund verehrten ihn als Symbol der Verbindung zwischen der Welt über dem Wasser und der geheimnisvollen Welt darunter.

Die Truhe hingegen fand ihren Platz in den Tiefen des Sees, wo sie behutsam versenkt wurde, um vor neugierigen

Blicken verborgen zu bleiben. Von diesem Augenblick an lag eine zauberhafte Aura über dem Schloss Schauergrund und dem ganzen Blankensee. Die elenden, bescheidenen Zeiten meiner Familie waren nun vergangen.

Hella offenbarte nur wenigen die magische Kraft des Brunnens. Jedoch wurde bald schon in ganz Blankensee gemunkelt, dass sich die Wünsche derjenigen, die eine Kupfermünze in den Brunnen warfen, sich auf wundersame Weise erfüllten. Aber mit der Zeit wurden es immer mehr Besucher und viel zu viele Wünsche. Das mystische Gleichgewicht drohte durcheinanderzugeraten. Hella musste sich etwas einfallen lassen. Sie hatte, wie gesagt, eine große magische Begabung, und so schaffte sie es, die Edelsteine so schleifen zu lassen, dass sie nur an bestimmten Tagen in der Sonne erstrahlten und die Wunschmagie auslösen konnten. Und zwar genau zehnmal im Jahr.«

Damit beendete der Ritter seinen Vortrag.

»Warum haben die denn ein neues Schloss gebaut?«, wollte Paulina wissen.

Ihre Freundinnen schauten sie ungläubig an. Sie hatten gerade eine absolut unglaubliche übernatürliche Geschichte gehört, und Paulina fragte sich nur, warum die von Schauersteins umgezogen waren? Echt jetzt?

Aber Hilpold hatte sich wohl gerade in Stimmung gequatscht und beantwortete Paulinas Frage.

»Ah, selbstverständlich, eine spannende Frage, die ihr da

aufwerft, verehrte Zuhörerschaft. Lasst mich die Geschichte weiter ausführen: Nach vielen Jahren des Lebens in der alten Burg, auf der Insel inmitten des Blankensees, entschied sich meine ehrwürdige Sippe derer von Schauerstein zu einem mutigen Schritt. Das uralte Gemäuer der Burg war inzwischen in einen Zustand des Verfalls geraten. Die Familienmitglieder sehnten sich nach einem neuen Zuhause. So wurde beschlossen, ein neues Schloss am Ufer des Sees zu errichten, das den Namen Schloss Schauergrund tragen sollte. Das neue Schloss wurde Stein um Stein von geschickten Handwerkern aufgetürmt. Es erhob sich stolz und majestätisch, umgeben von üppigen Gärten und prachtvollen Terrassen. Von nun an thronte das Schloss prächtig über dem Blankensee, während die Ruinen der einstigen Burg auf der Insel langsam von der Natur zurückerobert wurden. Doch im Laufe der Zeit verschwand selbst der Glanz des Schlosses Schauergrund. Einzig der Seejungfrauenbrunnen trotzte den Jahrhunderten des Verfalls.«

»Hat es denn auch gespukt in dem alten Schloss?«, wollte Paulina wissen.

»Gewiss, es spuckt in jedem anständigen Gemäuer«, entgegnete der Salonritter und wirkte fast ein wenig beleidigt, dass sie dies überhaupt infrage gestellt hatte.

»Und dann hat unser Ururgroßvater hier, auf den Grundmauern des alten Schlosses, das Hotel Wunder gebaut«, beendete Mia die Geschichte. Der Ritter nickte quietschend, dabei fiel sein Visier nach unten.

»In der Tat, Jungfer Mia, das prächtige Grand Hotel Wunder entstand auf dem einstigen Fundament des verfallenen Schlosses Schauergrund. Der Burghof des alten Schlosses wurde zum prachtvollen Vorplatz des Hotels umgestaltet, und dort thront noch immer der Seejungfrauenbrunnen.«

»Und was ist mit Undarthor, dem Wassergeist? Wann kam er ins Spiel?«, wollte Charlie wissen.

Da räusperte sich Hilpold unwillig. »Ich weiß nicht, von wem ihr diesen Namen vernommen habt, mein holdes Fräulein, aber ein Geisterpakt zwischen Haus- und Wassergeistern verbietet es mir, über Geschöpfe des Wassers zu sprechen. Zu viele Geheimnisse habt ihr mir schon entlockt.«

»Eins noch, gibt es etwas Neues von Prinzessin Anastasias juckenden Zehen? Hat sie noch mal etwas von Unheil oder See gesagt?«, fragte Mia.

»Nein. Aber wenn ihr begehrt, mehr über das Kommende zu erfahren, so befraget doch die Orakelfrösche. Sie wissen alles und können die Zukunft zuverlässig vorausquaken.«

Die Mädchen schauen sich verwundert an. Wahrsagende Frösche? Echt jetzt? Das wurde ja immer unglaublicher!

6

TAUCHVERHINDERUNGS-ZAUBER

Den Rest des Vormittags verbrachten die Mädchen damit, auf der Suche nach dem besagten Schlüssel das gesamte Hotel zu durchkämmen. Aber genauso gut hätten sie eine Nadel im Heuhaufen oder eine Murmel im Blankensee suchen können.

Sie fanden zwar allerlei kuriose Dinge, die Gästen und Mitarbeitern abhandengekommen waren: Eheringe, USB-Sticks, Brillen, Perlenketten, Zahnprothesen, Regenschirme, Silberlöffel, Legosteine, Briefmarken, Kleingeld, Haarteile, Autoschlüssel – doch der Muschelschlüssel blieb unauffindbar.

In ihrem Hauptquartier auf dem Dachboden zogen die drei Bilanz.

»So kommen wir echt nicht weiter«, erklärte Charlie.

»*Sí*, wir brauchen Hilfe oder zumindest irgendeinen Hinweis, wo wir suchen sollen«, stimmte Paulina zu.

Mia hatte eine Idee. Sie schaute sich um und rief nach Lorie. Das Gespenstermädchen war schließlich magisches Mitglied ihrer Bande. »Lorie? Loreley? Wir brauchen hier dringend deine Unterstützung!«

Kurz darauf kam Loreley die Graue angeschwebt. Sie war traurig, wie immer, und putzte sich erst mal mit ihrem silbrigen Gespensterumhang die Nase. »I-*hicks* hab euch soooo lang-*hicks*-e nicht gesehen, und jetzt weck-*hicks*-t ihr mich auch noch.«

Mia versuchte, sie zu trösten. »Kein Wunder, wenn du dich nächtelang nicht blicken lässt und dich irgendwo verkriechst.« Sie bibberte, denn von dem kleinen Gespenstermädchen ging die übliche eisige Kälte aus.

»Ja, ab-*hicks* trotzdem, ich war soooo alleine.«

»Jetzt sind wir ja da. Und wir brauchen deine Hilfe bei der Suche nach einem wichtigen alten Schlüssel. Er muss irgendwie vom Generalbund gefallen sein«, sagte Charlie.

»Ein Schlüssel vom Generalbund? Da helfe ich sich-*hicks*-er nicht beim Suchen. Auf keinen-*hicks* Fall!«, erklärte das Gespenstermädchen entschlossen.

»Aber Lady Lou sagt, sonst passiert was ganz Schlimmes«, forderte Paulina ungeduldig, woraufhin Lorie wieder zu weinen begann.

»Lorie, gibt es wirklich Orakelfrösche im See?«, fragte Mia, um der Weinerei ein Ende zu setzen.

Lorie schniefte. »Selbstverständl-*icks* gibt es die Orakelfrösche. Sie sind doch sogar im Hotel-*hicks*-wappen.« Sie schien richtig entsetzt zu sein, dass ihre Menschen-Freundinnen noch nichts von diesen wichtigen Tieren wussten. »Hört ihr die denn nacht-*hicks* nicht quaken?«

»*Claro*, jeder im Hotel hört die Frösche quaken, aber woher sollen wir wissen, dass die *fantastico* sind?«, rechtfertigte sich Paulina.

»Alles in diesem Hotel is-*hicks* fantastisch, versteht ihr das immer noch n-*icks*?«, jaulte Lorie, und ihre Tränen tropften auf den Boden.

Mia seufzte. »Doch, doch, ist klar, aber können diese Frösche wirklich die Zukunft vorhersagen? Oder warum heißen sie sonst Orakelfrösche?«

Lorie wischte sich die Tränen von der Wange. Mia hätte das traurige Gespenstermädchen gerne mal in den Arm genommen und getröstet, aber das letzte Mal hatte es sich angefühlt, als wäre sie am Nordpol in einen Eissturm geraten. Sie hatte ernsthaft Angst gehabt zu erfrieren und war seitdem etwas vorsichtig mit Körperkontakt gegenüber Geistern.

Also versuchte sie, Lorie stattdessen mit einem herzlichen Lächeln aufzuheitern. Dabei wartete sie genauso ungeduldig auf Informationen über die magischen Frösche wie ihre Freundinnen.

Lorie jaulte vorwurfsvoll. »Warum sollten die denn sonst Orakel-*hicks*-Frösche heißen? Aber wenn ihr glaub-*hicks*, die sagten euch einfach so, wa-*hicks* passieren wird, lieg-*hicks*-t ihr völlig falsch. Ihre Prophezei-*hicks*-ungen sind total kompl-*hicks*-iert.«

»Egal. Wann und wo können wir diese Viecher treffen?«, fragte Charlie entschlossen.

»Abends sind sie am Ufer, hint-*hicks* dem Schilf, bei den See-*hicks*-rosen. Aber seid vorsicht-*hicks*, die sind hinterlistig, gemein und zieml-*hicks* arrogant. Als wüssten die alles besser, voll einge-*hicks*-bildet.«

»Dann musst du mitkommen«, forderte Mia. »Wir brauchen dich! Heute Abend um acht?«

»Muss das *hicks*-ein? Ich hasse es am See, es ist so … feucht dort«, jammerte Lorie.

Aber damit kam sie bei Charlie nicht durch. »Ich würde auch lieber Fußball gucken heute Abend, aber wir haben einen Auftrag, und du wolltest doch mitmachen.«

»Ja, ja, natürl-*hicks*.«

Übernatürliche Erkenntnisse:

- Der Wunschbrunnen funktioniert, weil in die Augen der Seejungfrauen magische Edelsteine (Saphire) eingearbeitet sind und die dazugehörige magische Schatztruhe im See ruht. Nur wenn die zu Gold gewordenen Wunschmünzen in dieser Truhe gelagert werden, behalten die Wünsche ihre Kraft.
- Das Dritte Auge / Auge der Erkenntnis ist eine erbliche Gabe, die in jeder Generation nur einmal vorkommt.
- Die bewegte Geschichte der Familie von Schauerstein Hubertus von Schauerstein (Raubritter) hat magische Schatztruhe in Levante gestohlen. Hella von Schauerstein (Burgfräulein mit magischer Begabung) hat herausgefunden, dass man Edelsteine und Truhe trennen muss, damit die Wunscherfüllung dauerhaft funktioniert.

Ermittlung in Sachen Schatzsucher:

- Was sucht Max Muster = Falk Lutzer im Blankensee?
- Wie kann man ihn aufhalten und verhindern, dass er etwas findet?

Neue Aufgaben:

- Orakelfrösche suchen und befragen
- Muschelschlüssel für Brunnengitter finden

- Wunschmünzen (mit Richard) aus dem Brunnen holen (unbemerkt)
- Goldmünzen an Undarthor übergeben (mit Richard)
- Schatzsucher verjagen oder zumindest dafür sorgen, dass er NICHTS findet

Zum Mittagessen ging Mia in die Hotelküche. Sie liebte es, ihrer Mutter bei der Arbeit zuzusehen und alles zu probieren, was lecker aussah und köstlich roch.

Marlen war eine gute Küchenchefin, die ihr Team zu kulinarischen Höchstleistungen motivierte. Doch Mia bemerkte sofort, dass ihre Mutter heute mit den Gedanken ganz woanders war. Statt das Grand Dîner vorzubereiten, das in ein paar Tagen stattfinden sollte, suchte sie hektisch Zutaten zusammen, um Spaghetti mit Meeresfrüchten zu kochen, die Leibspeise von Mias Vater, der am Abend ankommen sollte. »Ich mache den Nudelteig selbst, und einen Blaubeerkuchen backe ich auch noch, den isst Papa doch so gerne«, verkündete sie gut gelaunt.

Mia lächelte. Irgendwie süß, dass ihre Mutter sich so auf ihn freute. Auch sie konnte es kaum erwarten, dass sie wieder zu dritt waren.

Nachdem sie sich in der Hotelküche vollgefuttert hatte, schlenderte sie über die Wiese herunter zum Steg. Die Sonne schien, und sie fühlte sich großartig. War es nicht wunderbar, in einem Grand Hotel zu leben? Als wäre man jeden Tag im Urlaub – zumindest wenn man Schulferien hatte.

Mia musste den Nachmittag alleine verbringen. Charlies Eltern hatten einen Familienrat einberufen, um zu besprechen, wie es nach ihrem überraschenden beruflichen Forschungserfolg weitergehen sollte. Mia wusste, dass ihre

Cousine auf eine Weltreise mit der Familie hoffte. Denn das war wohl der Nachteil, wenn man Forschereltern hatte: Dauernd war ihnen ihre Arbeit wichtiger als der Urlaub.

Und Paulina hatte ja ihr Date mit Leon im Eiscafé. Sie hatte Mia fast wahnsinnig gemacht, weil sie sich nicht entscheiden konnte, welches Kleid sie anziehen sollte. Als wäre das so wichtig gewesen. Mia wusste doch genau, wie wenig Leon auf Kleidung achtete. Aber egal, Paulina wollte sich superhübsch fühlen, und das war ihr in einem knallgelben T-Shirt-Kleid auch gelungen.

Natürlich hätte sie auch alleine weiter nach dem Schlüssel suchen können, aber erstens hatte sie keine Idee, wo sie jetzt noch suchen sollte, und zweitens hatte sie beschlossen, dass auch sie eine kleine Auszeit verdient hatte. Vielleicht kam sie dabei ja auf eine zündende Idee, wo der Schlüssel zu finden war.

Sie fand es gar nicht schlimm, mal alleine zu sein. In den letzten Tagen war schon wieder so viel passiert, dass ihr ganz schwindelig wurde, wenn sie darüber nachdachte. Spukturnier, Wunschbrunnen, Schatzsucher, Raubrittergeschichten – unmöglich, das alles zu begreifen.

Aber was sie bei dem ganzen Trubel wirklich die ganze Zeit beschäftigte, war der Gedanke an die vergangene Nacht und die Begegnung mit Tony, dem Meerjungen.

Jedes Mal, wenn sie etwas Grünes sah, musste sie an seine Augen denken.

Jedes Mal, wenn jemand Gold erwähnte, und das war wirklich oft vorgekommen, hatte sie sich erinnert, wie seine goldenen Locken durchs Wasser schwebten.

Die Seejungfrau am Brunnen hatte sie an ihn denken lassen, das lag ja auf der Hand. Aber auch die Pflanzen im Salon, die Meeresbrandung auf einem Gemälde, Fische auf einer Tapete und die Jakobsmuscheln in der Hotelküche erinnerten sie an ihn. Sie dachte einfach die ganze Zeit an Tony. Es war total verrückt – aber irgendwie auch sehr schön.

Mia legte ihr Handtuch auf den Steg und ließ sich im Badeanzug darauf nieder. Die Sonne wärmte ihren Körper. Herrlich. Sie schloss die Augen und versuchte, sich vor Augen zu rufen, was sie in der letzten Nacht alles erlebt hatte.

Das Nächste, an das Mia sich später erinnern würde, war, wie sie mit einem perfekten Kopfsprung in den See tauchte. Das kühle Wasser bitzelte auf ihrer Haut, und von einem Moment auf den anderen war sie erfrischt und hellwach.

Statt aufzutauchen, öffnete sie unter Wasser ihre Augen und tauchte immer weiter hinab in die magische Tiefe des Blankensees. Direkt unter dem Steg tummelte sich ein Schwarm winziger Fische, die ins Dickicht des Seegrases abtauchten, sobald sich Mia näherte. Die Schlingpflanzen, die sich um die Pfeiler des Stegs wanden, kitzelten an ihrem Bauch.

Da sah sie von Weitem einen goldenen Schein auf sich zukommen. Es war Tony, der vor ihr zur Begrüßung einen Unterwassersalto veranstaltete. Sie lachte, er lächelte zurück.

Wie gut, dass es hier unten so kühl und schummerig war. So würde er nicht bemerken, dass sie rot wurde. Er sah noch viel besser aus als in ihrer Erinnerung, wenn das überhaupt möglich war, und schien sich wirklich zu freuen, sie wiederzusehen.

Mia war total aufgeregt. Doch bevor die Situation irgendwie blamabel werden konnte, hielt Tony ihr seine Hand entgegen. Sie ergriff sie, ohne zu zögern. Sie fühlte sich ganz warm an, gar nicht kühl oder glitschig, wie sie befürchtet hatte. Als sich seine Finger um ihre schlossen, kribbelte es in ihrem ganzen Körper, als hätte sie eine ganze Tüte Knallbrause auf einmal verschluckt, und auch der Herzflummi hüpfte wieder aufgeregt auf und ab.

Sie grinste, und er grinste zurück. Dann zog er sie ohne Vorwarnung rasant mit sich durchs Wasser.

Wow, unglaublich, wie viel schneller man mit so einem Fischschwanz schwimmen konnte! Es war eine richtige Unterwasser-Achterbahnfahrt und machte superviel Spaß. Sie sausten gemeinsam durch Seealgenwälder und schlugen Loopings zwischen den Unterwasserfelsen. Sie rauschten an funkelnden Seeanemonen vorbei und schwammen mit einer großen gelb getigerten Wasserschlange um die Wette. Mia kam aus dem Staunen nicht mehr heraus. Alles, was sie von sich geben konnte, war *Oh!, Wow!, Ui!, Ah!* und *Hiii!* in wechselnder Reihenfolge.

Bevor sie sich fragen konnte, warum sie auch bei diesem gemeinsamen Unterwasserabenteuer mit Tony tauchen konnte, ohne Luft holen zu müssen – erwachte sie mit klopfendem Herzen.

Sie lag im nassen Badeanzug und mit feuchtem Haar auf ihrem Handtuch am Steg und blinzelte in die Sonne, die ihr mitten ins Gesicht knallte.

Krass, was war geschehen? War sie wirklich gerade mit Tony, dem hinreißendsten Meerjungen der Welt, tauchen gewesen? Oder hatte sie das wieder nur geträumt?

Fest stand, sie hatte sich einen ordentlichen Sonnenbrand geholt. Ihre Haut schmerzte, und beim Aufstehen wurde ihr ganz schwindelig.

»Vergiss nicht deinen Sonnenhut!«, hörte sie ihre Mutter im Geiste noch sagen. Verdammt, eigentlich kannte sie sich aus mit der zerstörerischen Kraft der Sonne. Wie hatte ihr das nur passieren können?

Verwirrt und mit zittrigen Beinen ging sie zurück zum Ufer.

Als sie die Wiese hinauf zum Hotel wankte, kam ihr der Riese entgegen. Falk Lutzer trug einen Neopren-Taucheranzug und hielt eine Taucherbrille in der Hand. Wollte er womöglich selbst in den See abtauchen? Um dort nach einem Schatz zu suchen?

Mia lief zu ihm und versuchte, ihn aufzuhalten. »Ähh, warten Sie! Wollen Sie in den See? Es ist verboten, hier zu tauchen … und gefährlich ist es auch. Meine Großmutter ist die Hoteldirektorin, und sie hat es verboten.«

Doch der Schatzsucher prustete nur verächtlich. »Der See ist öffentliches Gewässer. Niemand kann mir verbieten, hier zu tauchen, nicht deine Großmutter und nicht der Kaiser von China.« Er würdigte sie keines weiteren Blickes und ging weiter zum Bootshaus.

Und es kam noch schlimmer.

Denn im nächsten Moment kam Klaus-Maria Mögern, der neugierige Reporter, um die Ecke. Mia wusste, dass er sich gerne in der Nähe des Hotels aufhielt, weil er stets auf der Jagd nach übersinnlichen Geschichten und metaphysischen Vorkommnissen aller Art war. Seine Artikel über das vermeintliche Spukhotel Wunder in der Tageszeitung des Ortes waren bei den Lesern beliebt und bei Lady Lou berüchtigt. Wusste sie doch, wie recht er mit seinen Spekulationen über magische Zwischenfälle häufig hatte.

Mögern sollte auf keinen Fall auf diesen Lutzer treffen, sonst würde die Schatzsuche morgen in der Zeitung stehen.

Der Reporter zückte seinen gelben Hut und ging auf Mia zu. »Ah, das Fräulein Wunder. Wie schön, dass ich dich treffe. Gibt es denn gerade irgendetwas Berichtenswertes im Grand Hotel? Irgendwelche mysteriösen Vorkommnisse?«

Mia blinzelte ihn gegen die Sonne an und versuchte,

möglichst schnell zu denken. Wie sollte sie den jetzt schnell und unauffällig wieder loswerden? »Ja, also, das Grand Dîner d'Été, also das große Sommerdiner, steht an. Meine Mutter schreibt schon das Menü. Schauen Sie doch mal in der Küche vorbei?«, schlug sie vor.

Doch da hatte Mögern schon den neuen riesenhaften Gast entdeckt, der seine Ausrüstungskisten ins Bootshaus trug. Das war natürlich viel spannender als das jährliche Galadiner auf der Seeterrasse. Ohne weiter auf Mia einzugehen, ging der Reporter Richtung See. Jetzt hatte Mia zwei Probleme: Sie musste den Schatzsucher aufhalten und gleichzeitig verhindern, dass der neugierige Lokalreporter erfuhr, wer er war.

Alarmiert lief sie zurück ins Haus und versuchte, per Handy ihre Agenturkolleginnen zu erreichen. Doch weder Paulina noch Charlie gingen an ihr Telefon. Von Ritchi erfuhr sie, dass Lady Lou zu ihrer Schneiderin gefahren war. So ein Mist!

Also lief Mia rauf in ihr Zimmer und rief verzweifelt nach Lorie. Das Geistermädchen war ihre einzige Chance. »Lorie, hallo? Bist du hier irgendwo? Aufwachen! Ich brauche ganz dringend deine Hilfe!«

Es dauerte mehr als fünf unerträglich lange Minuten, bis Lorie Mias Hilferuf wahrgenommen hatte und eilig zu ihr schwebte. »Was i-*hicks*-t denn jetzt schon wieder los? Ich war gerade einge-*hicks*-schlafen.«

Mia, die ungeduldig in ihrem Zimmer auf und ab gelaufen war, sprudelte los, sobald sie Lories silbriges Gesicht aufblitzen sah. »Wir müssen diesen Typen aufhalten. Der Riese darf nicht tauchen. Du musst mir helfen. Wir müssen ihn stoppen, weil Lady Lou nicht da ist … Aber das Gold und die Wünsche … Es hat damit zu tun, alles unter Wasser … verstehst du?«

Doch Lorie schüttelte verwirrt den Kopf und verstand anscheinend überhaupt nichts, weder warum Mia so aufgeregt war noch was sie von ihr wollte. Tränen liefen ihr die Wange hinunter. »Entschuld-*icks*-ung. Was ist passiert? Was soll ich tu-*hicks*?«

Mia merkte, dass sie das kleine Geistermädchen überfordert hatte. Also zwang sie sich dazu, erst mal tief Luft zu holen und dann alles langsam und im richtigen Zusammenhang zu erklären. Sie mussten diesen gefährlich-neugierigen Gast aus dem Weg räumen, bevor er mit seiner Schatzsuche Schaden anrichten konnte. In jedem Fall musste verhindert werden, dass dieser Schmarotzer auf Tauchgang ging.

Lorie hatte auch gleich einen großartigen Einfall, wie sie ihn aufhalten konnten. »Geister-Sabo-*hicks*-tage funktioniert immer, vertrau mir. Aber wir müss-*hicks* uns beeilen.«

So schnell sie konnte, rannte Mia die Hoteltreppen hinunter, und nur sie konnte sehen, dass ihr das kleine, graue Gespenst hinterherflog. Sie eilten die Wiese abwärts und trafen Falk Lutzer im Bootshaus an. Er war gerade dabei, sich mit Mögern zu unterhalten, als Mia ankam.

Der Riese war verärgert. »Meine Expedition ist geheim. Hören Sie auf, mich auszufragen«, knurrte er den Reporter an.

Anscheinend war er genauso genervt von Mögerns neugierigen Fragen wie Lady Lou – das war ja schon mal gut.

Mia nutzte die Gelegenheit. »Herr Mögern, schnell, schauen Sie mal zum Empfang, ein Gast beschwert sich gerade, dass es in seinem Badezimmer spukt. Vielleicht bekommen Sie ja ein Interview.«

Es war eine glatte Lüge, aber sie hatte Erfolg. Mögern ließ den schlecht gelaunten Schatzsucher stehen und lief Richtung Hotelempfang.

Mia blieb in der Tür und musterte Lutzer kritisch. Er hatte einige alte Land- und Seekarten vor sich ausgebreitet. Nun, da er den Reporter los war, schulterte er seine Taucherflasche. Mia erkannte, dass sie gerade noch rechtzeitig gekommen waren. Denn Falk Lutzer war im Begriff, in den See zu steigen.

Ihr Plan war, Lutzer abzulenken, während Lorie unbemerkt (weil unsichtbar) seine Ausrüstung funktionsunfähig machte.

»Hallo, haben wir Sie eigentlich schon zu unserem Sommerfest eingeladen? Es wird ein vorzügliches Essen geben«, begann Mia.

Falk sah zu ihr und runzelte grimmig seine Stirn. »Du schon wieder! Ist man denn nie sicher vor euch Gören? Hau ab!«, motzte er und ging auf sie zu.

Mia musste ihren ganzen Mut zusammennehmen, um stehen zu bleiben und ihn nicht vorbeizulassen. »Ähh, ja, natürlich, aber ich habe da noch eine Frage«, begann sie. »Sie scheinen ja ein echter Schatzsucher zu sein. Was haben Sie denn schon für Schätze gefunden?«

»Was geht dich das an?«, knurrte der Riese und machte noch einen Schritt auf sie zu, um sich an ihr vorbei durch die Tür zu drängen. Aber Mia stemmte die Arme in die Hüften und sperrte damit die Tür ab.

Aus dem Augenwinkel konnte sie sehen, wie Lorie an dem Riesen vorbeischwebte und sich nun an der Taucherflasche auf seinem Rücken zu schaffen machte. Sie würde noch Zeit brauchen, also sprach Mia weiter, um Lutzer festzuhalten. »Ähh, weil ... ich recherchiere für die Zeitung, also die Schülerzeitung. Ich würde gerne über Sie schreiben. Wäre das nicht toll? Es ist ja ungeheuer spannend, was Sie tun, Herr Lutzer.«

Ertappt schaute er sie an und fragte sich wohl, woher sie seinen richtigen Namen kannte.

Bevor er etwas sagen konnte, hatte Lorie es geschafft, das Ventil seiner Taucherflasche zu lösen, und die Pressluft entlud sich mit einem gewaltigen Zischen im ganzen Bootshaus. Krass!

Lutzer fluchte, nahm die Flasche ab, wollte das Ventil so schnell wie möglich wieder zudrehen, aber – es war wie von Geisterhand verschwunden. »Verdammt, wo ist das Ventil?«

Mia sah, wie es mit Lorie durch die Decke des Bootshauses davonschwebte, und grinste.

»Was gibt es denn da zu lachen?«, schnauzte der Riese sie an.

»Gar nichts«, sagte Mia »aber Sie sollten vielleicht besser auf Ihre Ausrüstung aufpassen.« Dann drehte sie sich um und haute ab, bevor er noch wütender wurde.

Wieder unter dem Dach des Hotels, ließ Lorie triumphierend das Ventil der Tauchflasche auf Mias Bett fallen. »Der muss wohl vorerst an-*hicks* Land bleiben.«

Mia nickte zufrieden. »Hoffentlich hat der nicht noch eine andere Flasche – oder ein Ersatzventil.«

»Nee, hat der n-*hicks*, hab ich gecheckt.«

Sie schlugen ein. Es fühlte sich für Mia so eisig an, als würde sie ohne Handschuhe einen Schneeball formen, aber das war es wert.

Am Abend waren die Mädchen ja verabredet, um den Orakelfröschen einen Besuch abzustatten. Sie trafen sich am Brunnen, und Mia berichtete ihnen, was am Nachmittag geschehen war und wie sie den Schatzsucher überlistet hatten. Charlie war sehr beeindruckt vom Einsatz ihrer Cousine. »Krass, du hast es echt geschafft, den fertigzumachen.«

Und Paulina klopfte ihr anerkennend auf die Schulter.

Doch Mia seufzte. »Ja, aber erstens hätte ich es ohne Lories unsichtbare Geisterhand nie geschafft, und zweitens sind wir in Sachen Schlüssel immer noch nicht vorangekommen. Übermorgen soll die Übergabe der Goldmünzen stattfinden – und wir sind noch keinen Schritt weiter.«

»Vielleicht können diese Frösche uns wirklich helfen«, hoffte Paulina.

»Ja, Lorie kommt sicher gleich, um uns den Weg zu zeigen«, meinte Mia und schaute sich suchend um.

Doch Lorie kam nicht. Stattdessen brach ein heftiges Sommergewitter los. Es stürmte, der Regen prasselte nur so vom Himmel, und kurz darauf kamen Blitz und Donner dazu. Die Mädchen liefen zum Dachvorsprung, um sich unterzustellen.

»Lorie hasst Regen«, erklärte Mia.

»Vielleicht ist es gleich vorbei«, hoffte Charlie.

Aber ein Blick in den Himmel verkündete etwas anderes.

Dicke, dunkle Wolke zogen vorüber, und es hörte nicht auf, zu blitzen und zu donnern.

»Und fahrt ihr denn jetzt in Urlaub?«, fragte Mia ihre Cousine.

Charlie zuckte mit den Schultern. »Das Institut muss die Formel noch anerkennen, aber es sieht ganz gut aus. Der Plan ist, mit einem Wohnmobil durch Italien zu fahren, das wird supercool.«

»Und wie war dein Eiscafé-Date?«, wollte Mia von Paulina wissen.

Paulina zuckte mit den Schultern. »Gut! Er hat mir ein Spaghettieis ausgegeben. War schön, Leon mal ohne die anderen zu treffen.«

»Super, dann scheint der Brunnen wirklich zu funktionieren«, sagte Mia, und sie schlugen ein.

Nach einer halben Stunde gaben sie es auf, das Ende des Regens abzuwarten. Es wurde bereits dunkel, und sie beschlossen, den Besuch bei den Fröschen auf den nächsten Tag zu verschieben.

Als Mia in die Dachgeschosswohnung kam, wartete eine Überraschung auf sie: ihr Vater! Mia freute sich wahnsinnig, Papa Freddy zu sehen, und fiel ihm in die Arme. Endlich waren sie wieder zu dritt.

Sie aßen alle gemeinsam Marlens selbst gemachte Spaghetti und den Blaubeerkuchen. Mias Wunschbrunnenwunsch schien tatsächlich in Erfüllung zu gehen: Wie es aussah, hatten sich ihre Eltern versöhnt, und es fühlte sich wieder so an, als wären sie eine glückliche Familie.

Doch als Mia später im Bett lag, konnte sie ein Gespräch zwischen den beiden mithören, das sie dann doch wieder beunruhigte. Nach den ersten Sätzen rappelte sie sich auf und beobachtete ihre Eltern durch den Türspalt. Freddy und Marlen hatten es sich mit einer guten Flasche Rotwein aus dem Weinkeller des Hotels auf dem Sofa gemütlich gemacht. Ihr Vater massierte ihrer Mutter die Füße, wie er es früher nach ihren langen Tagen in der Großküche der Queen Esmeralda immer gemacht hatte.

»Und du meinst, Mia ist glücklich hier im Hotel?«

Ihre Mutter nickte. »Ich glaube schon, sie hat sich sehr schnell eingelebt. Und sie hat zum ersten Mal Freundinnen gefunden. Ich weiß, du vermisst uns, aber es ist im Moment sehr wichtig für Mia, hier zu sein und ihre Gabe anzunehmen.«

Bei der Erwähnung des Dritten Auges seufzte ihr Vater. »Warum, Marlen? Kann sie ihre magische Ader nicht auch auf der Queen Esmeralda ausleben? Bei dir funktioniert es doch auch.«

Mia staunte, anscheinend wusste auch ihr Vater über ihre magische Begabung und die ihrer Mutter Bescheid, und sie war die Einzige, die im Dunklen getappt hatte.

Nun seufzte auch Marlen. »Die metaphysische Umgebung des Hotels ist entscheidend. Ich kenne die Herrschaften, sie gehören gewissermaßen zur Familie. Hier kann sie in geschützter Umgebung lernen, ihre Gabe zu kontrollieren.«

Ihr Vater runzelte die Stirn. »Wäre es nicht besser, wenn sie ganz normal aufwachsen würde?«

»Freddy, weder auf einem Kreuzfahrtschiff noch in einem Geisterhotel ist das Leben normal.«

»Aber wir sind gar keine richtige Familie mehr, wenn ihr so weit weg seid.«

Mia bemerkte, wie unzufrieden ihr Vater klang. Er griff nach dem Weinglas und trank einen großen Schluck.

»Wir waren auch vorher keine richtige Familie mehr, weil du nie Zeit hattest und wir uns nur noch gestritten haben«, antwortete ihre Mutter nicht weniger unzufrieden.

»Jedenfalls ist es schön, dass wir wieder zusammen sind«, versuchte Freddy, die Situation zu beschwichtigen.

»Du könntest doch auch einfach bleiben«, sagte Marlen und legte den Arm um ihn.

»Ich bin Kapitän, was soll ich denn hier machen? Tretbootfahren auf dem Blankensee?«

Nun seufzte auch Mia. Es beunruhigte sie, dass ihre

magische Gabe scheinbar einem glücklichen gemeinsamen Familienleben im Wege stand. Doch wenn sie ehrlich war, hätte sie das Grand Hotel Wunder um keinen Preis der Welt wieder verlassen wollen. Was also tun?

7

UNTERWASSER-KUSSVERSUCH

Als Mia im Bett lag, überlegte sie, wie viel Zeit ihnen noch blieb, um diesen blöden Schlüssel zu finden. Nach ihren Berechnungen sollte die Übergabe in weniger als 48 Stunden stattfinden. Sie brauchen unbedingt einen Plan B, was sie machen sollten, wenn der Schlüssel verschwunden blieb.

Vor dem Einschlafen wünscht sich Mia insgeheim, dass sie auch in dieser Nacht wieder auf Tony traf – das würde sicher ihre düsteren Gedanken verjagen.

Und so geschah es tatsächlich. Kaum hat sie die Augen geschlossen, befand sie sich am See. Tony steckte seinen goldenen Lockenkopf aus dem Wasser und grinste sie frech an. Mias Herzflummi begann, wie wild zu hopsen, und sie konnte nicht anders, als zurückzugrinsen. Er winkte sie zu sich, und Mia zögerte keinen Moment, kopfüber zu ihm in den See zu springen. Tony nahm ihre Hand, und das ließ sie auf der Stelle alle Sorgen vergessen. Wie aufregend und seltsam vertraut sich das gleichzeitig anfühlte. Mia war sicher, bis in alle Ewigkeit Hand in Hand mit diesem Meerjungen umherschwimmen zu können. Sie könnten zusammen alle sieben Weltmeere erkunden, Atlantis besuchen oder verlorene Schätze finden. Vielleicht würde sie seine Familie kennenlernen. Was die wohl aßen? Algen? Rohen Fisch? Egal, sie mochte Sushi.

Auch in dieser Nacht hatte die Unterwasserwelt des Blankensees nichts von ihrem Zauber verloren. Sie schwammen zur Flussmündung. Die bewachsenen Felsen, die dort steil in die Tiefe des Sees hinabfielen, waren dank der Strömung eine richtige Rutschbahn. Sie tauchten unter und ließen sich bis in die Mitte des Sees mitreißen. Supercool!

Da tauchte ein Schwarm junger Regenbogenforellen auf, mit dem sie um die Wette schwammen. Das machte einen solchen Spaß, und Mia war so überwältigt und ausgelassen, dass sie für eine Weile alles andere vergaß.

Doch als sie eine kleine Pause einlegten, bemerkte Mia, dass sie sich mitten im See unmittelbar neben einer steilen Felswand befanden. War das womöglich die Felseninsel? Sie schaute nach oben und sah, wie sich mondbeschienen die Ruine von Burg Schauerstein aus dem Wasser erhob.

Schock! Wenn das die Insel war, dann musste sich irgendwo hier auch die Höhle von Undarthor, dem mächtigen Wassergeist, befinden!

»Alles okay?«, fragte Tony blubbernd.

»Ja«, log sie. »Hast du hier im See schon mal einen Wassergeist getroffen?«

»Ein Wassergeist? Nee, warum?«

»Hier in der Nähe soll einer wohnen.«

»Echt jetzt? Wo?«

»Irgendwo in dem Felsen, in einer Höhle«, erklärte sie.

»Uiii, wie spannend. Komm, die suchen wir«, sagte Tony und schwamm davon.

»Nein, warte! Der soll voll mächtig und voll gefährlich sein!«, rief sie ihm hinterher. Aber da war er schon weg. Nur das goldene Leuchten seiner Flosse war noch zu sehen. Was sollte sie tun? Mia zögerte nicht lange und schwamm ihm hinterher.

Tony war so langsam geschwommen, dass sie ihn bald eingeholt hatte. Zusammen paddelten sie an der Felswand entlang.

Unter ihnen tauchten Hunderte von knallroten Flusskrebsen auf. Sie krabbelten auf dem Grund des Sees umher. Mit ihren großen Scheren, den langen Antennen und ihrem Panzer sahen sie ein bisschen aus wie Tiere aus der Urzeit.

Vorsichtig glitt Mia über sie hinweg. Dabei entdeckte sie etwas. An einer Stelle des Felsens war hinter einem Vorhang aus dichten Schlingpflanzen ein Hohlraum zu erahnen. Das musste es sein!

Sie gab Tony ein Zeichen, und sie schwammen vorsichtig näher. Es ließ sich tatsächlich eine Höhle hinter den Ranken erkennen.

Mia fragte sich, woher das Licht kam, bis sie bemerkte, dass die Pflanzen vor dem Höhleneingang Tausende von kleinen, gelben Blüten trugen, die wie eine riesige Lichterkette das Innere beleuchteten. Als sie sich näherten, begannen die Blüten auf dem Rankenvorhang, immer heller zu strahlen. Es sah absolut zauberhaft aus, war aber sicher nicht ganz ungefährlich.

Plötzlich bemerkte Mia einen unglaublichen Unterwassersog, der sie zum Höhleneingang zog. Sie versuchte mit aller Kraft, dagegen anzuschwimmen, schaffte es aber nicht. Immer weiter wurde sie Richtung Höhle gerissen. Doch kurz bevor sie Panik bekam, bemerkte Tony, dass sie mit der Strömung zu kämpfen hatte, griff er nach ihrer Hand und zog sie zurück.

Hinter einem großen Stein gingen sie in Deckung. Dort konnte ihr die Strömung nichts anhaben. Neugierig lugten sie zum Felsen herüber.

War das Undarthors Höhle? Mia staunte, sie hatte sich die Wohnung eines Wassergeistes viel düsterer vorgestellt.

»Hörst du das?«, fragte Tony. »Wassergeistschnarchen!«

Mia lauschte, und nun hörte auch sie ein tiefes Schnarchen durch die Unterwasserwelt dröhnen. Es war der seltsamste Laut, den sie je gehört hatte, wie eine Mischung aus dem Grunzen eines Ferkels und dem Knattern eines alten Motorrades.

Tony grinste und machte das Wassergeist-Schnarch-Grunzen nach. »Grrrtsch-grrrruutttsch-gurrrrtscht!«

Mia musste laut lachen, aber sie hatte Angst, Undarthor damit aufzuwecken. »Pssst! Hör auf«, flehte sie kichernd.

Doch Tony hatte offenbar zu viel Spaß bei der Sache. »Grrrtsch-grrrruutttsch-gurrrrtscht!«

Also hielt Mia ihm kichernd den Mund zu, damit er nicht weiter schnarch-grunzen konnte. Voller Übermut biss er ihr leicht in die Hand. Sie zog sie weg, lachte und wollte eigentlich mit ihm schimpfen, aber dann bemerkte sie, wie nah er ihr plötzlich war. Sie konnte sogar seine Schuppen an ihren Beinen spüren. Voll kratzig. Und er roch gar nicht nach Fisch, wie sie befürchtet hatte, sondern ganz frisch nach Pfefferminze. Total irre, dass sie unter Wasser überhaupt riechen konnte.

Sie schaute ihn an, und ihr Blickwechsel schien eine Ewigkeit zu dauern. Er war so verdammt süß. Wie sich seine Locken wohl anfühlten?

Plötzlich hatte sie den unbedingten Drang, sie anzufassen. Ohne darüber nachzudenken, steckte sie ihre Hand aus und strich über sein Haar. Es fühlte sich total seltsam an, wie gekochte goldene Spaghetti.

Er lachte, und bevor Mia überhaupt realisieren konnte, was sie tat, beugte sie sich zu ihm, um ihn zu KÜSSEN!!! Sie schloss die Augen und wollte es einfach passieren lassen – doch ausgerechnet in diesem Augenblick zwickte sie einer der roten Flusskrebse in den dicken Zeh. Autsch!

Mia schreckte hoch, verlor die Kontrolle, wurde von der Strömung erfasst und mitgerissen. Tony griff nach ihr, aber es war zu spät. Sie wurde vom Sog ergriffen und in den Höhleneingang gezogen.

Als sie den Rankenvorhang berührte, gingen schlagartig alle Blütenlichter aus. Es wurde stockdunkel und plötzlich bitterkalt. Und das Schnarchen des Wassergeistes verwandelte sich abrupt in ein Furcht einflößendes Brummen, das den ganzen See erbeben ließ. Erschrocken versuchte Mia, so schnell wie möglich zurück an die Wasseroberfläche zu schwimmen, doch die Strömung war stärker.

»Wer wagt es, mich zu wecken?!«, dröhnte es durch die sprudelnden Fluten. Das musste Undarthors Stimme gewesen sein.

Das Beben um sie herum verwandelte sich in einen ungeheuren Strudel. Verzweifelt versucht Mia, dagegen anzuschwimmen, um die Wasseroberfläche zu erreichen. Aber es war, als würde sie immer weiter in die Felsenhöhle hineingezogen. Sie kämpfte, bis sie fast keine Kraft und keine Luft mehr hatte.

Dann erwachte sie. Mit hämmerndem Herzen und nassem Haar lag sie auf ihrem Bett unter dem Dach des Hotels. Sie schnappte nach Luft, ihre Hände zitterten. Krass! Das war echt megadüster und aufregend gewesen.

Mia befühlte ihr nasses Haar und betrachtete ratlos ihre vom Wasser verschrumpelten Hände und Füße. War das alles etwa echt passiert? Hatten sie den Wassergeist geweckt? Hatte sie wirklich versucht, Tony, den süßen Meerjungen, zu küssen? Ach du Sch…! Wie unglaublich peinlich!

Sie musste endlich herausfinden, was hier für ein Spiel gespielt wurde, was real war und was nicht.

»Lorie? Bist du da?«, flüsterte Mia leise, um ihre Eltern nicht zu wecken. Und ein paar Sekunden später kam das kleine, graue Gespenstermädchen durch die Dachbalken geschwebt.

»Was-*hicks* ist denn jetzt schon wieder? Soll ich wieder irgen-*hicks*-was verstecken?«

»Nee, ich wollte nur … Du kennst dich doch aus in der magischen Welt?«

Lorie nickte und wischte sich mit ihrem silbrig glitzernden Umhang ein paar Tränen von der Wange.

Mia holte tief Luft. »Kennst du vielleicht einen Meerjungen namens Tony oder Triton?« Sie war total nervös, und allein, seinen Namen auszusprechen, machte sie ganz hibbelig. »Der ist hier im See zu Besuch. Er hat türkis-grüne Augen und goldene Locken, die sich anfühlen wie gekochte

Spaghetti, und ist … keine Ahnung. Ich will nur wissen, ob es ihn wirklich gibt oder ich ihn nur geträumt habe.«

Doch Lorie zuckte nur mit ihren herabhängenden Schultern und schniefte. »Tony oder Triton? Kenne ich n-*hicks*. Ich kenne gar keinen Meer-*hicks*-jungen. Aber wer bin ich schon, was weiß ich schon? Ich gehe nicht gerne zum See.«

Mia kräuselte die Stirn. Das hieß ja noch gar nichts, schließlich war Tony erst seit Kurzem zu Besuch in Blankensee. Dieses Mal hatte sich alles ganz real angefühlt. Total abgefahren, aber real.

Alle Logik sprach dafür, dass sich ihre Erlebnisse nur in ihrem Traum abgespielt hatten und Tony nichts weiter als eine Fantasiegestalt war. So wie Aquaman oder Sindbad der Seefahrer. Aber was bedeutete das schon an einem Ort wie dem Grand Hotel Wunder?

Mia erzählte Lorie von ihren Erlebnissen mit Tony und wie lustig er war.

Lories Tränen tropften auf ihre Bettdecke. »Bist du verl-*icks* in den?«

Mia schüttelte eilig den Kopf.

Aber Lorie legte den Kopf schief und schaute sie forschend an. »Doch, *icks* glaube, du bist verknallt in den Meer-*hicks*-ungen.«

Es war so dunkel, dass Lorie nicht sehen konnte, dass Mia in diesem Moment rot wurde.

Sie seufzte. War sie wirklich verliebt in Tony? Fühlte sich

das so an? Nicht ganz ausgeschlossen, sie war schließlich kurz davor gewesen, ihn zu KÜSSEN! »Nein, auf keinen Fall«, protestierte sie trotzdem.

»Mia is verliebt, Mia i-*hicks* verliebt, Mia is verliebt!«, sang Lorie so laut, dass Mia Angst hatte, ihre Eltern könnten davon aufwachen.

»Pssst! Nein, Lorie, hör auf! Pssst! Bist du verrückt?« In Wirklichkeit war Mia nicht sicher, ob sie nicht selbst verrückt geworden war, wenn sie sich schon so krasse Abenteuer mit einem göttlichen Meerjungen einbildete. Oder gab es Tony wirklich? Wäre das nicht megakrass? Wundervoll? Unglaublich?

O nein! War sie womöglich doch ernsthaft verliebt? In einen Meerjungen? Ging das überhaupt, Liebe zwischen Landmädchen und Meerjungen? Sie erinnerte sich zumindest, dass die Sache für Arielle nicht so gut ausgegangen war. Aber da war es ja andersherum gewesen, eine Meerjungfrau verliebte sich in einen menschlichen Prinzen – und sie selbst war ja gar keine Prinzessin. Verdammt verwirrend.

Es war eine unglaubliche Geschichte, so viel stand fest. Kurz bevor Mia einschlief, nahm sie sich vor, am nächsten Tag in den Hotelchroniken nach Hinweisen auf die Unterwassermagie im See zu suchen. Denn mal ganz abgesehen von dieser ganzen Jungssache war das Wassergeist-Beben ziemlich erschreckend gewesen.

Morgens fand Mia ihre Eltern glücklich vereint am Frühstückstisch. Es war fast wie früher: Ihr Papa aß Toast mit Erdnussbutter, und ihre Mama trank zu viel schwarzen Kaffee. Dabei blätterte Marlen im Blankenseer Tageblatt. »Skandal! Kein Wort über das Grand Dîner, keine Ankündigung, nichts. Stattdessen wieder so eine absurde Spukgeschichte: *Spuk im Badezimmer. Im Grand Hotel Wunder berichtete ein Hotelgast gestern Nachmittag über eine übernatürliche Begegnung in der Badewanne.* So ein Quatsch! Wer denkt sich denn so was aus? Ah, der Artikel ist von diesem Mögern, war ja klar.«

Mia seufzte, wusste sie doch, dass sie selbst sich diese Geschichte ausgedacht und Mögern erzählt hatte.

Ihr Vater, der mit den übernatürlichen Gegebenheiten des Hotels ja nicht so vertraut war wie ihre Mutter und sie, runzelte die Stirn. »Kann das denn nicht sein, dass einer eurer Geister im Badezimmer herumspukt?«, fragte er skeptisch.

Marlen und Mia schüttelten gleichzeitig den Kopf. Marlen versuchte, es ihrem Mann zu erklären. »Erstens wissen *die Herrschaften*, dass sie keine Gäste belästigen dürfen, zweitens sind sie absolut wasserscheu.«

Freddy pfiff ungläubig durch die Zähne. Dann wandte er sich an seine Tochter. »Mia, gehst du nachher mit mir im See schnorcheln? Mama muss dieses Festessen vorbereiten, und ich dachte, das macht uns vielleicht Spaß?« Er sah sie erwartungsfroh an.

Aber Mia zuckte nur mit den Schultern. Nach dem gruseligen Ende ihres nächtlichen Unterwasserabenteuers war ihr eigentlich nicht danach, so schnell wieder in den See zu tauchen. »Der See ist viel kälter als die Südsee. Und ich hab eigentlich auch schon was vor«, gab sie zu bedenken.

Schnorcheln war immer ihr gemeinsames Lieblingshobby gewesen.

»Komm schon. Ich hab extra unsere Schnorchelmasken mitgebracht«, protestierte ihr Vater. »Bist du etwa wasserscheu geworden?«

»Nee, gar nicht«, protestierte Mia.

Wenn der wüsste. Sie wollte aber nicht, dass er sich unerwünscht fühlte. Er sollte ja bei ihnen bleiben. Außerdem, überlegte sie weiter, könnte sie beim Schnorcheln herausfinden, ob die Realität unter Wasser auch ihrer Traumwelt entsprach.

»Okay, dann komme ich mit. Ich muss nur vorher noch kurz was erledigen.« Sie schaute auf die Uhr. »Um zehn Uhr unten am Badesteg?«

Ihr Vater lächelte zufrieden. »Perfekt, dann kann ich noch den Kaffee austrinken und mir Mamas neue Küche anschauen.«

In einer kurzen Einsatzbesprechung unter dem Dach vereinbarten die *Chicas* das weitere Vorgehen.

Es blieb ihnen nicht mehr viel Zeit, also beschlossen sie, getrennt voneinander weiter nach dem Schlüssel zu suchen.

Charlie hatte einen alten Metalldetektor im Schuppen gefunden und wollte damit den ganzen Garten und das Ufer absuchen. Paulina sollte sich die Garage und die Ferienwohnungen vorknöpfen. Und Mia versprach, Ritchi noch mal auf den Zahn zu fühlen und alles abzusuchen, wo er oder die *Chicas* jemals mit dem Generalbund in der Tasche entlanggegangen waren.

Aber vorher hatte Mia noch etwas anderes vor.

Unbemerkt huschte sie in Lady Lous Büro.

Sie war froh, dass ihre Großmutter mit dem Empfang der Blankenseer GartenfreundInnen auf der Hotelterrasse so viel zu tun hatte, dass sie dort ungestört bleiben würde.

Mit dem kleinen, silbernen Schlüsselchen, das sie an einer Kette um ihren Hals trug, öffnete sie Lady Lous alten Sekretär und strich über die Buchrücken der ledergebundenen Hotelchroniken. In welchem Jahr sollte sie nach Hinweisen auf die Geheimnisse der Unterseewelt suchen? Sie entschied sich dafür, mit den Aufzeichnungen ihres Ururgroßvaters Clemens H. Wunder aus dem Gründungsjahr des Hotels 1909 zu beginnen. Es war schwierig, seine altdeutsche Handschrift zu entziffern, aber Mia hatte mittlerweile einige Übung.

Neugierig blätterte sie durch die alten Chroniken, fand aber keinerlei Hinweis auf irgendwelche Meerjungen oder andere übernatürliche Unterwasserwesen im Blankensee. Als sie schon aufgeben wollte, fiel ihr ein altes Dokument in den Schoß. Es war mehrfach geknickt und trug das Siegel des Hotels. Gespannt löste Mia das Siegel und faltete das Schriftstück auseinander. Es war eine Art Urkunde. Neugierig las sie, was darauf geschrieben stand.

UNTERSEE-PAKT

Über die Unterwassermacht und Herrschaft im Blankensee
nebst angrenzenden Gewässern und Flußläufen

zwischen

Herrn Direktor Clemens H. Wunder

Inhaber des Grand Hotel Wunder (Landmensch)

und

UNDARTHOR (Wassergeist)

Unglaublich! Es handelte sich augenscheinlich um einen Vertrag zwischen ihrem Ururgroßvater und Undarthor, diesem Wassergeist. Gespannt las Mia weiter. Es ging wohl um den Machtanspruch Undarthors. Ihr Ururgroßvater bestätigte, dass der Wassergeist über die gesamte Unterwasserwelt des Blankensees wachen und herrschen dürfe. Im Gegenzug sei es seine Aufgabe, unter Wasser für Ruhe und Ordnung zu sorgen und zu garantieren, dass das Grand Hotel und die gesamte Land-Welt nicht von der Magie des Sees oder den Unterwasserwesen gestört würden.

Mia überlegte. Undarthor war also auch ein Beschützer des Hotels und kümmerte sich darum, dass alle Besucher sorglos auf dem See paddeln und darin schwimmen konnten. Gespannt las sie weiter.

Am Ende des Paktes wurde auf die Verwahrung des Wunschbrunnenschatzes eingegangen. Als Entlohnung für seine Dienste wurde dem Wassergeist Gold geboten. Undarthor verpflichtete sich, die Wunschbrunnenmünzen einmal im Jahr, an jedem zweiten Sonntag im Juli, am Steg vor dem Hotel abzuholen und sicher in der alten magischen Truhe in seiner Unterwasserhöhle zu verwahren. Mias Urgroßvater Clemens sagte ihm im Austausch dafür zu, dass die Goldmünzen für immer in seinem Besitz bleiben dürften.

So weit, so gut. Die Frage war nur, was geschah, wenn dieser Pakt gebrochen würde. Mia blätterte weiter, doch sie fand dazu keine weiteren Informationen.

Aber bevor sie mit ihren Agentinnen-Freundinnen darüber sprechen konnte, stand der Schnorchelausflug mit ihrem Vater auf dem Plan.

Mia war etwas mulmig zumute, als sie wenig später zum Steg hinunterlief. Sie war immer gerne zusammen mit ihrem Vater schnorcheln und tauchen gegangen, aber das war meistens in der Südsee oder der Karibik gewesen und nicht im Wohngebiet eines mächtigen Wassergeistes. Sicher machte sich Undarthor schon bereit für die Übergabe der Goldmünzen. Ob er ahnte, dass es in diesem Jahr Komplikationen gab?

Nachdem sie in der letzten Nacht einen Vorgeschmack auf seine ungeheure Stärke bekommen hatte, hatte Mia großen Respekt davor, ihm wiederzubegegnen.

Auf dem Steg wartete nicht nur ihr Vater auf sie. Kein Geringerer als Falk Lutzer, der Schatzsucher, stand neben ihm. Als Mia sich näherte, konnte sie hören, wie die beiden miteinander sprachen.

»Sie sind auch Taucher?«, fragte Lutzer.

Ihr Vater nickte. »Ja, wir sind schon in den verschiedensten Winkeln der Welt getaucht, oder, Mia?«

Mia nickte und schaute dem Riesen finster entgegen. Was auch immer er vorhatte, sie würde versuchen, es zu verhindern.

»Der See ist fast hundert Meter tief. Mit einer Schnorchelmaske kommt man da nicht weit. Haben Sie eine richtige Taucherausrüstung mit Flasche?«, forschte der Riese weiter.

»Uns reichen die Masken«, antwortete Freddy und musterte Lutzer. Er bemerkte wohl auch, dass mit diesem Typen etwas nicht stimmte.

»Teile meiner Ausrüstung sind gestern gestohlen worden. Ich suche Ersatz.«

Der Schatzsucher beäugte das Vater-Tochter-Gespann argwöhnisch.

Da mischte sich Mia ein. »Selbst wenn wir eine Taucherausrüstung hätten, würden wir Ihnen keine ausleihen. Sie dürfen hier nämlich gar nicht so weit runtertauchen.«

Ihr Vater schaute sie verwundert an, so entschlossen und forsch hatte er seine Tochter wohl noch nie erlebt.

»Unterwasserschutz«, erklärte Mia und nahm sich eine der Schnorchelmasken.

Lutzer schnaubte verärgert, dann schüttelte er den Kopf und ging davon.

Freddy schaute ihm skeptisch hinterher. »Komischer Typ.«

»Ja, keine Ahnung, was der hier sucht. Bereit für ein eiskaltes Binnengewässer, Herr Kapitän?«

»Bereit, wenn du es bist«, antwortete ihr Vater.

Mia steckte beide Daumen hoch, zog die Maske auf und sprang vom Steg.

Sobald sie unter Wasser die Augen öffnete, bemerkte sie den Unterschied. Während ihrer Streifzüge mit Tony war ihr die Unterwasserwelt bunt und leuchtend vorgekommen. Nun hatte sie definitiv an Zauber verloren. Alles erschien ihr viel grauer und farbloser. Sie fröstelte. Außerdem störte sie die Schnorchelmaske. Sie konnte damit nur so weit runtertauchen, wie sie die Luft anhalten konnte. Das Brillenglas beschlug, und der Gummi klemmte an den Ohren.

Wie schön war es im Vergleich gewesen, mit Tony eine Ewigkeit, ganz ohne Luft zu holen, unter Wasser zu verbringen!

Doch es blieb Mia keine Zeit, weiter darüber nachzudenken, denn im nächsten Moment sprang ihr Vater zu ihr in den See. Gemeinsam sahen sie sich um. Unter dem Steg tummelte sich wie immer ein riesiger Schwarm winziger Fischchen. Sie glitten hindurch, und sofort tauchten die Fische ins Seegras ab. Freddy entdeckte einen riesigen Hecht, dem sie weiter in den See folgten, bis er sie abhängte. Als Nächstes fanden sie ein versunkenes Ruderboot und sahen eine Süßwasserschildkröte, die sich auf einem der Seerosenblätter sonnte.

Es war zwar nicht die Karibik, aber Mia genoss es, an der Seite ihres Vaters umherzutauchen. Obwohl es natürlich nicht vergleichbar war mit den fantastischen Unterwasserabenteuern, die sie mit Tony erlebt hatte.

Zwischendurch tauchten sie auf, und Freddy streckte begeistert den Daumen nach oben. »Schön hier, die ganzen Pflanzen und die Fische! Hast du die Schildkröte gesehen? Aber total anders als im Meer, oder?«

Sie nickte und freute sich, dass der See ihrem Vater so gut gefiel. Sie spürte, wie sehr sie ihn und ihre gemeinsamen Ausflüge vermisst hatte. Vielleicht gab es ja doch noch eine Möglichkeit, dass er hier bei ihr und ihrer Mutter im Hotel blieb?

Sie schwammen kopfunter weiter Richtung Flussmündung und begegneten dabei mehreren Regenbogenforellen, die stromaufwärts schwammen. Mia achtete darauf, dass sie nicht in die Nähe der Insel mit der Unterwasserhöhle kamen. Sicher war sicher. Immer wieder schaute sie sich um und hielt instinktiv nach Tony Ausschau. Aber von dem frechen Meerjungen fehlte natürlich jede Spur. Trotzdem war sie irgendwie enttäuscht, dass sie sich nun endgültig eingestehen musste, dass er bloß ihrer Fantasie entsprungen war.

Doch als sie auf dem Rückweg zum Steg durch einen dichten Seegraswald schnorchelten, sah Mia plötzlich ein goldenes Leuchten vor sich. Täuschte sie sich, oder war das Tonys Schwanzflosse? Suchend schaute sie sich um – und entdeckte ihn tatsächlich! Tony lugte hinter den langen grünen Seegrasranken hervor und zwinkerte ihr zu. Schock! Fast hätte sie vergessen, weiterzuatmen. Sie schaute noch einmal verstohlen hin. Träumte sie? Zur Sicherheit kniff sie sich in den Arm. Autsch! Tatsächlich, er war ECHT!!! Er schwamm da wirklich ganz real vor ihr. Unglaublich!

»Hey, alles okay? Das war echt heftig gestern Nacht«, blubberte er ihr zu.

Sie versuchte zu antworten, aber mit dem Schnorchel im Mund ging es nicht so gut. Es kam nur so etwas wie ein unterdrücktes »Jammmpf« dabei heraus. Dabei schluckte sie so viel Wasser, das sie hustend auftauchen musste, um dann zu bemerken, dass ihr Vater auf sie zuschwamm. O nein, Mist! Was, wenn Papa Tony jetzt sah? Wie sollte sie das erklären?

Hektisch tauchte sie wieder unter und versuchte, Tony ein Zeichen zu geben, dass er verschwinden solle, bevor ihr Vater ihn bemerkte. Der hatte schon genug damit zu tun, die magische Welt des Hotels zu akzeptieren. Es wäre sicher zu viel für ihn, wenn er feststellte, dass seine Tochter nun auch noch mit einem Meerjungen befreundet war.

Doch Tony dachte sowieso nicht daran, wegzuschwimmen. Er schlug fröhlich einen Salto.

Mit einer Handbewegung gab Mia dem übermütigen Meerjungen noch einmal zu verstehen, dass er wieder abtauchen sollte.

Tony grinste nur und ließ extragroße Luftblasen durch das Seegras aufsteigen. Wieso war die Kommunikation mit Tony plötzlich so schwierig?

Einen Moment später steckte ihr Vater den Kopf unter Wasser und paddelte zu ihr. Gerade noch rechtzeitig tauchte Tony mit einem weiteren Salto in die Tiefe ab. Ihr Papa hatte ihn offenbar nicht bemerkt. Deshalb verstand er bestimmt auch nicht, wieso Mia total verwirrt zum Steg zurückschwamm. Tausend Fragen rasten durch ihren Kopf. Was hatte das jetzt zu bedeuten? Sollte sie sich freuen, dass Tony real war? Hatte sie einen echten magischen Freund? War er überhaupt ihr Freund? Warum konnte sie nicht mehr mit ihm sprechen?

Als sie aus dem Wasser stieg, rief ihr Vater ihr hinterher: »War doch super. Hat echt Spaß gemacht, oder? Warum guckst du denn so komisch? Essen wir noch ein Eis auf der Seeterrasse?«

Mia konnte noch immer keinen klaren Gedanken fassen. »Hmm, nee, doch, war toll. Mir ist nur kalt. Der See war echt eisig. Ich muss mich erst mal hier in der Sonne aufwärmen. Geh doch schon mal vor.«

Sie wickelte sich in ihr Handtuch und täuschte ein Bibbern vor, um ihre Erklärung glaubhaft erscheinen zu lassen. Ihr Vater glaubte ihr glücklicherweise und machte sich allein auf den Weg zur Terrasse.

Mia blieb verwirrt am Steg sitzen und schaute ungläubig ins Wasser. Und tatsächlich, kurze Zeit später sah sie ein goldenes Leuchten, und Tony streckte seinen Lockenkopf hinaus.

»Keine Angst, ich bin ziemlich schnell und will auch nicht, dass mich jemand sieht«, blubberte er.

»Das war mein Vater«, stammelte sie. Tony war Wirklichkeit! Sie konnte es gar nicht richtig fassen. Seine Stimme klang ganz anders als in ihrem Traum, irgendwie viel klarer. Aber er sah immer noch genauso gut aus, vielleicht ein bisschen weniger leuchtend, und sein Grinsen war verschwunden. Mochte er sie vielleicht gar nicht mehr? Oje, jetzt fiel es ihr wieder ein – hatte sie letzte Nacht wirklich versucht, ihn zu küssen? War er deshalb so ernst?

»Alles okay, Mia?«, fragte er.

Sie runzelte die Stirn. Er imitierte ihren Blick, und sie musste lachen. »Bist du wirklich, äh, echt? Ich meine, wie kann das sein?«, fragte sie verwirrt.

Er legte seinen Kopf schief und flüsterte: »Magie.«

Zur Sicherheit drehte Mia sich um und schaute in Richtung des Hotels. Eine dichte Buchenhecke schützte den Steg vor neugierigen Blicken.

»Ja, klar, aber was hat das zu bedeuten? War das alles real? Oder wie bist du in meine Träume gekommen?«

Tony zögerte. »Oh. Weißt du das denn nicht?«

Mias Herz begann, heftig zu schlagen. »Nee, keine Ahnung«, gab sie kleinlaut zu.

Tony blubberte einige Luftblasen ins Seewasser. »Meermenschen wie ich haben die Fähigkeit, in die Träume von magiebegabten Menschen wie dir einzuziehen und die Schranke zwischen Traum und Realität aufzulösen. Ich hab auch nicht gewusst, wie es genau funktioniert. Bis es dann einfach passiert ist.«

Was? Welche Schranke hatte hier wer aufgelöst? Jetzt

war Mia total verwirrt. »Was soll das heißen, *in Träume einziehen* und *Schranken auflösen*? Wie bist du da reingekommen? Ich hab dich ja nicht eingeladen oder so was.«

Jetzt, da sie darüber nachdachte, schien ihr der Vorgang ziemlich ungeheuerlich zu sein.

Tony überlegte. »Wir haben uns doch hier getroffen, an dem Abend, als du mit deinen Freundinnen hier warst. Da hab ich dich zum ersten Mal gesehen, und du hast gesagt, dass du mich gerne wiedersehen würdest. Erinnerst du dich nicht? Ich glaube, deshalb konnte ich dich in deinen Träumen besuchen.«

Ganz vage erinnerte sich Mia an diesen Abend. Es war erst ein paar Tage her, doch seitdem war so viel passiert, dass eine Ewigkeit vergangen zu sein schien. Sie versuchte, zu verstehen, was Tony da behauptete. »Es war also ein Traum?«

»Ja zuerst schon, aber dann ist er real geworden, bis du aufgewacht bist.«

Langsam fiel bei Mia der Groschen. »Du bist in meine Träume gekommen, weil du dachtest, ich hätte dich irgendwie dazu eingeladen, und dann wurde es Wirklichkeit?«

Er nickte. »So in etwa.«

Mia war schockiert und verwirrt. »Ohne mich vorher zu fragen?«

Tony prustete ins Wasser. »Sorry, ich wusste ja nicht, dass du das nicht willst. Ich dachte, es hätte dir auch Spaß gemacht. Es war doch alles super, also bis auf das Ende letzte Nacht.«

Der Gedanke an die letzte Nacht inklusive Wassergeist-Beben, Beinahe-Ertrinken und missglücktem Kussversuch verwirrte Mia total. Auf einmal wusste sie gar nicht mehr, was sie denken und fühlen sollte.

Sie schämte sich, dass sie das alles nicht früher kapiert hatte. Voll peinlich. Außerdem fühlte sie sich total hintergangen! Plötzlich fand sie Tonys Lächeln gar nicht mehr so süß, sondern irgendwie angeberisch. Hätte er sich nicht denken können, dass sie keine Ahnung hatte, wie die ganze Sache mit den Träumen funktionierte?

»Nein, nichts war super«, widersprach sie. »Du hättest es mir erklären müssen. Ich wusste doch gar nicht, dass du … dass du echt bist! Du kannst dich doch nicht einfach in meine Träume drängen, ohne mir vorher was zu sagen. Das ist nicht lustig. Vielleicht sollten wir uns besser nie mehr wiedersehen!« Mia musste erst mal Luft holen, so sehr hatte sie sich in Rage geredet.

Doch da wendete sich Tony schon beleidigt ab, sprang aus dem Wasser, vollführte einen perfekten Salto und schwamm davon.

Echt, so ein Angeber. Was sollte das denn jetzt? Nicht mal richtig entschuldigt hatte er sich!

Verwirrt schaute sie seinem goldenen Schein hinterher.

Würde sie ihn jemals wiedersehen? Und wollte sie das überhaupt?

8

Orakelfroschrätsel

Fassungslos und zutiefst verwirrt lief Mia die Hoteltreppe hoch und merkte nicht einmal, dass Ritchi schimpfte, weil sie mit ihrem nassen Badeanzug den Teppich volltropfte. »Kind, nicht doch! Stopp, du kannst hier nicht … alles nass machen! Unerzogene Göre, das berichte ich alles deiner Großmutter! Unerhört!«

Nach ihrer Begegnung mit Tony wusste Mia nicht mehr, was sie glauben sollte. Erschöpft lief sie in ihr Zimmer, schloss die Tür und ließ sich auf ihr Bett fallen. Nun konnte sie die Tränen nicht mehr zurückhalten.

Ihr Schluchzen rief Lorie, das kleine Gespenstermädchen, auf den Plan. Sie kam angeschwebt, ließ sich auf

Mias Bettkante nieder und betrachtete ihre lebendige Freundin mitleidig. »Was ist pass-*hicks*-iert, Mia?«, fragte sie sanft. Trübsal und Traurigkeit waren schließlich ihr Spezialgebiet.

»Der kann mich mal«, schluchzte Mia.

»Ahh-*hicks*, hast du diesen Seejungen gefunden? Das i-*hicks* doch gut!«

»*Meer*junge, und ja. Aber nix ist gut. Der hat sich einfach so in meine Träume gebeamt. Nur weil ich diese ganze blöde Magie nicht checke, denkt der, er könnte das mit mir machen!«

»Aber has-*hicks*-t du dir nicht gewünscht, dass der echt ist und du das nicht alles nur geträumt hast?«

»Doch. Aber trotzdem!«

Verdammt! Mia wusste ehrlich gesagt selber nicht, warum sie so wütend war. Tony konnte ja eigentlich nichts dafür, dass sie ihre eigene magische Gabe nicht begriff. Weder ihre Mutter noch ihre Großmutter hatten sie vor dieser Art von Traummagie gewarnt. Vielleicht wussten sie ja auch gar nichts davon? Beide hatten behauptet, Träume hätte nichts mit dem Dritten Auge zu tun. Warum denn jetzt doch? Hatte sie vielleicht so was wie das Vierte Auge mit extra Bonus-Magie?

Verflixt. Wie sollte er sie verstehen, wenn sie sich noch nicht mal selbst verstand? Die ganze Sache war auf jeden Fall schrecklich unangenehm. Sie sollte ihn vergessen. Und trotzdem konnte sie an nichts anderes denken als an Tony und das tolle Gefühl, zusammen mit ihm durch den See zu tauchen. Was, wenn sie ihn jetzt wirklich nie wiedersah?

Mia schniefte, und Lorie trocknete ihr mit ihrem silbrigen Umhang die Tränen. »Gegen Liebeskummer hilf-*hicks* Magie«, erklärte Lorie. Um Mia aufzuheitern, begann sie, eine kleine Zaubershow für sie zu veranstalten. Erst jonglierte sie mit verschiedenen Dingen aus Mias Zimmer: Schuhe, Bücher, Wasserflasche, Federtasche, Sonnenbrille, Unterhose. Dann ließ sie kleine, rosa glitzernde Wölkchen entstehen, und schließlich versuchte sie es mit feinsten Nougatpralinen, die sie unbemerkt aus Lady Lous geheimem Vorratsraum entwendet hatte. Doch nichts half, und so weinten sie einfach ein bisschen gemeinsam.

Mia tat es gut, eine Freundin zu haben, die mit ihr litt. Hoffentlich würde Lorie eines Tages genug Vertrauen zu ihr haben, um ihr den Grund für ihre eigene ständige Traurigkeit erzählen.

Nachdem sie ausgiebig mit Lorie geheult hatte, kam sich Mia ziemlich dämlich vor. Sie lag hier herum und flennte, dabei hatte sich ihr größter Wunsch erfüllt: dass sich ihre Eltern versöhnten. Sie sollte doch glücklich sein!

Also beschloss sie, diesen Tony erst mal zu vergessen. Sie hatte schließlich viel Wichtigeres zu tun, als irgendeinem frechen Meerjungen hinterherzuweinen. Viel zu viel Zeit hatte sie damit verschwendet, wo sie doch eigentlich ganz dringend den Muschelschlüssel suchen musste.

Da Mia nun beschlossen hatte, Tony nie wiedersehen zu wollen, entschied sie auch, dass es nicht notwendig war, Charlie und Paulina von ihm zu erzählen, obwohl das ein eindeutiger Bruch ihres Freundschaftsversprechens war. Aber die ganze Geschichte war ihr einfach viel zu peinlich, und was vorbei war, war ja auch nicht so wichtig, oder?

Dass Mia in Wirklichkeit an nichts anderes denken konnte als an Tonys Lächeln, seine weichen Spaghetti-Haare und den goldenen Schein, der ihn umgab, war eine andere Sache.

Es war bereits Nachmittag, und Mia musste sich beeilen, um Paulina und Charlie wie verabredet am Brunnen zu treffen.

Als sie ankam, saßen die beiden schon resigniert am Rand und erzählten von ihrer erneut erfolglosen Suche.

»Ich hab mit dem Metalldetektor eine alte Blechdose, Blumendraht und vier verrostete Wäscheklammern gefunden, aber keinen Muschelschlüssel«, erklärte Charlie. »So finden wir den nie.«

Paulina gab ihr recht. »Es ist *un disastre*, der ist einfach verschwunden.«

Beim Anblick der steinernen Seejungfrau musste Mia natürlich sofort wieder an Tony denken, doch ihre Cousine holte sie ins Hier und Jetzt zurück.

»Und, was hat Ritchi gesagt?«

Oh, Mist! Mia hatte voll vergessen, was ihre Aufgabe bei der Suchaktion gewesen war. »Äh, nichts, es gab noch keine Gelegenheit, mit ihm zu reden. Aber ich hab in den Hotelchroniken einen Unterseepakt zwischen unserem Urgroßvater und Undarthor gefunden. Vielleicht können diese Frösche uns ja wirklich weiterhelfen?«

Im nächsten Moment sah Mia Lorie aus einem der Hotelfenster zu ihnen schweben. Wie immer außerhalb des Hotels hatte sich das Geistermädchen unsichtbar gemacht. Sie wollte – und durfte – ja keine Gäste erschrecken. Nur Mia konnte sie aufgrund ihrer magischen Gabe sehen und hören. »Hallo, Lorie!«, sagte sie, um auch ihre Freundinnen über die Gegenwart des Gespensts zu informieren. »Zeigst du uns jetzt den Weg zu den Seerosen, auf denen diese Orakelfrösche leben?«

Lorie die Graue schniefte und jammerte wie immer. »Ich finde das sooo gemein, ich bin ja sooo mü-*hicks*-de. Aber dauernd ist irgendwas. Lorie hier, Lorie da-*hicks*, und nie,

nie, nie kann ich einfach mal schlaf-*hicks*-en. Aber mit mir kann man es-*hicks* ja machen.«

Mia seufzte. Sie wusste, dass Lorie nicht ganz unrecht hatte, schließlich hatte das kleine Gespenstermädchen den ganzen Nachmittag versucht, sie aufzuheitern. Auf der anderen Seite wollte sie ja immer mitmachen, und das brachte notgedrungen ihren Tag-Nacht-Spuk-Rhythmus durcheinander. »Sorry, Lorie. Wir wollten die Frösche ja gestern schon treffen, aber dann kam das Gewitter.«

»Ja, und der ganze nasse-*hicks*-e Regen. Am See ist ja auch so schreckl-*icks* viel Wasser«, schniefte Lorie vorwurfsvoll.

»*Chicas*, es bleibt uns nicht mehr viel Zeit. Zeigst du uns jetzt den Weg, Lorie?«, mahnte Paulina.

Charlie war ganz ihrer Meinung.

»Ja, auf zu den Fröschen. Die sollen jetzt mal orakeln, wo der blöde Schlüssel sich versteckt.«

Also flog Lorie wie gewünscht voran und zeigte Mia den Weg. Die anderen beiden folgten ihnen. Zuerst zum Ufer herunter, hinter dem Bootshaus rechts, an der Weide vorbei und dann mitten hinein ins hohe Schilf.

Die Mädchen zwängten sich durch das Dickicht. Die Schilfrohre waren lang und hart und die Blätter messerscharf. Paulina schnitt sich als Erste und fluchte. Mia ging vor und schlängelte sich so gut wie möglich durch den dichten Uferbewuchs. Es pikste und zwickte, und in kürzester Zeit hatten die Mädchen auch noch nasse Füße. Charlie schimpfte, dass der sumpfige Untergrund ihre neuen Turnschuhe ruinierte. Es war schrecklich. Und dazu kamen Tausende von Stechmücken, die in der Abenddämmerung umherschwirrten und sich auf sie stürzten, um ihr Blut zu saugen. Nur Lorie hatte es gut, die konnte einfach über das Schilf hinwegschweben, und vor den Mücken war sie als blutleerer Geist auch sicher.

»Wie weit ist es denn noch?«, rief Mia Lorie zu und blieb einen Moment stehen, um sich zu orientieren.

Im nächsten Moment knallte ihr Charlie eine heftige Ohrfeige auf die Wange.

»Auaa, Charlie!«

»Sorry, da war eine Mücke, die wollte dich gerade stechen. Verdammte Mistviecher!«

»*Vamos, chicas,* nicht stehen bleiben, sonst versinken wir im Sumpf«, forderte Paulina.

»Es is-*hicks* da hinten. Nich-*hicks* mehr weit!«, rief Lorie und zeigte nach links. Also ging Mia mit ihren Freundinnen im Schlepptau weiter durch diese Schilf-Mücken-Sumpf-Hölle.

Schließlich lichtete sich der Schilfwald, und die Mädchen kamen ans Seeufer. Hier war der Untergrund noch weicher, und sie mussten aufpassen, nicht im Morast zu versinken.

Dafür war der Blick auf den See einzigartig. Hunderte von Seerosen schwammen vor ihnen. Die großen Blüten waren pink, rosa und weiß, und auf den großen runden Blättern, die wie kleine Schiffchen im Wasser schwammen, saßen große, grüne Frösche mit lilablauen Streifen auf den Rücken.

Die Mädchen staunten. Es mussten bestimmt hundert Frösche sein. Abwechselnd ließen sie ihre langen, klebrigen Zungen hervorschnellen, um sich die ein oder andere Mücke einzuverleiben.

Lorie schwebte zum Ufer herab und gesellte sich neben Mia. Da sie hier niemand beobachten konnte, machte sie sich auch für die anderen beiden Mädchen sichtbar. »So, da sin-*hicks* sie. Aber passt auf, die könn-*hicks*-en echt gemein sein.«

Mia bemerkte, dass das Gespenstermädchen hinter ihr in Deckung ging. Sollte sie sich Sorgen machen?

Die Frösche waren noch immer mit ihrem üppigen Mücken-Mahl beschäftigt und schienen sie entweder gar nicht zu bemerken oder zu ignorieren.

»Können wir mit denen sprechen? Verstehen die uns?«, wollte Charlie von Lorie wissen.

Da begann das Gespenstermädchen wieder zu weinen. »Wo-*hicks*-her soll ich das denn wissen?«

Also probierte Paulina es einfach aus. Sie räusperte sich und rief dann zu den Seerosen hinüber: »*Hola*, Orakelfrösche, wie geht's? Wir haben da mal eine Frage. Könnt ihr uns verstehen?«

Schlagartig ließen alle Frösche ihre Zungen ins Maul schnellen und schauten zu den Mädchen am Ufer.

»*Fantastico*«, jubelte Paulina, obwohl der Anblick von Hunderten von Fröschen, die sie nun fixierten, etwas Erschreckendes hatte. »Wir sind gekommen, weil wir mit euch über *la magia* sprechen wollten«, erklärte sie tapfer weiter.

Plötzlich begannen die Frösche, angriffslustig von einem Seerosenblatt zum anderen zu hüpfen und wie wild zu quaken.

»*Quak*, was wollen diese häss-*quak*-lichen, kleinen *quak*-Fratzen wissen? Warum *quaken* diese Kinder über Magie? Was *quaken* die sich ein? Sind die so *bequakt*, wie sie aussehen?«

Mia protestierte: »Wir sind weder hässlich noch klein oder bequakt. Wir sind Geheimagentinnen und verstehen eine ganze Menge von Magie.«

Charlie und Mia schauten sie verwirrt an. »WER hat gesagt, dass wir hässlich sind?«, mischte sich Charlie verärgert ein.

»Du verste-*hicks*-t die Orakelfrösche?«, fragte Lorie verwundert.

»Ja, und sie sind echt gemein«, flüsterte Mia zurück. »Hört ihr die nicht?«

Charlie schüttelte den Kopf. »Nee, ich höre nur *Quak-quak*.«

Bei Paulina war es genauso.

»Ich verstehe sie natürl-*hicks*. Aber für einen lebend-*hicks*-igen Menschen wie dich ist es total ungewöhnlich, dass du das Quak-*hicks*-en verstehst«, erklärte Lorie.

Mia war nicht so begeistert darüber, denn sie ahnte, dass ihr Talent für die Froschsprache wieder etwas mit ihrer besonderen Gabe zu tun hatte. Das Auge der Erkenntnis hielt anscheinend immer weitere Überraschungen für sie bereit.

Die Frösche begutachteten die vier und machten sich weiter über die Mädchen lustig. »Hey, warum *quakt* ihr uns so an, ihr *Quak*-Fratzen? Ihr steht da voll be*quakt* rum und wisst nicht, was ihr *quaken* wollt. Seid ihr *quakköpfig*, *quak*otisch oder *quak* von Begriff? Eine *quaker* als die andere, total be*quakt*. Da *quak* ich gleich eine fette Fliege aus. *Quak*.«

Mia runzelte die Stirn.

»Was sagen die denn?«, wollte Paulina wissen.

»Die sind einfach nur gemein«, flüsterte sie.

»Du muss-*hicks*-t sie etwas bestimmte-*hicks* fragen, über die Zukunft«, erklärte Lorie.

Das war einleuchtend, denn ein Orakel sagte ja immer die Zukunft voraus. Mia überlegte. Dann nahm sie ihren Mut zusammen und wandte sich an die fiesen Frösche. Sie hatten schließlich nicht umsonst den beschwerlichen Weg durch das Schilf auf sich genommen. »Ähh, ja, okay, also, sehr geehrte Orakelfrösche, wir wollen wissen: Werden wir den Schlüssel zum Wunschbrunnengitter finden? Und wenn ja, wo? Und wird dann alles gut?«

Die Frösche verstummten abrupt und wechselten ihre Farbe von Grün zu Lila. Absolut abgefahren. Dann begannen sie, alle zusammen im Chor zu quaken. Nur Lorie und Mia verstanden ihre Prophezeiung.

»Quak, der Schlüssel, quak, mit dem Muschelkopf,
ging verloren, quak, armer Tropf.
Quak, quak, die Mädchen klagen,
doch wer, quak, hat ihn am Bund, quak, getragen?

Quak, der Schlüssel wird, quak, erscheinen,
das Schloß, quak, sich wird öffnen, quak, im Geheimen.
Von fremder Hand, quak, so wird es sein,
ein Unglück naht, quakt leis der Hain.

Undarthor, quak, mächtiger Geist, düster und groß,
über die Fluten des Sees zu wachen, quak, sein Los.
Sein Verlangen nach Gold, quak, so tief und schwer,
der Wassergeist, quak, will immer mehr.

Für sein Dasein, quak, so schaurig und kalt,
braucht er das Gold, quak, sehr, sehr bald.
Nur so kann er ewig leben, quak,
das Gold ist sein einzig Segen.

Doch nicht nur das, quak, trägt Gewicht,
die Gabe des Brunnens, quak, ist Dunkel und Licht.
Jedes Jahr erneuert die Herrschaftspflicht,
ein Pakt zwischen Welten, quak, auf lange Sicht.

Quak-quak, im Kreislauf so still,
zwischen Menschenreich, quak, und Geisterwill'.
Nur so die Balance wird gewährt,
und kein Schicksal, quak, die Zeiten durchfährt.
Quaaaaaak.«

Es klang schön und düster zugleich und jagte Mia einen Schauer über den Rücken. Was aber auch daran gelegen haben könnte, dass die kalte Lorie sich aus Furcht so eng an sie drückte.

Mia versuchte zu begreifen, was die Frosch-Reime ihnen Neues offenbarten.

»Ergibt dieses Gequake irgendeinen Sinn?«, fragte Charlie skeptisch.

»Irgendwas Schlimmes?«, sorgte sich Paulina.

Mia runzelte die Stirn. Sie hätte sich Notizen machen sollen, aber sie hatte weder Zettel und Stift noch Handy dabei. Sie beschloss, die Gelegenheit zu nutzen und schnell noch eine Frage zu stellen, bevor sich die Orakelfrösche wieder in gemeine Motzfrösche zurückverwandelten.

»Und was passiert, wenn Undarthor sein Gold nicht rechtzeitig bekommt?«, rief sie den lila Fröschen entgegen.

Im düsteren Chor quakten die Orakelfrösche auf ihren Seerosenblättern weiter:

»In den Tiefen des Sees lauert, quak, Gefahr,
ein düsteres Omen, quak, so nah und klar.
Das Hotel Wunder, in seinem Glanze, quak-quak,
droht zu versinken im tosenden Tanze.

Undarthor, quak, verlangt nach dem Gold,
ansonsten er, quak, euch grollt.
Die Wasserwelt wird erzittern, voll Wut und Zorn,
dann, quak, steht das Unheil ganz vorn.

Quak, das Wasser wird toben, heftig und wild,
seine Macht, quak, so grausam er stillt.
Das Hotel, quak, verloren in den Fluten vom See,
wenn das Gold nicht geliefert, oh, welch, quak, ein Weh.

Großes Unglück mit Wasser steht, quak, dem Wunder bevor,
also seid, quak, ganz Ohr.
Hoffnung bleibt, quak, ein Funke, so klein,
bringt das Gold zurück, quak, lasst es nicht sein.

Quaaaaaak.«

Mia versuchte verzweifelt, das ganze Gequake zu verstehen und sich alles zu merken, während ihre Freundinnen langsam ungeduldig wurden.

»Mia, was quaken die denn? Checkst du das?«, fragte Charlie wieder.

»*Chicas*, wir müssen hier weg, sonst versinken wir im Schlamm«, mahnte Paulina.

Jetzt merkten auch die anderen beiden Mädchen, wie tief ihre Beine mittlerweile im Ufermorast eingesunken waren.

Mia beobachtete, wie sich die Orakelfrösche vor ihren Augen wieder von Lila zu Grün zurückverwandelten. Damit war der Wahrsagungsmoment anscheinend vorbei, denn nun fingen sie auch wieder an, wie wild durcheinanderzuquaken.

»*Quak*, sind die *quak*-Fratzen, immer noch da? Diese *quak*lichen kleinen *Quak*menschen? *Quak* kennt keine Grenzen. *Quaken* die denn gar nichts? Geht nach Hause, ihr *Quak*köpfe! Ihr seid echt unglaublich *quak*haft und an*quakend.*«

Damit wendeten sich die Frösche hochnäsig ab und widmeten sich wieder dem Verspeisen der Mücken.

»Trotzdem danke und guten Appetit, ihr Motzquaker«, rief Mia ihnen zu, dann deutete sie ihren Freundinnen an, dass sie gehen sollten.

Nachdem die Mädchen dem Horror-Schilf-Sumpf wieder entkommen waren, versuchten sie, ihre schlammigen Füße und Beine sauber zu machen.

»*Terrible*, ich habe mindestens dreihundert Mückenstiche, *mierda los mosquitos*«, jammerte Paulina.

»Und? Sag schon, haben sie verraten, wo der Schlüssel ist?«, fragte Charlie ungeduldig.

Mia schüttelte den Kopf. »Nee, leider nicht«.

Sie versuchte fieberhaft, sich an die Einzelheiten der Prophezeiung zu erinnern, aber in ihrem Kopf war nur ein großes Quak-quak-Durcheinander.

»Es war total schwer zu verstehen, weil die zwischendrin immer gequakt haben und sich alles gereimt hat. Aber ich glaube, die haben so was gesagt wie *Das Schloß wird sich öffnen – im Geheimen*. Aber es klang nicht so, als wenn alles gut werden würde. *Wassergeister brauchen Gold, nur so können sie überleben* haben sie auch gequakt. Undarthors Unsterblichkeit hängt wohl irgendwie vom Besitz des Goldschatzes ab. Keine Ahnung, sind Geister nicht immer unsterblich?«

Die Frage ging an Lorie, die traurig vor ihr herschwebte.

»Nein, *hicks*, nicht immer. Es ist irgendwie total-*hicks* kompliziert, ich hab's selbst auch nicht ganz verstanden.«

Da fiel Mia das Wichtigste wieder ein. »Dem Hotel steht großes Unglück bevor, wenn Undarthor das Gold nicht geliefert bekommt. Er wird wütend werden, und *das Wasser wird tosen, heftig und wild*, oder, Lorie?«

»Ja, große-*hicks Unglück mit WASSER steht dem Wunder bevor*, haben sie gesagt. Das kling-*hicks* nicht gut, gar nich-*hicks* gut.«

Erschöpft und verdreckt machten sich die Mädchen auf den Rückweg zum Hotel.

Lorie mahnte sie, die Wahrung ernst zu nehmen. »Mit einer Orakelfrosch-Prophe-*hicks*-zeihung ist nicht zu spaßen! Wasser ist soooo gefährli-*hicks*! Und Anastasia hat doch au-*hicks* gesagt, dass Unheil vom See kommt.«

Also beschlossen sie, gleich zu Lady Lou zu gehen und ihr alles zu berichten.

Außer Lorie, die sich verabschiedete, weil sie viel, viel, viel zu müde war, um noch weiter herumzuspuken.

Die drei Mädchen trafen die Hoteldirektorin auf der Seeterrasse bei den Vorbereitungen zum großen Festessen am nächsten Abend. Bevor sie etwas sagen konnten, begann die resolute alte Dame zu schimpfen: »*Mon dieu*, wie seht ihr denn aus? Wie die Dreckspatzen. Seid ihr nicht zu alt, um im Matsch zu spielen? Sofort runter in die Waschküche. Ihr ruiniert mir hier alles!«

Mia grinste. Aus irgendeinem Grund erinnerte ihre Großmutter sie gerade an die motzenden Orakelfrösche.

Aber wenn man sich ihre Fußstapfen aus Lehm und Dreck auf dem Terrassenboden ansah, hatte sie natürlich recht. »Wir müssen ganz dringend mit dir reden. *Es geht um die Frösche*«, raunte sie Lady Lou zu.

Und erstaunlicherweise begriff ihre Großmutter bei der Erwähnung der Frösche sofort, dass es sich um einen echten Notfall handelte. Sie gab den Mädchen ein Zeichen, und kurz darauf trafen sie sich in der Waschküche des Hotels.

Paulinas Vater, der dort arbeitete und über die Reinheit der Hotelwäsche wachte, war nicht gerade erfreut, drei verdreckte Mädchen hineinkommen zu sehen. Aber sie versprachen, alles sauber zu hinterlassen, und die Direktorin übernahm dafür die Verantwortung. Als sie alle Türen geschlossen hatten und mit Lady Lou alleine waren, erzählte Mia schnell, was sie von den Fröschen erfahren hatte.

»Großes Unheil mit Wasser droht, wenn Undarthor sein Gold nicht bald bekommt. Du weißt doch von dem Untersee-Pakt zwischen deinem Großvater und dem Wassergeist?«

Lady Lou nickte. »Natürlich. Oje, oje, und jetzt bleiben uns nicht mal mehr 24 Stunden!«

Charlie war noch immer nicht von der Dramatik der Lage überzeugt. »Meinst du nicht, die wollten uns nur Angst machen?«

Doch Lady Lou schüttelte entschieden den Kopf. »Nein,

auf keinen Fall. Die Orakelfrösche sind arrogant und gemein, aber mit einer Frosch-Prophezeiung ist nicht zu spaßen!«

Die Direktorin öffnete die Tür und rief nach oben zu Ritchi, er solle bitte umgehend in den Waschkeller kommen.

Fluchend und schlecht gelaunt stapfte der alte Empfangschef in den Keller und wunderte sich, dort seine Chefin zusammen mit drei verdreckten Mädchen vorzufinden.

Lady Lou redete nicht lange um den heißen Brei herum. »Richard, wir müssen alles vorbereiten. Wenn wir den Schlüssel bis morgen früh nicht gefunden haben, müssen wir das Brunnengitter aufbrechen oder aufschweißen. Zur Not mithilfe irgendeiner Spezialfirma, einem Panzerknacker oder einem Sprengsatz.«

Die Mädchen machten große Augen, aber sie waren ganz ihrer Meinung. Drastische Mittel schienen absolut angebracht.

»Aber was ist mit der Geheimhaltung, Madame? Es darf doch niemand davon erfahren«, widersprach Ritchi.

»Das Risiko müssen wir jetzt eingehen. Morgen Nacht, parallel zum Grand Dîner, muss die Übergabe der Brunnenmünzen stattfinden, koste es, was es wolle. Sonst droht uns Unheil, die Frösche haben es prophezeit, Richard.«

Doch der Empfangschef schüttelte erneut den Kopf. »Das ist ein ganz schlechter Termin.«

Lady Lou funkelte ihn an. »Seit über hundert Jahren findet die Übergabe am zweiten Sonntag im Juli statt, das wissen Sie doch! Wir haben keine andere Wahl, oder haben Sie etwa eine bessere Lösung, Richard?«, fragte sie ungeduldig.

»Solange ich hier bin, hat es mit dem Wächter des Sees nie Probleme gegeben. Er war immer gütig und besonnen. Ich bin sicher, so wird es auch in Zukunft sein. Ich denke nicht, dass diese Goldmünzen solch eine große Rolle für ihn spielen.«

Mia war kurz davor, ihm zu widersprechen und von den düsteren Vorhersagen zu erzählen.

Aber ihre Großmutter hielt sie zurück und fuhr Ritchi an: »Keine Diskussion!«

Der Concierge räusperte sich unwillig, nickte aber schließlich. »Wie Sie wünschen. Ich werde mich nach einer diskreten Sicherheitsfirma erkundigen, die das Gitter morgen aufbrechen könnte.«

»Ja, tun Sie das umgehend, Richard. Und sorgen Sie dafür, dass bei dieser Prozedur weder Gäste noch Mitarbeiter anwesend sind, und erst recht nicht dieser zudringliche Zeitungsreporter«, forderte die Direktorin.

»Jawohl, Madame, wie Sie meinen. Aber ich kann selbstverständlich nichts versprechen«.

»Das ist mir bewusst, Richard. Und jetzt machen Sie sich schon an die Arbeit.«

Er nickte kurz und beleidigt, dann eilte er davon.

Lady Lou sah ihm kopfschüttelnd hinterher.

Charlie verdrehte die Augen. »Na toll, da hätten wir ja gar nicht so lange nach dem blöden Schlüssel suchen müssen, wenn das Gitter jetzt sowieso aufgebrochen wird.«

Doch ihre Großmutter sah das anders. »Wir mussten es versuchen, Charlotte. Das Bewahren unserer Geheimnisse und Beschützen der Magie dieses Hauses steht immer an oberster Stelle. Ich dachte, das wäre auch Sinn und Zweck eurer Bande? Und jetzt schlage ich vor, ihr zieht die dreckigen Klamotten gleich hier aus und steckt sie in die Waschmaschine.«

Damit beendete Lady Lou das Gespräch und ließ die Mädchen in der Waschküche alleine.

Irritiert schauten sich die drei an. Es fühlte sich an, als hätten sie versagt, aber irgendwie waren sie auch erleichtert, dass es jetzt nicht mehr in ihrer Verantwortung lag, das *große Unglück* zu verhindern.

In große, weiße Hotelhandtücher gehüllt, liefen die Freundinnen kurz darauf die Treppen hinauf und wollten sich gerade verabschieden – als Mia sah, wie Lorie noch einmal angesaust kam. Weil sie sich mitten im Hotel befanden, war sie im unsichtbaren und unhörbaren Geistermodus, sodass nur Mia sie sehen und hören konnte.

»Mia-*hicks*, warte, heute ist ein ganz furcht-*hicks*-barer Tag! Immer passiert et-*hicks*-was, nie kann ich schlaaaafen.«

»Was ist denn los, Lorie?« Mia deutete auf die Stelle, an der das kleine Gespenstermädchen vor ihr schwebte, damit ihre anderen Freundinnen verstanden, mit wem sie sprach. Lorie weinte herzerweichend.

»Da, da is-*hicks* jemand am Steg, der will unbeding-*hicks* mit dir reden. Ich glaube, es ist dieser Meer-*hicks*-bengel, von dem du erzählt hast. Er hat einen Fischschwanz, tota-*hicks* irre.«

Mia bekam sofort Herzklopfen. ER war noch da. Und ER wollte mit ihr reden?

Paulina gähnte. Ihre Freundinnen konnten ja nicht verstehen, was Lorie gerade gesagt hat.

»Was will die denn noch?«, fragte Charlie ungeduldig. »Kann das nicht warten? Ich bin echt müde.«

Da wurde Lorie zornig, und wenn die Herrschaften zornig wurden, vergaßen sie ihre Tarnung. Also waren folgende Sätze nicht nur für Mia hörbar, sondern auch für die anderen, magisch Minderbegabten.

»Hey, ich bin auch-*hicks* müde, sogar sehr müd-*hicks*-e. Aber da sit-*hicks* dieser Meerjunge und will unbeding-*hicks* mit Mia reden!«

»Ein Meerjunge. Sitzt am Steg. Und will mit Mia reden?«, fragte Charlie ungläubig und schaute zu ihrer Cousine. Paulina begann zu lachen, weil sie dachte, dass es sich um einen Scherz handeln musste. Mia schaute sich besorgt um. Hoffentlich hatte das jetzt kein Gast oder Hotelmitarbeiter mitbekommen. Niemand schenkte ihnen Aufmerksamkeit, es hielten sie wohl alle nur für herumalbernde Mädchen.

Charlie hielt *Lorie* dagegen offenbar für total übergeschnappt. Sie wendete sich an Mia und fragte ironisch: »Und? Kennst du irgendwelche Meerjungen, die im See wohnen und mit dir reden wollen?«

Mia wurde rot. Nun gab es ja wohl keine Möglichkeit mehr, die ganze Sache zu verschweigen. »Ja, das ist … ähm … Tony. Er ist … Er kommt aus dem Meer und macht hier Urlaub, und wir sind, also, wir waren so was wie … Freunde. Aber dann haben wir uns gestritten«, haspelte sie im Flüsterton.

Paulina kicherte immer noch, und auch Charlie konnte es nicht glauben. Also lotste Mia ihre Freundinnen in ihr Zimmer, um ihnen alles zu erklären. Denn erstens brauchte sie jetzt Verstärkung, und zweitens mussten sie sich etwas anziehen.

9

WUNSCHUMKEHRUNGS-TRAGÖDIE

Charlie und Paulina staunten nicht schlecht, als Mia ihnen vom Meerjungen Tony erzählte, während Lorie erschöpft auf dem Dachbalken über ihnen lag und schnarchte.

»Ein traumhaft süßer Meerjunge? Nächtliche Tauchtouren im See und ein Beinahe-KUSS! *Chica*, wieso hast du denn nichts gesagt? Sind wir etwa keine Freundinnen?«, schimpfte Paulina.

Mia zuckte mit den Schultern. »Doch. Ich war nur so verwirrt, und es war mir so peinlich, weil ich nicht gecheckt hab, ob ich das alles nur geträumt habe. Und ich wollte nicht, dass ihr denkt, ich bin verrückt oder so.«

»Du bist nicht verrückt. Verliebtsein ist total crazy, *absolutamente loco* – aber es ist auch wunderschön und sooo romantisch.«

Charlie sah das anders. »Also, dass dieser Typ, ohne dich zu fragen, in deine Träume eingedrungen ist, das ist absolut nicht in Ordnung – und alles andere als romantisch!«

Mia seufzte. »Ja, das habe ich am Anfang auch gedacht. Aber er konnte ja nicht wissen, dass ich das nicht checke.«

»Trotzdem«, sagte ihre Cousine. »Und dieser ›Kussversuch‹? Hat er dich da wenigstens vorher gefragt?«

Mia wurde rot. »Nee, aber, äh, es war, glaube ich, mehr so, dass ich ihn küssen wollte, als er mich? Also, vielleicht wollte er es auch, aber ich hab ... die ganze Sache irgendwie ... angefangen. Voll peinlich! Und gefragt hab ich auch nicht.«

Paulina grinste. »Du bist echt verknallt in den, oder?«

Mia zuckte hilflos mit den Schultern. »Nein, oder ... vielleicht? Keine Ahnung. Ich kenn mich doch nicht aus damit, also weder mit dem ganzen magischen Kram noch mit Verliebtsein. Aber vergessen kann ich ihn auch nicht, das hab ich schon probiert.«

Da sprang Charlie auf und erklärte, sie wolle sich diesen Typen jetzt mal genau anschauen. »Lorie hat gesagt, er will mit dir reden, also gehen wir jetzt hin und hören uns an, was der zu sagen hat.«

Draußen war es bereits dunkel, als Mia gefolgt von ihren Freundinnen zum Steg hinunterging. Paulina nahm ihre Hand, und Mia atmete tief durch. Sie konnte jede Unterstützung gebrauchen.

Als sie am Ende des Stegs angekommen waren, setzten sie sich und ließen die Füße ins Wasser baumeln. Alle drei reckten die Köpfe nach unten und versuchten, im Dunkel des Wassers etwas – beziehungsweise jemanden – zu sehen. Vielleicht, kam es Mia in den Sinn, war es ja so wie bei den Geistern, und nur sie konnte Meerwesen wie Tony sehen?

War es aber nicht.

Paulina war die Erste, die das goldene Leuchten entdeckte, das auf sie zukam. »*Mira*, da im Wasser!«

Im nächsten Moment steckte Tony schon sein hübsches Gesicht aus dem See. Und der Schein seiner goldgeschuppten Schwanzflosse erhellte das Wasser um ihn herum.

»Krass!«, staunte Charlie. »Mit so einer Flosse kann man bestimmt wahnsinnig schnell schwimmen.«

»Klar, ich komme auf mindestens hundert Seemeilen pro Stunde, kommt halt auch aufs Training an«, konterte Tony mit glucksender Stimme.

»Du bist ein echter Meerjunge? Also, so was wie eine Meerjungfrau in männlich, *verdad*?«, mischte sich Paulina ein.

»*Sí, señorita*. Ich weiß, jeder kennt Meerjungfrauen und keiner Meerjungen. Aber es gibt uns, genauso wie männliche Feen oder Hexer. Es ist voll diskriminierend, dass ihr Landmenschen das nicht versteht.«

»Sorry, hast du gesagt, es gibt Feen?«, fragte Paulina ungläubig.

»Ja, Feenfrauen, Feenmänner und Feenkinder.«

Mia schaute verlegen zur Seite. Wieso begrüßte er sie nicht? Hatte er sie vielleicht gar nicht bemerkt? Er wollte doch angeblich mit ihr sprechen! Sollte sie wieder gehen?

Doch dann schwamm Tony endlich zu ihr und lächelte zu ihr hoch. »Hey, Mia. Bist du noch böse auf mich?«

Mia zuckte mit den Schultern. Ihr ganzer Körper kribbelte wieder total knallbrausemäßig. Ohne Sinn und Verstand glotzte sie Tony an und brachte kein Wort heraus.

Charlie wollte schon für ihre Cousine in die Bresche springen, doch Paulina hielt sie zurück.

Tonys Miene wurde ernst. »Es tut mir wirklich leid, Mia. Ich wollte, dass du noch mal kommst, damit ich mich entschuldigen kann. Ich hätte checken müssen, dass auch du mit Traummagie keine Übung hast und du mich ohne Absicht in deine Träume gelassen hast.«

Mia seufzte. So ging es echt nicht weiter. Sie musste ihr magisches Talent unbedingt unter Kontrolle bekommen, dann würde es auch nicht zu solchen Missverständnissen kommen. Gerne hätte sie Tony etwas geantwortet, aber ihr fiel absolut nichts ein, was sie hätte sagen können. Totaler Blackout.

Da konnte sich Charlie nicht länger zurückhalten. »Machst du das öfter, dich so in den Träumen von unschuldigen Landmädchen herumtreiben?«

Verlegen blubberte Tony ins Wasser. »Nein, es war das erste Mal, also ... mein erstes Mal, also, ähm ... Ich bin echt ungeübt in Traumbegegnungen. In Zukunft passe ich auf, versprochen.«

In Zukunft? Was meinte er damit? In Zukunft *mit ihr* oder in Zukunft *mit anderen Mädchen*? Mia war total perplex. Zumindest beruhigte es sie, dass sie auch seine erste Traumbegegnung gewesen war.

»Also, natürlich nur, wenn du das noch willst«, sagte Tony und schaute zu ihr hoch.

Doch Mia hörte ihn gar nicht, sie war noch immer damit beschäftigt, ihre konfusen Gedanken zu ordnen.

Paulina beugte sich zu Charlie herüber.

»Geht das überhaupt, ein Meerjunge und ein Landmädchen? Gibt es da nicht irgendwelche Komplikationen, wie bei Arielle?«

»Ach Quatsch, das sind doch alles alte Geschichten, um Leuten Angst zu machen. Heutzutage darf jeder jeden lieben«, erklärte Charlie.

Tony schaute weiter fragend zu Mia. »Mia? Hallo? Hast du mich gehört? Ich kann auch einfach verschwinden und nie wieder hier auftauchen, wenn dir das lieber ist?«

Verschwinden? Nie wieder auftauchen? Mia erwachte endlich aus ihrer Schockstarre. »Ja, äh, ich meine, nein, auf keinen Fall … bleib! Ich … es ist nur so, ich muss das erst mal alles verstehen mit der Magie und so«, stotterte sie und wäre dabei am liebsten im Erdboden versunken.

»Nimmst du denn meine Entschuldigung an?«, wollte Tony wissen und guckte dabei so süß zerknirscht, dass sie ihm wahrscheinlich alles vergeben hätte.

»Ja, gut, okay. Aber nur, wenn du *nie wieder* unangemeldet und ohne Erlaubnis in meine Träume kommst«, sagte Mia und schickte noch ein Lächeln hinterher, damit es nicht so abweisend rüberkam.

»Versprochen«, gluckste er. »Aber mit Treffen in der Wirklichkeit, also ohne Traum, muss ich total vorsichtig sein. Nicht alle Menschen sind magischen Wesen gegenüber so aufgeschlossen wie ihr. Eigentlich darf ich mich gar keinen Menschen zeigen, viel zu gefährlich.«

Er schaute unsicher zu Charlie und Paulina.

»Wir sind Agentinnen und der absoluten Geheimhaltung verpflichtet«, erklärte Charlie stolz, und Paulina nickte.

»Sehen wir uns heute Nacht, Mia?«, fragte Tony hoffnungsvoll und lächelte.

Da begann der Flummi, in ihrer Brust wieder wie wild zu hüpfen. »Vielleicht«, sagte sie und lachte verlegen.

Dann stand sie auf und lief aufgeregt mit ihren Freundinnen zurück ins Hotel.

Mia war so erleichtert und glücklich. Es war, als flatterten tausend Schmetterlinge auf einmal aus ihrem Herzen. Wahnsinn, sie war verliebt – verliebt in einen Meerjungen!

Geheimakte Wunder 9. Eintrag

Übernatürliche Ereignisse & Ermittlungsergebnisse in Sachen Magie:

- Treffen mit Meerjungen Triton (aka Tony). Angeblich ein Sohn Poseidons. Er ist sehr nett, sieht sehr gut aus und kann mit seiner Schwanzflosse superschnell schwimmen. Außerdem kann er Landmenschen mit besonderer magischer Begabung (dem Dritten Auge) in ihren Träumen begegnen. Er lebt eigentlich im Meer, kann aber durch Flüsse auch in Seen gelangen (z. B. Urlaub).
- Die Wunschbrunnen-Wunscherfüllung funktioniert – aber recht langsam.
- Orakelfrösche sind superarrogant, aber »mit einer Orakel-Frosch-Prophezeiung ist nicht zu spaßen«.
- Die Frösche haben dem Grand Hotel »großes Unheil mit Wasser« prophezeit.

Weitere magische Erkenntnisse:

- Es gibt männliche Meerjungfrauen (Meerjungen), genauso wie männliche Feen und Hexer!
- Mia kann Orakelfrosch-Sprache.

Neue Aufgaben:

- Goldene Wunschmünzen aus dem Brunnen sichern und Undarthor übergeben, um »großes Unheil mit Wasser« bzw. Undarthors Rache zu verhindern.
- Schatzsuche von Falk Lutzer verhindern.

Die Nacht verging, ohne dass Mia von irgendetwas träumte, weder von süßen Meerjungen noch von gruseligen Unterwassergeistern oder lästigen Schatzsuchern. Sie erwachte aus einem sehr erholsamen und völlig traumlosen Schlaf und fühlte sich zum ersten Mal seit Tagen frisch und ausgeruht.

Doch als Mia gut gelaunt die Tür ihres Zimmers öffnete und nicht wie erwartet ihre Eltern einig beim Frühstück sah, sondern mit ansehen (und hören) musste, wie sie sich heftig stritten, ahnte sie schon, dass etwas nicht stimmte.

»Du findest also, ich sollte meinen Job aufgeben und mit euch in diesen alten Schuppen ziehen und Däumchen drehen?«, schimpfte ihr Vater.

»Nein, natürlich nicht, Herr Kapitän, das wäre natürlich zu viel verlangt, dass du mal zurücksteckst für deine Familie!«, konterte ihre Mutter.

Mia schaute irritiert von einem zum anderen. Irgendetwas lief hier gründlich schief. Ihr Wunsch, dass ihre Eltern sich versöhnten, hatte sich zwar erfüllt, aber nun schien alles schon wieder auf dem Spiel zu stehen. Hatten die Brunnenwünsche womöglich nur eine kurze Halbwertszeit?

Als ihre Eltern sie bemerkten, verstummten sie, und ihr Vater lächelte sie entschuldigend an. »Guten Morgen, Mia-Maus.«

»Morgen«, grummelte sie und ging ins Bad. Sie zog sich

so schnell wie möglich an und schrieb den anderen *Chicas* eine Nachricht.

Mia:
IRGENDWAS STIMMT NICHT MIT MEINEM WUNSCH! TREFFEN AM BRUNNEN, SOFORT!

Als sie die Hoteltreppe nach unten lief, fiel Mia auf, dass im ganzen Hotel Chaos herrschte. Alles schien drunter und drüber zu gehen. Gäste liefen kopflos umher, Zimmermädchen schlugen die Hände über dem Kopf zusammen, das Telefon klingelte unaufhörlich, und Ritchi versuchte, die Anwesenden durch lautes Rufen zu beruhigen, was aber anscheinend die gegenteilige Wirkung hatte. Was war denn hier los?

Am Brunnen angekommen, empfing Charlie ihre Cousine mit einer katastrophalen Nachricht. »Mia, gut, dass du kommst. Die ganzen Goldmünzen aus dem Wunschbrunnen sind heute Nacht gestohlen worden! Lady Lou hat gesagt, als Ritchi heute früh herkam, war das Brunnengitter offen, und die Goldmünzen waren alle weg.«

»Krass, ist es aufgebrochen worden?«, fragte Mia.

»Nee, aufgeschlossen! Irgendjemand muss diesen verdammten Schlüssel gefunden haben«, antwortete Charlie aufgebracht.

Mia runzelte die Stirn. »Aber es wusste doch niemand außer uns davon.«

Da kam Paulina atemlos aus dem Hotel gelaufen. »Lutzer ist auch verschwunden«, rief sie ihren Freundinnen entgegen. »Sein Zimmer ist offen und leer. Er hat alles mitgenommen.«

»Wahrscheinlich auch das Gold«, folgerte Mia.

»Meinst du?«, fragte Paulina.

Charlie gab ihrer Cousine recht. »Wer denn sonst? Der hat die Münzen heute Nacht aus dem Brunnen geholt und ist abgehauen.«

Im nächsten Moment kam Lady Lou aufgebracht und mit zerzausten Haaren die Stufen hinunter und eilte auf sie zu.

»Kinder, Kinder, es ist fürchterlich. Und das alles ausgerechnet an dem Tag, an dem das Grand Dîner und die Münzübergabe stattfinden soll. Ihr müsst helfen, das Grand Hotel Wunder zu retten. Jetzt steht alles auf dem Spiel!«

Mia überlegte, ob das nicht etwas zu dramatisch formuliert war, aber dann fiel ihr die ganze Orakelfrosch-Prophezeiung ein, und sie wurde ganz blass.

»Warum herrscht denn hier so ein Durcheinander, es weiß doch niemand außer uns und Ritchi von dem Diebstahl, oder?«, wollte Mia wissen.

»Es sind die Wünsche!«, flüsterte ihre Großmutter. »Sie zerplatzen, weil die Goldmünzen weder in der Nähe der magischen Edelsteine im Brunnen sind noch in der alten

Schatztruhe im See. Niemand außer euch wusste, wie der Brunnen wirklich funktionierte, aber viele haben trotzdem daran geglaubt und es immer wieder versucht. Und so ist es natürlich zu einigen Zufallstreffern gekommen. Und alle diese Wünsche kehren sich jetzt wieder um.«

»Auch unsere Wünsche?«, fragte Mia.

»Selbstverständlich«, sagte ihre Großmutter aufgebracht.

Da wurde Mia plötzlich klar, warum ihre Eltern gestritten hatten.

»Ach du Sch...!«, rief auch Charlie entsetzt. »Ich habe mich so auf den Urlaub gefreut.«

Lady Lou seufzte. »Ja, es ist ein Desaster. Sämtliche erfüllten Wünsche des letzten Jahres zerplatzen und kehren sich ins Gegenteil. Ich hatte mir gewünscht, dass das Hotel den ganzen Sommer ausgebucht ist – und nun kommt eine Stornierung nach der andern.« Sie schlug die Hände über dem Kopf zusammen. »Ritchis schlimme Rückenschmerzen sind auch zurück. Außerdem hat Paulinas Mutter Martha eine riesige Schramme in den Rolls-Royce gefahren, und Marcos hat die ganze Hotelwäsche rosa gefärbt. Und so weiter und so fort. Und all das ausgerechnet heute. Marlen bereitet mit ihrer Küchen-Crew seit Wochen das Festessen vor. Welch ein Unglück! Und das Schlimmste ist, dass die Münzübergabe nicht stattfinden kann und uns ein großes Unglück bevorsteht. Ojemine!«

Mia hätte gerne etwas gesagt, um ihre Großmutter zu

beruhigen, aber es fiel ihr nichts ein, was die Situation beschönigt hätte.

»Was ist denn mit der Polizei? Es war schließlich ein Diebstahl«, fragte Charlie.

Doch ihre Großmutter widersprach. Wie sollte sie der Polizei erklären, dass ihr magische Goldmünzen aus einem Wunschbrunnen gestohlen worden waren? Nein, nun konnte ihr nur noch die Geheimagentur Wunder helfen. Die Mädchen hatten es schon einmal geschafft, eine scheinbar ausweglose magische Situation zu klären, und sie mussten es wieder tun!

Mia war beeindruckt, was ihre Großmutter ihnen zutraute. Aber vielleicht waren sie auch nur ihre letzte Hoffnung.

In jedem Fall hatte Lady Lou alle Hände voll zu tun, das Chaos im Hotel zu managen. Also eilte die Direktorin zurück in die Lobby und ließ die Agentinnen in der Erwartung alleine, dass sie irgendeine Lösung finden würden.

Die *Chicas* machten sich Sorgen. Was würde erst geschehen, wenn Undarthor am Abend nicht wie geplant die Wunschgold-Münzen bekam? Sollten die Frösche recht behalten mit ihren düsteren Weissagungen?

In jedem Fall war den Mädchen klar, dass die Wunschumkehrung auch ihr persönliches Schicksal betraf. Mias Eltern stritten sich so heftig, dass ihr Vater drohte, abzureisen. Die Forschungsergebnisse von Charlies Eltern erwiesen sich als falsch, und der Familienurlaub wurde sofort abgesagt. Und Paulina bekam eine böse Nachricht von Leon, in der er sich beschwerte, dass sie nie Zeit für ihn habe. Verkehrte Welt.

»Ich weiß nicht, ob es die umgekehrten Wünsche sind, aber ich hab gerade echt überhaupt keine Lust, was mit Leon zu unternehmen«, sagte Paulina trocken.

Mia schaute ungläubig zu ihr. »Echt jetzt? Aber du fandest den doch immer so toll?«

Paulina zuckte mit den Schultern. »Keine Ahnung. Wenn wir alleine sind, schweigen wir uns die ganze Zeit nur an. Und der interessiert sich eigentlich nur für Fußball, voll öde.«

Charlie protestierte. »Fußball ist doch nicht öde!«

Mia und Paulina wechselten Blicke. Sie waren sich einig, dass es nichts Langweiligeres als Fußball gab, aber das musste Charlie ja nicht wissen.

Inzwischen saßen die drei in ihrem Hauptquartier und versuchten, Ruhe zu bewahren und zu rekapitulieren, was sie alles über die Magie des Brunnens wussten.

»Der Brunnen kann Wünsche erfüllen, wenn man in einem bestimmten Moment an einem speziellen Tag, wenn die Sonne richtig steht, eine Kupfermünze hineinwirft und dabei einen Wunsch sagt. Aber es geht bei jedem nur einmal im Jahr, oder?«, erinnerte sich Charlie.

Paulina gab ihr recht. »Ja. Und die Münze verwandelt sich dann in Gold. Aber das Ganze funktioniert nur, weil man *hace mucho tiempo*, vor langer Zeit, die magischen Edelsteine von der Schatztruhe abgenommen und in den Brunnen eingebaut hat.«

»Außerdem müssen die Goldmünzen nach Wunscherfüllung in Undarthors Unterwasserhöhle in der alten Schatztruhe verwahrt werden. Und sie müssen unter Wasser bleiben«, versuchte Mia zusammenzufassen, während sie in ihren Aufzeichnungen in der Geheimakte blätterte. »In jedem Fall ist das Wunsch-Gleichgewicht durch den Diebstahl der Münzen komplett durcheinandergeraten, weil die Münzen weder bei den Edelsteinen noch bei der Truhe sind und wahrscheinlich auch nicht mehr unter Wasser. Die Frage ist, wer ist der Dieb oder die Diebin?«

»Falk Lutzer, ist doch *claro*, sonst wäre der doch nicht abgehauen«, erklärt Paulina.

»Vielleicht, aber woher wusste er von den Goldmünzen? Es ist doch von außen gar nicht zu sehen, dass sich die Münzen am Grund des Brunnens in Gold verwandeln. Lady Lou hat gesagt, es sei eines der bestgehüteten Geheimnisse des Hauses. Es müsste ihm also jemand verraten haben. Woher hatte er den Schlüssel zum Gitter? Und warum wurden die Münzen ausgerechnet jetzt in der letzten Nacht vor der Übergabe an Undarthor gestohlen?«

Charlie wurde ungeduldig. »*Chica*, das ist doch egal jetzt. Wir müssen die Münzen wiederfinden, und zwar schnell. Da kein Auto gestohlen wurde und kein Bus gefahren ist, kann Falk nur zu Fuß geflüchtet sein.«

»Dann ist er noch nicht weit gekommen, wenn er seine Ausrüstung und das ganze Gold mitgeschleppt hat«, überlegte Mia.

»Oder er hatte einen Komplizen, der ihn abgeholt hat«, gab Charlie zu bedenken.

»Ich hab *una idea*«, rief Paulina. »Er hat doch sicher seine Hotelrechnung nicht bezahlt, also können wir ihn doch von der *policía* suchen lassen!«

Mia und Charlie stimmten zu, und die Agentinnen vereinbarten folgendes Vorgehen: Paulina sollte im Ort nach Hinweisen auf Lutzer Ausschau halten und zur Polizei gehen. Charlie würde sich mit ihrem Fahrrad auf den Weg machen und die Umgebung rund um den See nach Hinweisen absuchen. Und Mia sollte zu Tony gehen und herausfinden, ob er eine Idee habe, wie man von Undarthor eine Fristverlängerung bekommen könnte.

Gesagt, getan. Mia ging zum See hinunter, um Tony zu treffen. Auf dem Steg angekommen, beugte sie sich zur Wasseroberfläche und flüsterte aufgeregt seinen Namen. »Tony? Tony! Bist du da? Triton? Hallo?«

Kurz darauf streckte der Gerufene tatsächlich seinen Lockenkopf aus dem Wasser. Sie lächelte nervös. Doch er grinste nicht zurück wie sonst immer, sondern machte einen Schmollmund. »Wieso bist du gestern Nacht nicht gekommen?«, fragte er ein wenig enttäuscht.

»Sorry, ich hab verschlafen«, antwortete Mia wahrheitsgemäß. »Aber es geht um etwas anderes: Wir brauchen einen Unterwasserexperten. Du musst uns helfen!«

Sie erzählte ihm aufgeregt die ganze Geschichte und fragte, ob er einen Weg sehe, den Wassergeist Undarthor zu besänftigen, bis die Goldmünzen übergeben werden könnten.

»Ich weiß nicht, ob wir das bis heute Abend schaffen. Kannst du ihn vielleicht fragen, ob wir ihm das Gold auch später bringen könnten? Und ihn irgendwie hinhalten?«

Tony gluckste ungläubig. »Irgendwie hinhalten? Einen uralten, mächtigen Wassergeist? Ich würde euch ja gerne helfen, aber ich bin nicht Aquaman. Ich hab keinerlei Erfahrung mit Wesen dieser Art.«

Mia runzelte die Stirn. »Aber du lebst doch auch unter Wasser! Ich meine, du hast behauptet, dein Vater sei der Gott des Meeres.«

»Ja, genau. Ich komme aus dem Meer, Mia. Dort herrscht Poseidon. Wassergeister gibt es nur in Binnengewässern. Ich weiß nur, dass es sehr alte, düstere Wesen sind, mit denen man sich nicht anlegen sollte. Du hast doch selbst gesehen, was vor der Höhle passiert ist.«

»Aber …«, wollte Mia widersprechen, doch da tauchte Tony plötzlich unter, weil jemand hinter ihr auf den Steg kam. Mia drehte sich um und erkannte ihren Vater. Er sah sie irritiert an.

»Redest du mit den Fischen?«, fragte er ein wenig ungläubig.

»Ähh, ja, ab und zu«, log sie und musterte ihn. Er sah niedergeschlagen aus. War ihr geplatzter Herzenswunsch schuld daran? »Fährst du wirklich wieder?«, fragte sie kleinlaut.

Er zuckte mit den Schultern. »Hier ist nicht der richtige Platz für mich.«

»Ich weiß, aber bitte bleib noch ein bisschen. Wir brauchen dich«, flehte Mia. Sie hatte zwar keine Ahnung, wie ihr Vater hier helfen konnte, aber es beruhigte sie einfach, zu wissen, dass er da war.

Freddy seufzte traurig und konnte nicht anders, als zuzustimmen. »Okay, Landratte, ein paar Tage Urlaub habe ich noch.«

Mia fiel ihm um den Hals und hoffte inständig, zusammen mit den magischen Komplikationen auch ihr persönliches Familiendrama lösen zu können. Auch wenn die ganze Sache in Moment recht aussichtslos aussah.

Als Mia zurück ins Hotel kam, lief sie Ritchi direkt in die Arme.

»Aus dem Weg, Kind, aus dem Weg! Siehst du denn nicht, dass wir alle Hände voll zu tun haben? Was läufst du hier rum und störst den ganzen Betrieb, bringt euch denn niemand Manieren bei?«

Mia überlegte, ob er wohl verwandtschaftliche Verhältnisse mit den arroganten Orakelfröschen haben könnte – dann fiel ihr etwas ein. »Ritchi, äh, ich meine, Richard?«, flüsterte sie. »Sie hatten doch immer die Aufgabe, die Münzübergabe mit Sie-wissen-schon-wem zu organisieren, oder?«

Der Empfangschef wurde sichtbar nervös und lief unruhig hinter seinen Tresen, als wollte er sie abschütteln. »Lass mich in Ruhe, Kind, ich habe keine Zeit, mit dir zu reden. Verschwinde.«

Doch Mia ließ nicht locker. »Wie läuft das eigentlich ab, also normalerweise? Sie-wissen-schon-wer taucht am Steg auf, und Sie werfen ihm die Münzen entgegen?«

Ritchi schnaubte kopfschüttelnd. Dann schaute er sich

verstohlen um, ob sie auch niemand belauschte oder beobachtete. Mögern, der Journalist, saß hinter einer Zeitung versteckt in der Eingangshalle, doch er war zu weit weg, um sie hören zu können. »Frag deine Großmutter, es geht mich nichts an.«

»Aber es war doch Ihre Aufgabe, Richard«, widersprach Mia.

Als Ritchi merkte, dass er sie nicht so schnell wieder loswerden würde, beugte er sich zu ihr herunter und flüsterte: »Flaschenpost.«

Mia zog die Augenbrauen hoch. »Details«, forderte sie.

»Die Münzen kommen in eine mit Seewasser gefüllte Flasche, und die werfe ich abends um genau neun Minuten nach neun vom Steg in den See.«

»Ah, das ist ja easy.«

Ritchi prustete verächtlich. »Nein, natürlich ist es nicht *easy*. Es muss eine der speziellen blauen Flaschen sein, die einen extra breiten Hals haben, damit die Münzen nicht darin stecken bleiben. Wir lassen sie für diesen Zweck eigens in Murano fertigen. Und das Seewasser muss vorher bei Vollmond mit einem Silberlöffel abgefüllt werden. Es kostet mich Stunden, aber darauf nimmt ja niemand Rücksicht, der alte Richard macht das schon, heißt es. *Easy*, pffft …«

Mia wollte noch fragen, was die Sache mit dem Vollmond und dem Löffel sollte, doch im nächsten Moment kamen zwei Gäste herein, um die sich Richard kümmern musste.

Als die Mädchen sich in ihrem Hauptquartier wiedertrafen, waren sie insgesamt nicht viel weitergekommen. Herr Krautwurm, der Polizist, hatte zwar eine Anzeige aufgenommen, aber ansonsten keinerlei Anstalten gemacht, bei der Suche nach Falk Lutzer zu helfen. Schlimmer noch, Paulina hatte überall im Ort nach einem sehr großen, kräftigen Mann gefragt und erfahren, dass so ein Riese gestern im Baumarkt verschiedene Ventile gekauft hatte.

»Ventile aus dem Baumarkt! *Totalamente loco*, oder?«

»Nee, gar nicht«, widersprach Mia. »Damit will der bestimmt seine Tauchausrüstung reparieren.«

»Um auch noch das Gold aus dem See zu stehlen? *Mierda*!«

Mia gab ihr recht. »Das hieße aber auch, dass er sich hier irgendwo in der Nähe versteckt.« Sie wandte sich an ihre Cousine. »Hast du irgendwelche Spuren am See gefunden?«

Charlie lachte. »Ja, Tausende! Weißt du, wie viele Spaziergänger und Fahrradfahrer es hier gibt? Vollkommen unmöglich, da irgendwas Verdächtiges zu erkennen.«

Schließlich berichtete Mia, dass Tony ihr keine große Hoffnung gemacht hatte, dass er mit dem Wassergeist verhandeln konnte. Was sollten sie also tun? Würden sie die Goldmünzen jemals wiederfinden? Was, wenn Lutzer mit seiner Beute doch schon über alle Berge war? Was könnte man Undarthor als Ersatz anbieten? Silberlöffel? Schokolade?

In dieser verzwickten Situation konnten sie übernatürlichen Geisterbeistand gut gebrauchen. Also beschlossen sie, die Herrschaften um Hilfe zu bitten. Vielleicht hatten die Geister des Hauses ja in der letzten Nacht etwas beobachtet, was ihnen weiterhelfen konnte!

Doch vorher stand das große Festessen an.

Das Grand Dîner d'Été auf der Seeterrasse hatte eine lange Tradition. Auch wenn offensichtlich war, dass bei der diesjährigen Planung etwas gründlich schiefgelaufen sein musste, als man den Termin ausgerechnet auf den zweiten Sonntag im Juli und damit den Tag der Goldübergabe an Undarthor gelegt hatte. Aber es wäre unmöglich gewesen, jetzt noch alles abzusagen.

Vorerst konnten sie also nur hoffen, dass Ritchi recht hatte und Undarthor gütig und geduldig war und nicht gleich loswüten würde, wenn er die Goldmünzen nicht heute um neun Minuten nach neun bekam.

10

Wassergeistrache

Lady Lou hatte es mithilfe der Herrschaften und einiger geheimer, magischer Hilfsmittel geschafft, das Chaos im Hotel einigermaßen in den Griff zu bekommen.

Als die Stammgäste und die Lokalprominenz am Abend in festlicher Robe zum großen Festessen kamen, stand Mia mit ihren Freundinnen am Rande der geschmückten Seeterrasse und überblickte das Geschehen.

Das Wunsch-Umkehr-Desaster hatte deutliche Spuren hinterlassen. Der Bürgermeister, der sich anscheinend kräftigeren Haarwuchs gewünscht hatte, trug nun komplett Glatze. Frau Krautwurm, ihre Klassenlehrerin, versuchte, ihre übergroßen Ohren unter einem Hut zu verstecken, und ihr Mann, der Polizist, konnte nicht kommen, weil sämtliche Polizeiakten und Strafzettel durcheinandergeraten waren.

Mögern, der Lokaljournalist, strich schon den ganzen Tag forschend im Hotel herum, begierig, herauszufinden, welches übernatürliche Ereignis das ungeheure Durcheinander ausgelöst haben mochte. Nun interviewte er die Gäste und schrieb eilig alles auf seinem Notizblock mit. Einige schilderten bereitwillig, was sich an diesem Morgen Katastrophales ereignet hatte. Doch soweit Mia sie belauschen konnte, hatte bisher niemand den Zusammenhang mit der Wunschbrunnen-Umkehrung verstanden. Mögern blieb trotzdem misstrauisch – aber das war ja nichts Neues.

Überall war die Stimmung angespannt. Mias Eltern würdigten sich keines Blickes. Ihre Mutter kam kaum aus der Küche, und ihr Vater stand unschlüssig herum und schaute trübsinnig. Auch Charlies Eltern waren zerknirscht, weil sich ihre Forschungsergebnisse am Ende als unbrauchbar und falsch erwiesen hatten. Ritchi jammerte wegen seiner Rückenschmerzen, und die Tischdecken waren rosa statt weiß. Lady Lou schaute auf die Uhr, es war halb neun. Besorgt ließ sie ihren Blick umherwandern.

Mia war schleierhaft, wie ihre Mutter es trotz alledem geschafft hatte, ein genießbares Menü zu zaubern und unbeschadet auf den Tisch zu bringen. Vielleicht lag es daran, dass Marlen bei solchen Events immer vom Schlimmsten ausging, sodass die Wunschumkehrung in diesem Fall gar keine Wirkung zeigen konnte? Aber vielleicht hatte sie sich auch einfach von vornherein nicht auf ihre Wünsche, sondern auf ihre Kochkünste verlassen. Die Chefköchin machte ihrem Ruf auf jeden Fall alle Ehre, das Menü war außergewöhnlich, und die Gäste genossen arglos den schönen Sommerabend.

Aber trotz der aufgetischten Köstlichkeiten konnten sich die Mädchen während des Grand Dîners nicht entspannen. Immer wieder schauten sie besorgt zum Ufer.

Bald ging es auf neun Uhr zu, und die drei ließen ihre Blicke immer wieder über die spiegelglatte Oberfläche des Sees gleiten. Sie hofften inständig, dass doch noch ein Wunder geschähe und das prophezeite Unglück nicht einträfe.

Mia konnte sich ebenso wenig wie die anderen beiden auf das Essen konzentrieren. Angespannt schaute sie immer wieder nach der Uhrzeit. Und als ihre Armbanduhr genau neun Uhr und neun Minuten anzeigte, hielt sie den Atem an. Die Blicke der Mädchen kreuzten sich. Sie schauten zum See.

Nichts passierte, alles war ruhig!

Langsam atmete Mia aus. Erleichtert begannen sie, Marlens legendäres Mousse au Chocolat zu essen. Doch dann geschah es! Kurz nachdem der Nachtisch serviert wurde, nahm Mia ein leichtes Beben wahr. Die Kristallgläser auf den Tischen klirrten, der Boden erzitterte. Es wurde immer lauter. Dann kam Wind auf, und von ferne war ein Donnergrollen wie bei einem Gewitter zu hören.

Mia schaute sich um. Einige besonders sensible Gäste bemerkten es und reckten ihre Hälse nach oben – doch der Sternenhimmel über ihnen war wolkenlos.

Mia und ihre Großmutter wechselten besorgte Blicke. Als Nächstes hörte Mia die Frösche. Ihr Quaken hatte sich in ein aufgebrachtes, knatterndes Knarzen verwandelt. Beim genauen Hinhören verstand sie:

»Quaaarrrk, nun wird es kommen, quaaaarrrk,
niemand wird entkommen.
Quaaaarrrk, Undarthors Rache aus dem See.
O weh, o weh, o weh!
Quarrrkrrr!!!!«

Alarmiert stand Mia auf und eilte zu ihrer Großmutter. Lady Lou hatte es scheinbar auch verstanden. Aber was sollten sie tun, um Undarthor aufzuhalten? Wie konnten sie die Gäste warnen, ohne Panik zu verbreiten?

Ein Blitz erhellte die Umgebung, und Mia konnte für einen kurzen Moment sehen, wie sich in der Mitte des Sees eine hohe Welle aufbaute, die unkontrolliert aufs Ufer zurollte. Ein Donner folgte. »Da, draußen auf dem See! Das Wasser, es kommt!«, rief sie aufgebracht und zeigte auf die sich auftürmenden Wassermassen. Doch außer ihrer Großmutter und ihren Freundinnen schenkte ihr niemand Aufmerksamkeit. Das muntere Treiben, Essen und Plaudern ging einfach ungestört weiter. Doch die Welle wurde immer größer und größer – und drohte, die ganze Hotelterrasse zu überschwemmen.

»Vorsicht!«, rief Mia noch einmal lauter und zeigte Richtung Ufer.

Charlie tat es ihr gleich. »Achtung, eine Welle!«

»Alle hoch ins Hotel!«, kreischte Lady Lou.

Nun bemerkten endlich auch die Gäste, dass auf dem See etwas vor sich ging. Doch niemand machte Anstalten, sich in Sicherheit zu bringen. Alle bestaunten die immer größer werdende Welle, als handelte es sich bloß um ein interessantes Naturschauspiel, dem man beiwohnte. Mögern, der Reporter, machte eilig Fotos. Einige Gäste applaudierten sogar, weil sie das Ganze für eine Unterhaltungsshow hielten.

Aber dann verwandelte sich der Wind von einem Moment auf den anderen in einen heftigen Sturm, der den Sand vom Ufer auffegte und ihn den Anwesenden in die Augen blies. Es blitzte erneut, und jetzt fiel der Strom aus. Der Sturm preschte so heftig, dass Gläser und Lampen scheppernd zu Boden fielen. Frau Krautwurms Hut flog davon. Lautes Tosen und Donnern ertönte. Die Gäste schrien panisch auf.

Nun waren auch die letzten Besucher alarmiert und versuchten, sich in Sicherheit zu bringen. Doch es war zu spät: Die meterhohe Flutwelle rollte bereits über das Seeufer hinweg und zerschellte nur Sekunden später tobend auf der Hotelterrasse.

Die gewaltige Brandung riss Tische und Stühle um. Gäste und Hotelmitarbeiter wurden umgeworfen.

Paulina schrie laut auf, als sie fortgeschwemmt und gegen einen Kellner geschleudert wurde, der mehrere Schüsselchen mit Mousse au Chocolat über sie fallen ließ.

Charlie packte im letzten Moment ihre Zwillingsbrüder und hievte sie die Treppe zum Salon hoch.

Mia hielt sich selbst mit einer Hand am Treppengeländer fest und mit der anderen Lady Lous Arm, damit ihre Großmutter nicht von den Fluten umgeworfen wurde.

Es war eine gewaltige Überschwemmung und ein katastrophales Ende für das Grand Dîner.

Als das Wasser sich endlich zurückzog, offenbarte sich, dass es nicht bloß Seewasser gewesen war, das auf die Terrasse gespült wurde. Alles war bedeckt mit Algen, Seegras und glitschigem Schlamm.

Frösche hüpften aufgeschreckt umher, und Wasserkäfer krabbelten durch das zertrümmerte Mobiliar. Paulina schrie auf, als eine Seeschlange auf ihr landete. Frau Krautwurm hätte fast eine Wasserspinne verschluckt. Gäste und

Personal liefen durchnässt, erschrocken und schreiend durcheinander. Lady Lou fiel in Mias Armen in Ohnmacht. Ritchi war kreidebleich und hilflos. Ein absolutes Desaster!

Verzweifelt schaute Mia sich um und sah ihren Vater. Der Kapitän stand inmitten des Geschehens und übernahm kurzerhand das Kommando. Es war zwar kein Schiffsunglück geschehen, aber es galten dieselben Regeln.

»Bewahren Sie Ruhe! Alles ist unter Kontrolle! Gehen Sie nach oben ins Haus, wir kümmern uns um alles«, wies er die Anwesenden an. »Bewahren Sie Ruhe, alles ist unter Kontrolle! Gehen Sie hoch in den Salon, es wird sich um Sie gekümmert.«

Mit ruhiger, bestimmter Stimme brachte Freddy Ordnung ins Chaos. Die Gäste taten wie ihnen befohlen. Langsam wurde die Lage ruhiger, und schließlich gelang es dem Kapitän tatsächlich, das Durcheinander in den Griff zu bekommen.

Mia war erleichtert und unglaublich stolz auf ihren Papa. Wie gut, dass er da war.

Doch im nächsten Moment schoss ihr ein fürchterlicher Gedanke durch den Kopf: Was, wenn Tony bei Undarthors Rache etwas passiert war? Sicher war so ein Seebeben mit Flutwelle auch für Wasserbewohner gefährlich! Beunruhigt lief sie Richtung Steg.

Fast wäre sie auf der schlammigen Uferwiese ausgerutscht, so schnell rannte sie. Völlig außer Atem kam sie zum Ende des Stegs. Das Wasser hatte sich zwar zurückgezogen, war aber noch immer ziemlich aufgewühlt, der Sturm wütete auf dem Wasser weiter. Düstere Wellen klatschten auf die Planken, doch Mia blieb mutig stehen und schaute in die tobenden Fluten unter ihr. »Hallo? Tony? Bis du hier? Ist dir was passiert?«, rief sie panisch.

Verzweifelt schaute sie ins aufgewühlte Wasser, sehnsüchtig auf den goldenen Schein seiner Flosse wartend. Doch nichts geschah. Alles blieb dunkel, einzig die Schaumkronen der Gischt blitzten hervor.

Mia bekam Panik, Tränen schossen ihr in die Augen. War Tony bei dem Wassergeist-Tsunami etwas zugestoßen? »Tony? Triton, geht es dir gut?«, rief sie noch einmal inständig.

Da kamen auch Paulina und Charlie zum Ufer hinunter.

»Komm da runter, *chica*! *Rápido*! Das ist viel zu gefährlich!«, rief Paulina besorgt.

Selbst Charlie schreckte davor zurück, den Steg bei diesem Seegang zu betreten. »Komm zurück, Mia!«, fordert sie.

Aber Mia dachte gar nicht daran! Sie würde hierbleiben, bis sie ein Lebenszeichen von Tony entdeckte.

Der Steg schwankte unter ihren Füßen, als wäre er eine Hängebrücke.

»TONY!«, schrie sie noch einmal gegen den Sturm an. Tränen liefen ihr die Wangen herunter. Nichts war zu sehen. Sie schluckte. Hatte Undarthors Rache auch den Meerjungen getroffen? Hatte der Wassergeist ihn womöglich bestraft, weil er um einen Aufschub in der Goldmünzensache gebeten hatte?

»*Chica, vamos*, komm schon!«, hörte sie Paulina hinter sich rufen, doch sie konnte sich nicht losreißen. Sie war völlig durchnässt und zitterte am ganzen Körper. Trotzig lehnte sie sich gegen den Sturm und versuchte, das Gleichgewicht nicht zu verlieren. Lange würde sie sich hier nicht mehr auf den Beinen halten können.

Sie war gerade dabei, sich Wasser und Tränen aus dem Gesicht zu wischen – da sah sie ihn. Tony sprang, erhellt vom goldenen Leuchten seiner Fischflosse, aus den tobenden Wellen. Mia brauchte einen Moment, um zu realisieren, dass er es wirklich war. Tony war gesund und munter!

»Hast du mich vermisst?«, rief er gurgelnd.

»Ähhh, nein, ich hab mir nur Sorgen gemacht, du Scherzkeks.«

»Wieso denn das? Ich komme aus dem Meer, da werde ich ja wohl mit so einer kleinen Binnenwasserwelle fertig.« Er zwinkerte ihr zu.

Mia fand das gar nicht so komisch. »Du hast gesagt, der Wassergeist ist gefährlich. Und das ist ja wohl nicht normal, was hier passiert.«

Nun realisierte wohl auch Tony, wie es ihr ging und was hier gerade geschehen war. »Hey, du zitterst ja. Du musst sofort an Land. Für dich ist es hier vielleicht wirklich nicht so sicher.«

Mia versuchte, ihr Bibbern zu unterdrücken. Sie musste noch mehr herausfinden! »Was soll das heißen, *vielleicht nicht so sicher?* Hast du Undarthor getroffen?«

»Er ist noch immer wütend. Sehr wütend. Er wird sich erst beruhigen, wenn er sein Gold bekommt. Das hat er gebrüllt, bevor er die Flutwelle zu euch geschickt hat. Ich habe versucht, mit ihm zu reden, aber er sagte, es gebe einen Pakt und der sei nicht verhandelbar.«

Mia nickte. Der Steg wankte immer bedrohlicher.

»Geh!«, rief Tony. »Ihr müsst das Gold finden!«

Nun kam Charlie doch noch auf den Steg. Sie legte den Arm um Mia und zog sie sanft mit sich. Und Mia war froh, als sie wieder festen Boden unter den Füßen hatte.

Im Salon verteilte Paulinas Vater rosa Handtücher. Marlen hatte für alle heiße Schokolade gemacht, und Lady Lou verteilte einen Cognac nach dem anderen. Die Mädchen wickelten sich erschöpft in rosa Hotelhandtücher und schauten sich um.

Die Lage war halbwegs unter Kontrolle, nur Mögern, der aufgeregte Lokaljournalist, ließ erahnen, dass das

Grand Hotel in seinem Bericht über das jährliche Grand Dîner nicht gut wegkommen würde. Sein Notizblock füllte sich mit Erlebnisberichten und wilden Spekulationen der Gäste, was die Flutwelle ausgelöst haben könnte. Natürlich kamen auch wieder Spuk- und Geistergerüchte auf, aber die meisten glaubten glücklicherweise an eine Naturkatastrophe.

Mia ging zu ihrem Vater, der sie erleichtert in die Arme schloss.

»Mia-Maus, gut, dass dir nichts geschehen ist. So ein Desaster. Passiert so was hier öfter? Das ist doch nicht normal!«

»Nee, Papa, normal ist hier gar nichts«, bestätigte Mia.

Es war eine gute Idee gewesen, sich vor dem nächtlichen Treffen mit den Herrschaften noch mal aufs Ohr zu legen. Als der Wecker klingelte, war Mia zwar immer noch müde, aber auch ziemlich neugierig, was das Geistermeeting bringen würde. Verschlafen machte sie ihren Wecker aus, zog sich flink an und huschte aus ihrem Zimmer.

Ihr Vater schnarchte auf dem Sofa im Wohnzimmer, es herrschte also unverändert dicke Luft zwischen ihren Eltern. Auf Zehenspitzen schlich sie aus der Wohnung.

Vor dem Salon traf sie auf Charlie und Paulina, die ebenfalls gähnten. Und kurz darauf kam Lorie jaulend von der Decke geschwebt.

»Seht ihr-*hicks*? So ist das, wenn man n-*hicks* genug Schlaf bekommt. Füchterl-*icks*!«

»Hast du ihn?«, fragte Charlie ihre Cousine.

Mia nickte und hob zum Beweis kurz den großen Generalschlüsselbund aus ihrer Jackentasche. »Jepp, hab ich aus Ritchis Zimmer geholt. Der hat so viel Cognac getrunken, den weckt heute kein Gespenst mehr.«

Charlie grinste. Paulina öffnete langsam die Flügeltür zum Salon.

»Ho-ho, hallo, welch erfreulicher Besuch!«, begrüßte sie der Kopf von Sir Edmund, den der alte Lord wie immer unter seinem Arm hielt. »Welch illustre Gästinnen inmitten der Nacht. Was verschafft uns die Ehre, junge Ladys?«

Mit dem Quietschen seiner Ritterrüstung machte nun auch Hilpold von Schauerstein auf sich aufmerksam. »Ah, verspürt ihr noch immer Wissbegierde, die Historie meiner edlen Sippe betreffend? Das Mittelalter war solch eine faszinierende Epoche.«

»Äh, nein«, sagte Mia. »Wir brauchen eure Hilfe. Habt ihr nicht mitbekommen, was hier alles passiert ist? Es geht um einen Diebstahl hier und jetzt, also gestern.«

Die Mädchen schilderten den Fall und fragten, ob eine der Herrschaften in der letzten Nacht vielleicht etwas Auffälliges bemerkt habe, im oder besonders vor dem Hotel am Brunnen.

Sir Edmund gab zu, die ganze Nacht im Salon mit der Lektüre der neusten Spukball-Sportberichte verbracht zu haben. »Die Niederlagenserie der Rambossa-Geschwister, die hier in diesem Salon begann, zog sich so weit, dass das ganze Team in Florenz bei den Internationalen Spukball-Championships auf ganzer Linie versagt hat. Nur sieben Punkte in zwölf Runden. Unvorstellbar, nicht wahr? Ich bin der Meinung, wir sollten Lorelei dringend zu einer Profikarriere ermutigen.«

Das war eigentlich gar keine so schlechte Idee. Vielleicht würde Lorie so auch irgendwann ihre ständige Traurigkeit verlieren, überlegte Mia. Doch Lorie heulte schon im nächsten Moment laut auf.

»Das will-*icks* aber gar nicht.«

Mia seufzte. War ja irgendwie klar gewesen. Aber sie hatten gerade ohnehin ganz andere Probleme. »Okay, Lorie. Aber jetzt zurück zur Sache. Sir Edmund, Sie haben also nichts Auffälliges gesehen oder gespürt letzte Nacht?«

Er schüttelte den Kopf unter seinem Arm.

Also fragte sie Hilpold, ob er etwas bemerkt habe. Doch der Ritter hatte verständlicherweise seine klemmende Rüstung und damit den Salon nicht verlassen können. Und Lorie erklärte unter Tränen, als Geheimagentin völlig versagt zu haben, weil sie den Brunnen nicht im Blick gehabt hatte.

»Entschuld-*hicks*-ung! Ich hab nachts ge-*hicks*-schlafen«, sagte sie weinend.

»Nicht schon wieder weinen, Lorie. Du konntest ja nicht wissen, dass die Wunschmünzen gestohlen werden«, versuchte Mia, das Gespenstermädchen zu beruhigen.

Da erscholl ein energisches Räuspern von der Decke des Salons. Alle schauten nach oben und erblickten Anastasia auf dem Kronleuchter sitzend. »Habe ich nicht gewarrnt, dass Unheil vom See kommen wirrd? Meine Zehen lügen nicht«, krächzte sie herunter.

Mia reckte ihren Kopf zu der düsteren alten Prinzessin. »Hallo, guten Abend, äh, also, gute Nacht. Haben Sie gestern vielleicht etwas bemerkt, Eure Hoheit?«, fragte sie vorsichtig.

Anastasia schnalzte abschätzig mit der Zunge. »Es warr dieser Rriese. Er kam um vierr Uhr mit einem großen Netz, ist in den Brrunnen getaucht, hat das Gitterr geöffnet und das Gold gestohlen.«

Perplex schauen sich die Mädchen an. Mit so einer genauen Beschreibung des Tathergangs hatten sie nicht gerechnet.

»Ich wusste es! Dieser Mistkerl«, sagte Charlie.

Mia runzelte die Stirn. »Aber, Entschuldigung, Eure Hoheit, wieso haben Sie denn niemanden gewarnt, wenn Sie das gesehen haben? Wir, äh, das ganze Hotel, also auch Ihr Zuhause, ist echt in Schwierigkeiten deshalb.«

Daraufhin fauchte die russische Prinzessin wie eine Wildkatze zu ihnen hinunter: »Ach? Und du meinst, das weiß ich nicht? Ich habe euch doch schon vorr Tagen gewarrnt«, knurrte sie aufgebracht.

Mia nahm ihren ganzen Mut zusammen. »Dann helfen Sie uns, bitte. Reden Sie mit Undarthor, so von Geist zu Geist. Wir brauchen mehr Zeit.«

»Niemals!«, rief Anastasia entschlossen und warf entrüstet den Kopf in den Nacken.

»Es ist das-*hicks* WASSER«, heulte Lorie. »Wir sind Hausgeister und Gespenst-*hicks*-er, unser Element ist die Luft. Mit Wasser wollen wir n-*icks* zu tun haben, überhaupt gar nichts!«

Mia hatte ganz vergessen, wie wasserscheu die Geister des Hotels waren.

Charlie hatte weniger Verständnis. »Fest steht, wir haben hier alle zusammen ein Problem, und wir brauchen eure Hilfe. Wir müssen Lutzer finden, ihm die Goldmünzen abnehmen und währenddessen Undarthor so lange hinhalten. Irgendwelche konstruktiven Ideen, die Herrschaften?«

Die Geistergesellschaft war es nicht gewohnt, dass jemand in diesem Ton mit ihnen sprach. Die Herrschaften zogen sich brüskiert zurück und beäugten die Mädchen argwöhnisch.

Instinktiv griff Mia nach dem magischen Schlüsselbund in ihrer Tasche. Ihnen würde hier nichts geschehen.

Schließlich räusperte Anastasia sich noch einmal. »Derr Rrriese ist nicht weit von hierr, ich kann ihn noch spürren.«

Das hatten die Mädchen gehofft.

»Wo ist er?«, fragte Paulina.

»Err ist noch am See, irrgendwo verrsteckt err sich«, fauchte Anastasia von der Salondecke.

»Will er nach dem Schatz tauchen? Woher weiß er von der ganzen Geschichte? Hat er es geschafft, mit den Ventilen aus dem Baumarkt seine Taucherausrüstung zu reparieren?«, sprudelte es aus Mia heraus.

Da funkelte Anastasia sie böse an. »Woherr soll ich das wisssen?«

Nun meldete sich Hilpold aus seiner Salon-Ecke quietschend zu Wort. »Entschuldigung? Ihr holden Jungfern, lasset mich etwas beitragen. Nun, da der sagenumwobene Schatz meines Urahnen so viel Leid über uns gebracht hat, wäre es nicht besser, ihn für immer zu zerschlagen?«

Charlie verdrehte etwas genervt die Augen. Und auch Mia wurde etwas ungeduldig. »Nein, Undarthor verlangt doch nach dem Gold, und zwar schnell.«

Da rollte Sir Edmunds Kopf über den großen Tisch zu ihnen herüber. »Darf ich es noch einmal für alle anwesenden Spukenden und Nichtspukenden zusammenfassen? Also: Der wütende Wassergeist muss beruhigt und der Dieb zur Strecke gebracht werden. Korrekt?«

»Ja, korrekt«, bestätigte Charlie ungeduldig.

»In diesem Falle würde ich gerne die ehrbaren Wege der Diplomatie vorschlagen.«

»Wir sollen mit dem Dieb verhandeln?«, fragte Paulina ungläubig.

Sir Edmund schüttelte seinen Kopf, was äußerst seltsam aussah, da er ja ohne Körper auf der Tischplatte lag. »Nein, mit Undarthor. Man verhandelt doch nicht mit Dieben.«

Charlie sah aus dem Fenster hinaus auf den See. »Super Idee, aber wie soll das gehen? Ihr scheut das Wasser, und wir werden ganz sicher nicht zu ihm runtertauchen, das ist viel zu gefährlich.«

»Und wenn dieser Meerjunge es noch-*hicks* mal versucht?«, schlug Lorie vor und wischte sich die Tränen von der Wange.

Doch da schüttelte Mia entschieden den Kopf. »Nee, auf keinen Fall. Tony hat schon viel zu viel für uns riskiert. Es ist unser Problem, nicht seins.«

»Entschuld-*hicks*-ung, es tut mir leid, ich wollte doch nur helf-*hicksen*«, heulte das Gespenstermädchen auf.

»Schon gut, Lorie, du kannst ja nichts dafür«, versuchte Mia, sie zu beruhigen, und schaute sich ratlos im Salon um. Gab es hier nicht irgendeine magische Waffe gegen wütende Wasserwesen?

Da blieb ihr Blick an der Vitrine hängen. Im obersten Fach standen ein Dutzend kunstvoll mundgeblasener blauer Glasflaschen. Und da kam ihr eine Idee. »Ich hab's! Wir schicken Undarthor eine Flaschenpost!«

Sie erzählte den anderen, was sie von Ritchi über die Münzübergabe erfahren hatte. Undarthor würde die blaue Flasche erkennen, glauben, die Goldmünzen seien darin, und so ihre Nachricht finden.

Gesagt, getan. Charlie holte eine der blauen Flaschen aus der Vitrine, und Paulina schrieb in Schönschrift auf Hotelbriefpapier einen Brief an den Wassergeist:

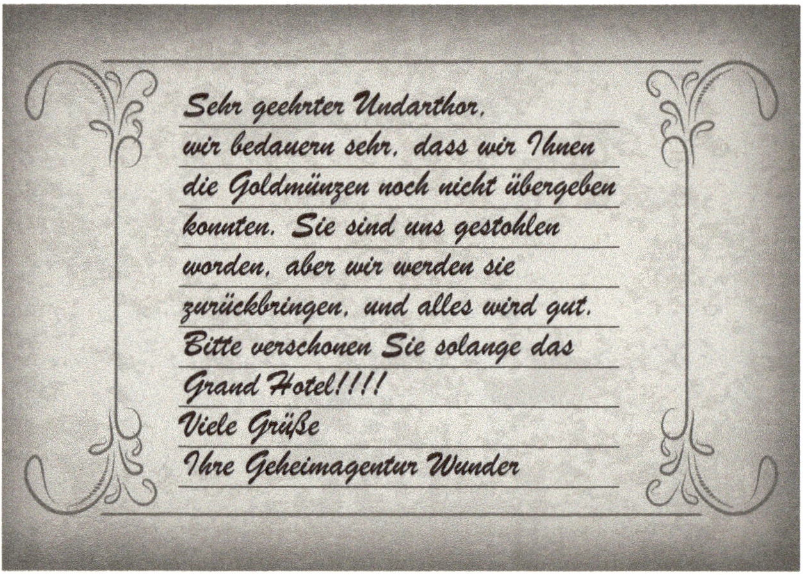

Sehr geehrter Undarthor,
wir bedauern sehr, dass wir Ihnen die Goldmünzen noch nicht übergeben konnten. Sie sind uns gestohlen worden, aber wir werden sie zurückbringen, und alles wird gut. Bitte verschonen Sie solange das Grand Hotel!!!!
Viele Grüße
Ihre Geheimagentur Wunder

Mia war nicht sicher, ob sie den mächtigen Undarthor damit wirklich beruhigen konnten, aber einen Versuch war es wert.

Sie verabschiedeten sich von den Herrschaften und gingen mit der Flaschenpost zum Steg.

Der See war immer noch aufgewühlt, und der Wind fegte über stürmischen Wogen, die gegen die Planken des Stegs peitschten. Außerdem hatte es ziemlich abgekühlt, vom schönen Sommerwetter der letzten Tage war keine Spur mehr übrig.

Mutig gingen die drei bis ans Ende des Stegs. Mia hielt Paulinas Hand. Charlie ließ vorsichtig Seewasser in die Flasche laufen. Für die Geschichte mit dem Silberlöffel war gerade nicht genug Zeit, und Vollmond war auch nicht. Aber es musste reichen. Dann verkorkte sie die Flaschenpost und warf sie, so weit wie sie konnte, in die Fluten.

»Post für den Wächter des Blankensees«, rief sie hinterher, als wenn sie irgendwer aus der Tiefe des Sees hätte hören können.

Die Flaschenpost versank sofort, und die Mädchen konnten nur hoffen, dass sich das Papier in der Flasche nicht zu schnell auflöste, damit der Wassergeist den Brief lesen konnte.

Doch das war ja nur das eine Problem. Es blieb die Frage, wie sie Lutzer finden und ihm dann auch noch die gestohlenen Wunschbrunnen-Münzen wieder abnehmen sollten.

Die drei Agentinnen setzten sich auf die Bank vor dem Bootshaus und schauten auf den düsteren See hinab.

»Wahrscheinlich campt der Riese irgendwo im Wald und wartet nur auf eine Gelegenheit, in den See zu tauchen und nach dem anderen Teil des Schatzes zu suchen. Ein neues Ventil hat er ja schon«, meinte Charlie.

Mia gab ihr recht. »Ja, ich wette, der hat irgendwo die Legende gelesen, dass im Blankensee ein Wassergeist wohnt, der einen Schatz bewacht, und deshalb ist er überhaupt erst hergekommen.«

»Und dann hat er zufällig den Muschelschlüssel gefunden und ist zufällig draufgekommen, dass im Brunnen Goldmünzen liegen?«, fragte Paulina ungläubig.

Mia zuckte mit den Schultern. Und Paulina gab noch etwas anderes zu bedenken: »Selbst wenn er von dem Schatz im See weiß, hat er nach dem *desastre* von heute Abend doch sicher auch Angst vor dem Wassergeist. Also, ich würde mit dem Gold abhauen, und zwar *rápido.*«

»Der Typ ist unberechenbar«, widersprach Mia. »Und Anastasia hat gesagt, er ist hier noch irgendwo. Oder meinst du, die Gespensterprinzessin lügt?«

»*No, no*, das glaube ich nicht. Aber so eine große Hilfe waren die Geister jetzt auch nicht. Ich meine, sie wissen doch, was auf dem Spiel steht. Erst das *desastre* mit der Wunschumkehrung, weil die Münzen aus dem Brunnen gestohlen wurden, und dann die Rache des Wassergeistes«, fasste Paulina zusammen.

Da stand Charlie auf und verkündete, eine Idee zu haben.

»Wir finden Lutzer im Leben nicht, der Wald ist viel zu dicht, das Gelände rund um den See viel zu unübersichtlich. Also müssen wir ihn rauslocken! Und zwar, indem wir ihm eine Falle stellen. Und dann, *schwups!*, schnappen wir ihn.«

Mia überlegte. »Mit Speck fängt man Mäuse, sagt meine Mutter immer. Aber womit kann man einen Dieb und Schatzsucher anlocken?«

»Na, mit einem Schatz«, überlegt Paulina.

Charlie lachte. »Ja, klar. Nur blöd, dass wir gerade keinen mehr zur Hand haben.«

Das brachte Mia auf einen Gedanken. »Doch, es gibt noch einen Schatz. Niemand außer Lady Lou, uns und Hilpold von Schauerstein weiß, dass es sich bei den bunten Steinen, die die Marmorfiguren des Wunschbrunnens schmücken, um echte Edelsteine handelt. Lady Lou hat es immer geheim gehalten. Und da die Juwelen nie geputzt werden, konnten sie sich auch nicht durch ihr Glitzern verraten. Aber wenn man es verraten würde, dann würde ein raffgieriger Meisterdieb wie Falk Lutzer sicher versuchen, die Edelsteine zu stehlen – und dabei können wir ihn fangen. *Schwups!*, genauso, wie du gesagt hast, Charlie!«

Charlie klatschte zustimmend in die Hände. »Bingo!«

Paulina runzelt die Stirn.

Doch bevor sie weiter überlegen konnten, wurden sie

überrascht. Eine dunkle Gestalt schnellte aus einem Gebüsch an der Uferwiese hervor und leuchtete ihnen mit einem Handy ins Gesicht. »Ha! Jetzt hab ich euch. Endlich Beweise! Ich hab alles aufgenommen. Ihr könnt es nicht länger leugnen. Gespensterprinzessin, Wassergeister, Schatz, Dieb, Schatzdieb, Wunschbrunnen, Edelsteine, *schwups!* ... alles drauf!«

Es dauerte einen kurzen Moment, bis die Mädchen erkannten, wer da vor ihnen stand: Es war Mögern, der neugierige Lokaljournalist (und Bademeister) in seinem gelben Anzug! Er hatte sie offenbar belauscht und ihre ganze Unterhaltung mit seinem Handy gefilmt.

Da Paulina in ihrer Geheimbande für Ablenkung und Ausreden zuständig war, meldete sie sich als Erste zu Wort. »Ah, ja, hallo! *Buenas noches*, Herr Mögern. Lauern Sie etwa nachts jungen Mädchen auf, die ... sich Fantasiegeschichten ausdenken?«

Mögern war von ihrer Schlagfertigkeit kurz irritiert, ließ sich aber nicht lange aus dem Konzept bringen. »Nee, nee, nee, das sind keine Fantasiegeschichten! Diesmal gibt es Beweise!« Er hielt seinen vollen Notizblock hoch. »Ich fordere die sofortige Aufklärung aller magischen Vorkommnisse der letzten Stunden, Tage und Jahre. Leugnen ist zwecklos. Ich habe euer ganzes Gespräch mit meiner Handykamera aufgenommen und werde es sonst ungekürzt veröffentlichen.«

Ach, du Schande! Auch das noch! Es war das wichtigste Ziel der Geheimagentur Wunder, die magische Welt des Grand Hotels vor der Öffentlichkeit zu schützen. Und mit Mögern war nicht zu spaßen, das wussten sie, denn dieser sensationssüchtige Reporter war ihnen schon länger auf der Spur.

11

MONDSCHEINOFFENBARUNG

Sie waren geliefert. Der neugierige Reporter hatte anscheinend ihr ganzes Gespräch mit seinem Handy aufgenommen, und sie hatten sich gerade um Kopf und Kragen geredet. Mia überlegte fieberhaft, wie man Mögern davon abbringen konnte, seine Geister-Recherche zu veröffentlichen. Es half wohl nur die Flucht nach vorne. »Herr Mögern, glauben Sie wirklich an Magie?«, fragte sie verschwörerisch.

Ihre Freundinnen schauten sie fragend an. Was sollte das denn jetzt?

Aber Mögern nickte. »Ja, ich bin sicher, es gibt mehr zwischen Himmel und Erde, als die Wissenschaft erklären kann. Übernatürliche Phänomene, metaphysische Geschöpfe und mystische Orte wie dieses Grand Hotel«, antwortete er ehrfürchtig.

Mia sprach langsam weiter. »Aber Sie wissen schon, dass das eine verrückte Idee ist und niemand Ihnen glaubt?«

Der Reporter widersprach. »Doch. Denn dieses Mal habe ich Beweise. Ich besitze eine weitere Aufnahme, die alles auf den Kopf stellen wird.«

Die Mädchen schauten sich fragend an. Was mochte das sein?

Mögern lächelte, suchte auf seinem Handy nach dem Video und spielte es ab. Zu sehen war der Hotelsteg. Der Reporter musste durch die Buchenhecke hindurch gefilmt haben. Auf dem Steg stand Mia im Badeanzug und mit einer Schnorchelmaske in der Hand. Sie beugte sich herunter und sprach mit Tony. Nur sein Kopf war zu sehen. Es hätte also auch ein »ganz normaler« Junge sein können. Doch dann sprang der Meerjunge plötzlich aus dem Wasser und vollführte einen Salto, sodass seine goldene Schwanzflosse in der Sonne leuchtete.

In diesem Moment stoppte Mögern das Video. »In Zeitlupe sieht man den Fischschwanz noch deutlicher. Ich weiß nicht, wer oder was das ist, aber es ist eine Sensation, so viel steht fest.«

Mia seufzte. Sie erinnerte sich an den Streit mit Tony. Sie hatte nicht geahnt, dass sie beobachtet wurden. Und Tony war wohl im Eifer des Gefechts nicht vorsichtig genug gewesen. Sonst wäre er nie am helllichten Tag aus dem Wasser gesprungen.

Verdammt! Jetzt hatte Mögern sie wirklich in der Hand. Sie musste sich ganz schnell etwas einfallen lassen. Sie wiegte ihren Kopf hin und her. »Ja, gut, aber was wird passieren, wenn sie die Aufnahme veröffentlichen? Vermutlich werden Tausende sensationsgierige Leute herkommen und das Hotel überrennen. Vielleicht wird es sogar Untersuchungen geben, wie bei Nessie im Loch Ness in Schottland. Aber sie werden keine Beweise finden, weil es keine Beweise für Magie gibt. Man muss daran glauben, um die Zusammenhänge zu verstehen.«

Der Reporter runzelte die Stirn, und auch Charlie und Paulina verstanden nicht, worauf Mia überhaupt hinauswollte.

»Wir drei sind Agentinnen. Die Geheimnisse des Grand Hotel Wunder zu bewahren und dafür zu sorgen, dass niemand davon erfährt, ist unsere Aufgabe. Sie sind Reporter und wollen diese Geheimnisse finden und in die Welt hinausposaunen. Aber was haben Sie davon? Wäre es nicht viel besser, die Magie zu studieren und dabei zu helfen, sie zu bewahren?«

Mögern wollte antworten, doch Mia war noch nicht am Ende.

»Herr Mögern, können wir nicht einen Deal machen?«

»Ich höre«, antwortete Mögern prompt mit funkelnden Augen.

Da wusste Mia, dass sie ihn an der Angel hatte. Doch

gleichzeitig konnte sie ihre Cousine wütend hinter sich schnauben hören.

Anscheinend war Charlie gar nicht einverstanden mit ihrem Vorschlag. »Woher wissen wir denn, dass wir dem vertrauen können?«, flüsterte sie.

Mia zuckte mit den Schultern. »Keine Ahnung, *Chicas*, aber wir haben keine andere Wahl. Oder habt ihr eine bessere Idee?«

Charlie und Paulina fiel so schnell nichts ein, also wendete Mia sich wieder an Mögern. Sie wusste nicht, ob es gut war, ausgerechnet einem Reporter zu vertrauen, aber irgendwas sagte ihr, dass Mögern genauso viel Respekt und Achtung vor der Magie des Grand Hotels haben würde wie sie.

»Sie verraten das Wunder nicht, und dafür weihen wir Sie in das magische Dilemma ein, in dem wir uns gerade befinden«, schlug sie vor.

Mögern hielt Mia, ohne darüber nachzudenken, seine Hand entgegen. »Abgemacht, ich werde schweigen wie ein Grab. Aber dafür verlange ich die lückenlose Enthüllung der übernatürlichen Zusammenhänge!«

Mia schaute fragend zu Paulina und Charlie. Nach einer kurzen Bedenkpause stimmten auch sie zu und schlugen nacheinander mit dem Reporter ein.

»Vielleicht kann ich euch ja sogar dabei helfen, dieses magische Dilemma zu lösen«, schlug Mögern vor. Er schien richtig Feuer und Flamme zu sein, endlich mehr über die metaphysischen Zusammenhänge im Wunder zu erfahren.

»Abwarten«, mahnte Charlie streng.

Um weitere ungebetene Zuhörer zu verhindern, gingen sie zusammen ins Bootshaus und begannen, Klaus-Maria Mögern in die Magie des Grand Hotel Wunder einzuweihen. Mia achtete darauf, ihm nur die wesentlichsten und unbedingt notwendigen Informationen und Zusammenhänge des nächtlichen Vorfalls zu erläutern.

Trotzdem schlackerte Klaus-Maria Mögern mit den Ohren, als er erfuhr, dass die Legende vom mächtigen Wassergeist im Blankensee der Wirklichkeit entsprach. Immer wieder sagte er »Unglaublich!« oder »Ungeheuerlich!«, manchmal rutschte ihm sogar ein »Hatte ich doch recht!« heraus – und die ganze Zeit über hing er an Mias Lippen, als handele es sich um seine persönliche Offenbarung.

»Also, wir müssen diesen Riesen Falk Lutzer, den Schatzsucher, dazu bringen, die Edelsteine im Brunnen stehlen zu wollen, damit wir ihn – schwups! – fangen und die Goldmünzen zurückbringen können. Oder?«, fasste Mögern aufgeregt zusammen.

»Wir?«, fragte Charlie, immer noch irritiert, dass der Reporter nun zu ihnen gehörte – oder zumindest gehören wollte.

»Ich kann durchaus nützlich sein«, erklärte er eifrig.

Da hatte Mia eine Idee. »Ja, Sie könnten tatsächlich nützlich sein. Dieser Lutzer liest doch bestimmt die Lokalnachrichten, um zu erfahren, ob ihm jemand auf der Spur ist. Wie wäre es, wenn Sie einen Artikel über den Wunschbrunnen schreiben und dabei ganz nebenbei erwähnen, dass die Edelsteine in den Augen der Seejungfrauenstatuen echt sind?«

»Was? Spinnst du jetzt total?«, fragte Charlie entsetzt. »Wir dürfen doch keins der Geheimnisse verraten. Das ist unser oberstes Gebot, das können Sie sich schon mal merken, Herr Mögern.«

Er nickte. »Absolut, aber die Story mit dem Wunschbrunnen ist ja nicht neu, ich hab schon oft darüber geschrieben. Einige Leute glauben dran, und das ist ja auch gut so, sonst wären ja keine Wunschmünzen darin. Doch für die meisten ist es bloß ein Aberglaube.«

»Aber würden wir mit der Edelsteingeschichte nicht noch mehr Schatzsucher anlocken?«, gab Paulina zu bedenken.

Mia zuckte mit den Schultern. »Möglich, aber bis die hier sind, ist die Sache hoffentlich längst geklärt.«

Mögern gab ihr recht. »Dann könnte man die Edelsteine

in Sicherheit bringen und vielleicht durch … Glassteine ersetzen?«

»Herr Mögern, Herr Mögern, Sie sind ja ein richtiger Fuchs«, meinte Charlie anerkennend und grinste. »Wer hätte das gedacht.«

»Perfekt, aber wir müssen auf jeden Fall Lady Lou in den Plan einweihen«, forderte Mia.

Paulina gähnte. »*Sí*, aber erst morgen früh, oder?«

Die anderen Mädchen nickten.

Mögern versprach, sich gleich hinzusetzen und den Artikel zu schreiben, damit er noch vor Sonnenaufgang online und am nächsten Morgen in der Zeitung zu lesen war.

Als Mia aufwachte, öffnete sie gleich ihr Tablet und rief die Webseite des Blankenseer Tageblattes auf. Sie loggte sich ein und durchsuchte die Zeitung nach Mögerns Artikel. Sie fand ihn bei den Lokalnachrichten und überflog ihn ungeduldig.

Nachrichten aus der Region

Geheimnis gelüftet!

Wunschbrunnen im Grand Hotel kostbarer als vermutet

In einer aufregenden Enthüllung konnte unser Reporter von einer vertrauenswürdigen Quelle erfahren, dass der sogenannte Wunschbrunnen vor dem altehrwürdigen Grand Hotel Wunder weitaus kostbarer ist als bisher angenommen. Trotz der zahlreichen Legenden, die sich seit Jahrhunderten um diesen einzigartigen Brunnen ranken, war bisher niemandem bewusst, dass in die Figuren des Brunnens tatsächlich echte Edelsteine eingearbeitet wurden.

Sowohl in den Augen der Seejungfrau als auch in einigen Tentakeln des Oktopus sollen tatsächlich kostbare Saphire und Smaragde erstrahlen.

Wie diese wertvollen Juwelen einst den Weg in die Brunnenfiguren fanden, bleibt ein Rätsel.

Der sogenannte Wunschbrunnen, der schon seit jeher vor dem Portal des Grand Hotels steht, ist in der Region wohlbekannt. Ihm wird nachgesagt, dass er Wünsche erfüllt, wenn man eine Münze hineinwirft. Dieser Aberglaube ist bei den Einwohnern von Blankensee ebenso beliebt wie bei den Touristen und erinnert an ähnliche Mythen, die in der ganzen Welt rund um besondere Springbrunnen gepflegt werden, wie beispielsweise bei der berühmten Fontana di Trevi in Rom.

Ob der Wunschbrunnen aufgrund dieser neuen Enthüllung bald eine ähnliche Beliebtheit erlangen wird, bleibt abzuwarten.

K.-M. Mögern, Lokalredaktion

Alles wie besprochen. Mia war erleichtert und hoffte, dass Lutzer den Artikel auch schon gelesen hatte. Als sie kurz darauf aus dem Hotel kam, um ihre Freundinnen zu treffen, staunte sie nicht schlecht.

Um den Seejungfrauenbrunnen hatte sich eine große Menschenmenge gebildet. Schaulustige aus Blankensee und Umgebung mischten sich unter Touristen, Hobby-Historiker, Influencer und selbst ernannte Juwelenexperten. Sogar das Regionalfernsehen berichtete live. Ritchi stand kopfschüttelnd am Tor und hielt sich vor Schmerz den Rücken, während Lady Lou wie ein aufgeschrecktes Huhn umherlief.

Was war denn hier los? Mia blieb neben ihrem Vater stehen, der das ganze Geschehen amüsiert beobachtete. »Man glaubt gar nicht, wer alles die Lokalnachrichten liest«, sagte er.

Sie nickte. Damit hatte sie jetzt echt nicht gerechnet. Aber wer hätte auch ahnen können, dass ein kleiner Bericht über ein paar Klunker in einem alten Brunnen solch einen Hype auslösen würde? Gut, dass der Dorfpolizist mit den kurzen Beinen den Brunnen jetzt mit einem Absperrband abriegelte.

»Und, ist da was dran an der ganzen Sache?«, fragte ihr Vater.

Mia zuckte mit den Schultern. »Kann schon sein.«

Er schüttelte ungläubig den Kopf. »O Wunder, o Wunder.«

Da sah Mia ihre Freundinnen auf der anderen Seite des Brunnens stehen und lief zu ihnen.

»Wir müssen es Lady Lou sagen«, erklärte Charlie besorgt und warf einen Blick zu ihrer aufgebrachten Großmutter.

Also baten sie Lady Lou umgehend um eine Unterredung. Und hinter der geschlossenen Tür ihres Büros gestanden sie alles.

Die Hoteldirektorin schäumte vor Wut. »Was fällt euch ein? Ihr habt diesen schmierigen Schreibwicht eingeweiht? Ohne mich zu fragen? Seid ihr von allen guten Geistern verlassen?«

»Wir konnten nicht anders. Er war … Er wusste …. Er hat … uns belauscht und alles aufgenommen«, stotterte Mia.

»Aber wenn unsere Falle funktioniert, kommt Lutzer heute Nacht, angelockt durch die Edelstein-Story, und *schwups!*, wir fangen ihn«, erklärte Charlie betont zuversichtlich.

»Schwups?«, fragte Lady Lou abschätzig und kräuselte die Stirn.

Die Mädchen nickten.

»Wir mussten uns doch was einfallen lassen, wir haben immer noch keine Spur von dem Dieb«, versuchte Mia, ihren Plan zu rechtfertigen.

»Gestern Nacht ist auch noch eines der Tretboote gestohlen worden«, sagte Lady Lou resigniert. »Wahrscheinlich brauchen wir eine Alarmanlage. Ich bin immer davon ausgegangen, dass die Herrschaften nachts auf unser Hab und Gut aufpassen, aber auf die Geister ist anscheinend auch kein Verlass mehr.«

»O *no*, wenn Lutzer das Boot gestohlen hat, kann er jetzt damit auf den See rausfahren!«, befürchtete Paulina.

»Aber heute Nacht wird er uns in die Falle gehen«, entschied Mia. Jetzt konnte sie nur hoffen, dass sie damit auch recht behielt.

Im Laufe des Tages pilgerten immer mehr Besucher zum Wunschbrunnen, um die vorher kaum beachteten Edelsteine zu bestaunen. Die Küche hatte alle Hände voll zu tun, denn die ungebetenen Gäste wollten natürlich auch verköstigt werden.

Mögern schaute sich das Ganze zusammen mit den Mädchen an und machte ab und zu ein paar Fotos, damit er nicht weiter aus der Rolle fiel. »Ist doch auch eine großartige Werbung für das Hotel, oder?«

Mia bezweifelte es. »Jegliche Art von Spuk-Gerüchten schadet dem Hotel auf Dauer.«

Paulina widersprach. »*Sí, chica*, aber hier geht's ja nicht um Spuk, sondern um Glitzersteine. Und wenigstens redet keiner mehr über das Unglück mit Wasser, *el desastre* von gestern Abend.«

Charlie schaute besorgt zum See hinunter. »Es ist völlig unklar, wie viel Zeit uns bleibt, bis Undarthor sich wieder rächt. Wahrscheinlich lacht der nur über unsere erbärmliche Flaschenpost.«

Der Plan für die Mission »Schwups« stand. Die Mädchen hatten sicherheitshalber beschlossen, den Wunschbrunnen nicht mehr aus den Augen zu lassen. Bis zum Sonnenuntergang wechselten sie sich ab, dann übernahm Lady Lou kurzzeitig, damit sich die drei zusammen mit Mögern zu einer Einsatzbesprechung im Bootshaus treffen konnten.

Sie hatten ihren Eltern vorgeschwindelt, dass sie eine kleine Übernachtungsparty veranstalten wollten. Und so hatte sich keiner gewundert, als sie sich am Abend ausgerüstet mit Schlafsäcken, Taschenlampen, Luftmatratzen und anderem Kram verabschiedeten.

»Haben wir alles?«, fragte Mia ihre Cousine. Sie trugen alle schwarze Kleidung, um in der Dunkelheit nicht aufzufallen.

»Ja, hier, das alte Fischernetz, die Leiter und das Licht«, erkläre Charlie und verteilte die Taschenlampen. »Jede nimmt eine. Ich klettere hoch in die alte Kastanie. Ihr müsst dann nur die Leiter wegziehen und verstecken. Paulina geht in die Wäschekammer und ist für die Stolperfallen verantwortlich. Mia und Mögern bleiben im Schatten der

Eingangstreppe. Ihr müsst am meisten aufpassen, dass man euch nicht sieht – und hört.«

Alle nickten angespannt. Mias Herz klopfte wie verrückt. Was sie vorhatten, war nicht weniger als eine richtige Verbrecherjagd und natürlich nicht ganz ungefährlich. Was, wenn der Dieb stärker war als sie alle zusammen? Und auf keinen ihrer Tricks reinfiel? Oder alle Gäste weckte? Oder es schaffte, die Juwelen wirklich zu stehlen? Oder würden, von den Medienberichten angelockt, womöglich gleich mehrere Schatzsucher versuchen, die Juwelen zu stehlen?

»Die Herrschaften unterstützen uns ab Mitternacht. Lady Lou ist eingeweiht, Ritchi weiß von nichts. Wir werden das Grand Hotel Wunder, seine Magie und seine Schätze beschützen und bewahren«, erklärte Charlie entschlossen.

»Sí, vamos, chicas!«

Sie schlugen ein und schlichen zum Einsatzort Wunschbrunnen.

Lady Lou stand dort im Gespräch mit einem verliebten Pärchen, das die Gelegenheit nutzen wollte, jetzt, wo sich der Trubel gelegt hatte, gemeinsam eine Münze in den Brunnen zu werfen.

Mia wusste, dass an diesem Tag die magische Wunscherfüllung nicht funktionieren konnte. Trotzdem wünschte sie den beiden, dass ihr Herzenswunsch wahr wurde.

Als sie sich endlich verabschiedeten, konnte die Mission »Schwups« beginnen. Mia nickte ihrer Großmutter zu, die nun alleine am Brunnen stand. Lady Lou nickte dezent zurück und schlenderte überaus unauffällig zurück ins Hotel. Ob die Gerüchte doch stimmten, dass sie einst als Spionin für den britischen Geheimdienst gearbeitet hatte?

Charlie kletterte schnell die Leiter hoch in die alte Kastanie. Die Baumkrone hing direkt über dem Brunnen. Mögern zog die Leiter weg und versteckte sie neben dem Tor.

Paulina war in der Wäschekammer im Keller des Hotels angekommen. Durch ein kleines, vergittertes Fenster konnte sie von dort aus den ganzen Vorplatz beobachten.

Die Mädchen hatten am Nachmittag unauffällig ein paar dünne, aber sehr stabile Nylonfäden rund um den Brunnen verlegt. Sie führten alle zu dem Fenster der Wäschekammer. Sollte der Dieb sich dem Brunnen nähern, so würde Paulina die Schnüre spannen und dadurch die Stolperfalle aktivieren. So lautete jedenfalls der Plan.

Mia versteckte sich zusammen mit Mögern hinter einem Buchsbaum neben der Treppe, die zum Hotelportal hinaufführte. Von dort aus hatten sie alles im Blick.

Nun war der Platz verlassen und still. Nichts deutete mehr auf den Trubel hin, der hier tagsüber geherrscht hatte. Der Wind hatte sich gelegt, der Wald rauschte leise, die Frösche quakten wie immer laut unten am See. Der Mond beleuchtete die Hoteleinfahrt nur spärlich.

Natürlich passierte erst mal gar nichts, außer dass es kalt wurde und alle müde. Mia gähnte. Es hatte spannend angefangen, aber jetzt war ihr langweilig, und sie fröstelte. Würde Falk Lutzer wirklich kommen und die Edelsteine stehlen? Oder würden sie die ganze Nacht umsonst hier frieren?

Mögern war schon eingeschlafen, er lehnte hinter ihr in der Ecke an der Wand und schnarchte leise.

Sie holte ihr Handy hervor, um Charlie und Paulina in ihrem Agentinnen-Chat zu schreiben.

Mia:
Mögern schnarcht 😂

Charlie:
Ich auch gleich 😴😴

Paulina:
No! Pass auf, wenn du einschläfst, fällst du vom Baum!!!!

Mia:
Meint ihr, der kommt noch????

Paulina:
Claro, die fette Beute lässt der sich doch nicht entgehen.

Charlie:
Der soll sich mal beeilen.

Mia:
Pssst! Da is was …

Charlie:
Nur eine Katze … Wenn er kommt, dann hat er Werkzeug dabei, um die Edelsteine rauszuholen.

Paulina:
Ja, aber wir stoppen ihn vorher.

Pause. Mögern schnarchte noch immer. Mia zog bibbernd den Reißverschluss ihrer Hoodie-Jacke weiter nach oben. Es war einfach schweinekalt hier draußen.

Mia:
Pauli, was ist eigentlich mit Leon?
Seid ihr noch zusammen?

Paulina:
Glaube nicht.

Mia:
Wie jetzt? Hat er Schluss gemacht?

Paulina:
Erst ich, dann er, also gleichzeitig.

Mia:
Traurig?

Paulina:
Nee, gar nicht.

Charlie:
Chicas, könnt ihr mal aufhören, wir haben Wichtigeres zu tun.

Mia:
Soll ich Mögern einen Schnurrbart malen?

Paulina:

Doch im nächsten Moment zuckte Mia zusammen, denn es waren deutliche Schritte auf dem Schotter zu hören.

Aus den verschiedenen Verstecken heraus schauten sich die Agentinnen gespannt um. Wo war der Dieb? Von wo kam er? Oder war es wieder nur die Katze?

Mia weckte Mögern mit einem Stoß in die Rippen. Er schreckte auf und sah sie verwundert an. Sie hielt sich den Zeigefinger vor die Lippen. »Psssst!«

Sie lauschten. Die Schritte kamen näher. Aber es war unmöglich zu sagen, von wo sie kamen. Mia hatte gedacht, Lutzer würde entweder von der Straße aus durch den Wald kommen oder, wenn er das gestohlene Tretboot benutzte, vom Ufer aus. Doch die Schritte schienen aus Richtung der Garage zu kommen. Wie konnte Lutzer unbemerkt dorthin gelangt sein?

Sie hielt die Luft an und schaute gespannt herüber. Mögern spähte durch sein Nachtsichtgerät. Bald konnten sie die Umrisse einer Person erahnen. Sie kam langsam näher. Mia wunderte sich, dass sie so klein war. Sie hatte die riesenhafte Statur des Schatzsuchers erwartet. Oder beugte er sich herunter? Es war auf jeden Fall ein Mann. Trug er etwas bei sich?

Der Schotter knirschte. Die Schritte kamen näher. Das Rascheln in der Baumkrone verriet Mia, dass Charlie sich bereit machte. Hoffentlich war auch Paulina so weit.

Die Gestalt näherte sich, und nun konnte Mia sehen, was sie in der Hand trug. Es war eine Spitzhacke. Wollte er damit womöglich auf die Seejungfrau einschlagen, um an ihre Smaragd-Augen zu kommen? Wie brutal!

Vorsichtig huschte der Eindringling auf den Vorplatz. Noch befand er sich im Schatten der Garage. Sie konnten ihn noch nicht richtig sehen.

Mia hielt die Luft an, als er die verschiedenen Stolperfallen passierte. Nun sollte Paulina eigentlich vom Waschkellerfenster aus die Nylonfäden straff ziehen und ihn so stolpern lassen. Doch es schien nicht zu funktionieren. Entweder waren die Schnüre gerissen, oder Paulina schaffte es nicht, sie zu spannen. Bis auf ein leises Rascheln auf dem Schotterboden passierte gar nichts. Mist!

Nun musste Plan B funktionieren. Mögern drückte sich neben Mia in den Schatten der Eingangstreppe. Er hob seine Kamera, wollte ein Foto machen, doch Mia schüttelte energisch den Kopf. Das Klicken der Kamera würde sie womöglich verraten, und der Typ war schließlich bewaffnet.

Der potenzielle Dieb ging weiter zielstrebig auf den Brunnen zu. Er war dunkel gekleidet und schien zu zögern, blieb immer wieder stehen und schaute sich unsicher um.

Mia presste vor Aufregung ihre Lippen aufeinander. Nun war er nur noch wenige Schritte vom Rand des Brunnens entfernt. Sie hörte, wie es in der Baumkrone der alten Kastanie raschelte. Das hieß, Charlie machte sich bereit zum Angriff.

Entsprechend ihrem Plan B sollte sie, sobald sie freie Sicht auf den Dieb hatte, von oben das alte Fischernetz auf ihn werfen. Er würde sich darin verfangen, und bevor er sich befreien könnte, würden Mia und Mögern ihn festhalten und fesseln.

Mias Herz klopfte so laut, dass sie Angst hatte, sich dadurch zu verraten. Noch ein Schritt, dann war der Eindringling am Brunnen.

Er hob schon seine Spitzhacke – da erscholl ein lautes *Wumms* und ließ alle Anwesenden inklusive Dieb zusammenschrecken.

Mia fuhr herum.

Es war Lady Lou. Sie hatte mit einem Ruck die schwere Hoteltür geöffnet und stand nun am Kopf der Treppe und zielte mit einer uralten Schrotflinte auf den potenziellen Juwelendieb. Sie musste die ganze Nacht in der Eingangshalle hinter den Gardinen gestanden und gewartet haben. »Halt, stopp!«, rief sie. »Keine Bewegung, oder ich schieße!«

Die Mädchen waren irritiert und gerieten etwas aus der Fassung, dass die Direktorin selbst ihren Plan so durchkreuzte. Doch Charlie reagierte prompt. Sie ließ das Netz fallen, und der Eindringling verfing sich wie geplant darin. Mögern schnellte hervor, um ihn zu fesseln. Mia lief die Treppe rauf zu ihrer Großmutter, um zu verhindern, dass sie womöglich wirklich schoss.

Paulina schaltete die Außenbeleuchtung an, und die Hoteleinfahrt wurde schlagartig hell erleuchtet. Im nächsten Moment realisierten alle Beteiligten, dass sie nicht wie erwartet Falk Lutzer gefangen hatten.

Sondern den guten alten Ritchi!

Nicht zu fassen! Der Concierge lag jammernd und stöhnend mit dem Rücken auf dem Boden und streckte Arme und Beine von sich, um sich aus dem Netz zu befreien.

Seine Bemühungen erinnerten an die eines dicken, schwarzen Käfers. »Auuua, Gnade, bitte! Ich ergebe mich!«

Mia betrachtete das Ganze ungläubig. Ritchi? Ernsthaft? Der wollte die Edelsteine klauen?!

Lady Lou war genauso bestürzt. Mia, die ihr gerade noch die Schrotflinte entrissen hatte, musste sie nun davon abhalten, mit der fallen gelassenen Spitzhacke auf ihren Empfangschef loszugehen. »RICHARD!!! *Mon dieu*, was fällt Ihnen ein? VERRAT! Das ist Verrat!«

Über fünfzig Jahre hatte Richard im Grand Hotel Wunder gelebt. Er war stets ein treuer und absolut loyaler Mitarbeiter gewesen. Er kannte die Besonderheiten des Hauses, hielt die Herrschaften in Schach und bewahrte unzählige magische Geheimnisse. Seit Jahrzehnten besaß er das Wissen und die Macht, das Hotel und all seine normalen und paranormalen Bewohner in den Ruin zu stürzen. Warum machte er jetzt so was?

Nachdem Mögern dem alten Mann auf die Beine geholfen und ihn gefesselt hatte, standen nun alle im Kreis um ihn herum und konnten nicht glauben, wer ihnen da ins Netz gegangen war.

Lady Lou stellte ihn zur Rede. »Sie wollten die Juwelen stehlen? Ernsthaft?«

Ritchi nickte kleinlaut.

»WARUM, Richard? Bin ich nicht immer gut zu Ihnen gewesen?«

Der alte Concierge zuckte hilflos mit den Schultern. »Doch, doch, aber die viele Arbeit. Es wird immer mehr, und dann mein Rücken und diese furchtbaren Kinder, immer und überall laufen sie herum …«

Charlie räusperte sich verärgert. »Was? Sollen wir etwa schuld daran sein, dass Sie das Hotel bestehlen wollten? Pffff!«

»Es wird immer mehr. Immer, immer mehr Arbeit. Richard hier, Richard da. Und alle tanzen mir auf der Nase herum. Es gibt keine Struktur mehr, keinen Respekt, von niemandem. Die Kinder, die Herrschaften, selbst die Gäste, alle unmöglich und unerzogen.«

Empört wollte Charlie widersprechen, doch Lady Lou kam ihr zuvor. »Verstehe. Sie sind ein grantiger alter Mann geworden, Richard. Ihre Arbeit und Ihre paranormalen Aufgaben überfordern Sie – aber deshalb stiehlt man doch nicht!«

»Nein, nein, es ist alles viel schlimmer. Bitte lassen Sie mich frei, ich werde alles zugeben.«

Da sich die Anwesenden sicher waren, dass vom alten Ritchi keine Gefahr ausging, löste Mögern die Fesseln. Auf die Erklärung waren sie gespannt!

12

Unterwassershowdown

Sie führten Richard in Lady Lous Büro, setzten ihn auf einen Stuhl, fixierten ihn und stellten ihn erneut zur Rede.

Zerknirscht saß er vor ihnen und bibberte vor Aufregung. Von seinem gewohnt vorwurfsvoll-herablassenden Auftreten war nicht mehr viel übrig.

Also goss Lady Lou ihm erst einmal einen Whisky ein – und sich selbst einen doppelten. »Cheers, und nun gestehen Sie!«

Sie kippte den Whisky herunter und schaute ihn so finster an, als habe er alle sieben Todsünden gleichzeitig begangen.

Ritchi stotterte: »Es ist … Es war … Ich wollte … mir nicht eingestehen, dass ich zunehmend … also immer öfter … auf Dauer … von der Arbeit … also, meinem kräftezehrenden Einsatz für das Grand Hotel, überfordert war ... also bin. Aber ich wusste, dass ich das Wunder nicht im Stich lassen konnte und wollte. Also habe ich ... einen Nachfolger ... gesucht. Um endlich in den verdienten Ruhestand gehen zu können.«

»Ohne mich zu fragen?«, fragte Lady Lou empört.

Er nickte. »Ich wollte Ihnen erst einen würdigen Nachfolger präsentieren, der meine verantwortungsvollen Aufgaben weiterführen kann. Es ist nicht so leicht, Sie wissen, wie unersetzlich ich bin.«

Die Mädchen tauschten genervte Blicke. Der traute sich was, jetzt auch noch so zu tun, als wäre er der Mitarbeiter des Jahres.

Doch Lady Lou ging nicht weiter darauf ein, sie wollte Fakten. »Und was hat das mit Ihrem untragbaren Verhalten in dieser Nacht zu tun, Richard? Warum wurden Sie zum Kriminellen und Verräter?«

»Bei der Suche nach einem geeigneten Protegé bin ich tragischerweise an Max Muster geraten«, berichtete er kleinlaut weiter.

Die anderen stöhnten auf, als der falsche Name des Riesen fiel.

»Er heißt eigentlich Falk Lutzer, dieser Mistkerl«, erklärte Charlie.

Lady Lou räusperte sich streng. »Es gibt keinen Grund, gleich vulgär zu werden, junge Dame.« Und in noch strengerem Ton fuhr sie an Ritchi gewandt fort: »Wie kann man denn an so jemanden geraten, ohne es zu merken?«

Richard seufzte. »Im Internet. Wir haben ein paarmal hin- und hergeschrieben, und ich dachte, er wäre der perfekte Kandidat für meine Nachfolge. Doch spätestens, als er angereist war, wurde mir bewusst, dass er mich betrogen hatte. Es ging ihm gar nicht darum, das Grand Hotel zu bewahren und zu beschützen, wie ich es seit Jahrzehnten immer und um jeden Preis getan habe.«

»Und wieso, bei allen guten Geistern, haben Sie mir das nicht berichtet?«, herrschte ihn die Direktorin streng an.

»Ich habe mich so fürchterlich geschämt«, gab Ritchi zu, »und dann kam ja alles noch viel schlimmer. Muster, also Lutzer, hatte bereits viele Legenden über das Grand Hotel Wunder gelesen, und mit den Geheimnissen, die ich ihm schon verraten hatte – oh, es ist so beschämend, so unangenehm, glauben Sie mir bitte. Ich bin selbst so bestürzt, entsetzt geradezu!«

»Und weiter?«, unterbrach Lady Lou sein Lamentieren.

»Muster, äh, Lutzer hat mich erpresst. Er wollte Geld, viel Geld. Ansonsten, drohte er mir, würde er alles verraten und veröffentlichen, was ich ihm anvertraut habe. Und da wusste ich weder ein noch aus. Ich bin ja kein reicher Mann. Doch dann sind mir die Goldmünzen aus dem Brunnen wieder eingefallen. Ich dachte, ich erzähle Muster – also Lutzer – davon, er holt das Brunnengold heraus, verschwindet damit, und die Sache ist vergessen.«

»Und der verlorene Schlüssel?«, fragte Charlie.

Ritchi schaute verlegen zu Boden. »War ein Ablenkungsmanöver. Er war die ganze Zeit in meiner Tasche. Aber Muster-Lutzer wollte noch mehr. Er hatte von der Sache mit dem Wassergeist gelesen, der angeblich im See einen unermesslich wertvollen Schatz bewacht, und wollte selbst danach tauchen, bevor er die Münzen aus dem Brunnen holte.«

»Der wollte wirklich Undarthors Schatz stehlen?«, schlussfolgerte die Hoteldirektorin.

Ritchi nickte. »Ja, aber dann verschwand ein Teil seiner Taucherausrüstung.«

»Ein Ventil«, merkte Mia an.

»Ja, so etwas in der Art. Der Tag der Übergabe an Undarthor rückte immer näher. Und als Sie von mir verlangten, das Gitter aufzubrechen zu lassen, musste ich ja handeln. Also gab ich diesem Knilch den Schlüssel. Er stahl die Goldmünzen und verschwand. Glauben Sie mir, ich habe wirklich nicht geahnt, wie wütend Undarthor werden würde. Und dass die Wünsche sich umkehren können, hatte mir vorher auch keiner gesagt.« Er schaute vorwurfsvoll zu Lady Lou, die aber nur abschätzig schnaufte.

»Siehste, ich hab's gewusst!«, rief Charlie. »Gut, dass du das mit dem Tauchen verhindern konntest, Mia.«

Lady Lou goss sich noch einen Whisky ein, während Richard tapfer weitererzählte.

»Und als der Knilch dann auch noch von den wertvollen Edelsteinen im Brunnen gelesen hatte, forderte er, dass ich sie für ihn stehle, dieser unersättliche Ganove.«

Da bekam Lady Lou einen hochroten Kopf. Sie erhob sich und packte ihren Empfangschef beim Kragen. »Und selbst da sind Sie NICHT ZU MIR GEKOMMEN? Sondern haben WAHRHAFTIG versucht, die Juwelen zu stehlen und den BRUNNEN ZU ZERSTÖREN? Unfassbar. Das ist UNFASSBAR! Wer ist hier der GANOVE?«

Richard blickte niedergeschlagen zu Boden.

Mia legte ihrer Großmutter beruhigend die Hand auf die Schulter, bis sie von Ritchi abließ und sich hinter ihren Schreibtisch verzog.

Mia konnte sehen, wie Tränen in den Augen des alten Herren aufstiegen.

»Entschuldigen Sie bitte vielmals, verzeihen Sie mir, ich flehe Sie an!«, schluchzte er. »Mein Fehler, der Vertrauensbruch, es ist unverzeihlich. Ich wusste, würde ich Ihnen alles gestehen, müssten Sie mich auf der Stelle entlassen.«

Er machte eine Pause, um ein Taschentuch aus seiner Hosentasche zu holen und sich die Tränen von der Wange zu wischen.

Mia überlegte, ob sie Mitleid mit ihm haben sollte. Sie war unentschlossen. Einerseits war er ein überforderter, alter Mann, der nur das Beste gewollt hatte. Andererseits hatte er die gesamte Existenz des Hotels gefährdet und war nie nett zu ihnen gewesen.

Ungewohnt sanft und leise sprach Ritchi weiter: »Ich habe doch kein anderes Zuhause als dieses Grand Hotel. Ich hatte solch eine Angst, dass Sie mich davonjagen würden, wenn Sie alles erführen, dass ich bereit war, hohes Schweigegeld zu zahlen.«

»Wohl eher Schweigejuwelen«, bemerkte Lady Lou zynisch.

Mia schaute aus dem Fenster. Der Blankensee lag ruhig und still dort, doch sie wusste von der unglaublichen Unterwasserwelt und der drohenden Vergeltung des Wassergeistes. Es gab also eigentlich nur eine wichtige Frage. »Wo ist Lutzer? Wo versteckt sich dieser gemeine Dieb?«

Richard druckste ein wenig herum, merkte offenbar aber bald, dass er keine andere Wahl hatte, als alles in seiner Macht Stehende zu tun, das Unglück, das er verursacht hatte, aufzuhalten. Also verriet er Lutzers Verbleib. »Er hat gestern Nacht das Tretboot gestohlen und wollte damit zur Insel, um sich in der Ruine von Burg Schauerstein zu verstecken. Er meinte, das sei eine gute Position, um nach dem Schatz zu tauchen.«

Mia schüttelte ungläubig den Kopf. »Ja klar, natürlich, das ist ein großartiges Versteck! Wieso sind wir da nicht gleich draufgekommen?«

Charlie zuckte mit den Schultern. »Ja, aber ist der irre? Ich meine, hat der nicht gesehen, wozu Undarthor fähig ist? Glaubt der wirklich, es ist eine gute Idee, sich mit dem anzulegen?«.

»*Chicas*, wir brauchen einen neuen Plan«, entschied Paulina. »Ist Lutzer ganz alleine in der Schauerstein-Ruine?«

Ritchi nickte. »Soweit ich weiß. Ich musste versprechen, ihm die Edelsteine noch heute Nacht zu bringen, um Punkt ein Uhr.«

Mia schaute auf die Uhr, es war kurz vor zwölf.

»Und wie? Auch mit einem Tretboot?«, fragte Charlie.

»Nein, das wäre zu auffällig gewesen. Ich sollte mit dem Fahrrad bis zum Freibad fahren und von dort aus mit dem Stand-up-Paddelboard zur Insel fahren.«

Die Mädchen mussten lachen. Die Situation war zwar äußerst ernst, aber sich den alten, steifen Richard in seiner schwarzen Butleruniform auf einem Paddelboard stehend vorzustellen, war ziemlich komisch.

Nun mischte sich auch Mögern ein, der sich die ganze Zeit im Hintergrund gehalten hatte. Er war schließlich Bademeister und Rettungsschwimmer im Seebad und hatte sich selbst dafür eingesetzt, dass die Stand-up-Paddelboards zu Beginn der Badesaison angeschafft wurden. »Unerhört. Sie wollten eins unserer SUPs stehlen und damit zur Insel paddeln?«

Da schaute Richard schockiert zu Mögern. Er schien jetzt erst zu realisieren, dass der Reporter anwesend war. »Was macht der denn hier?« Entsetzt blickte er seine Chefin an, die immer noch hinter ihrem Schreibtisch saß und nun bereits beim dritten Glas Whisky angekommen war. »Lady Louise Wunder! Was macht denn dieser zudringliche Zeitungsfritze hier? Er hat alles mit angehört, nun wird er uns verraten. Er wird uns ruinieren, er ist unberechenbar!«

»Wenn hier jemand unberechenbar ist, dann ja wohl Sie, Richard. Herr Mögern hat unser Vertrauen, und anders als Sie wird er es nicht verspielen. Denn er weiß, dass wir Mittel und Wege besitzen, ihn zum Schweigen zu bringen, sollte es vonnöten sein«, erklärte Lady Lou, die inzwischen ein bisschen nuschelte – der letzte Whisky war wohl einer zu viel gewesen.

Mögern schaute erschrocken auf. Ihm war vermutlich bis jetzt nicht bewusst gewesen, dass es derartige »Mittel und Wege« gab. Aber was hatte er von einem Geisterhotel auch anderes erwartet?

Doch sie hatten hier keine Zeit für weitere Befindlichkeiten.

Mia stand auf. »Okay, dann müssen wir zur Insel und Lutzer überraschen.«

Ihre Cousine war derselben Meinung. »Ja, solange er auf der Insel ist, können wir ihn super umzingeln.«

»*Sí*, aber *la isla* ist nachts echt gruselig, mit der Ruine und so«, gab Paulina zu bedenken.

»Umso besser«, meinte Charlie. »Der Knilch glaubt an Geister und Legenden, damit können wir arbeiten. Das wird die schlimmste Nacht seines Lebens. *Operation Geisterinsel.* Huhuhuuuu!« Sie machte ein heulendes Gespenst nach, und die anderen lachten.

Mia überlegte, was nun zu tun sei. »Wir brauchen Lories und Tonys Hilfe, Badesachen und die komplette Ausrüstung. Sind die Taschenlampen wasserfest?«

Charlie steckte den Daumen nach oben.

Lady Lou erklärte, sie werde im Hotel die Stellung halten und Richard bewachen. Was sich allerdings nicht sonderlich schwierig gestalten durfte, denn er war ja immer noch an den Stuhl gefesselt.

Die Mädchen beschlossen, ihre Einsatzbesprechung mit allen Beteiligten am Hotelsteg fortzusetzen.

Mögern begleitete sie zum Ufer, und wie gerufen gesellte sich auch Lorie dazu. »Ich mache all-*hicks*, was ihr wünscht. Solange ich nicht ins Wass-*hicks*-er muss«, heulte das Gespenstermädchen.

Mia schaute sie mitleidig an. »Ins Wasser nicht, aber

meinst du, du schaffst es, wenn du ganz mutig bist, über das Wasser drüberzufliegen?«

»Vielleich-*hicks*«, schniefte Lorie tapfer und folgte ihr und den anderen auf den Steg. Als sie am Ende angekommen waren, beugte sich Mia zur Wasseroberfläche herunter und flüsterte Tonys Namen. »Tony, bist du hier irgendwo?«

Augenblicklich erschien ein goldenes Leuchten, und der Meerjunge tauchte strahlend vor ihr auf. Hatte er womöglich die ganze Nacht hier unterm Steg auf sie gewartet?

»Hey, Mia. Kommst du mit mir tauchen?«, fragte er und schaute sie erwartungsfroh an.

Mias Herz machte einen Hüpfer. Wie gerne wäre sie zu ihm ins Wasser gesprungen und hätte alles andere vergessen. Aber so einfach war das leider nicht. »Wir brauchen noch mal deine Hilfe«, gestand sie.

Und so kam es, dass die drei Agentinnen zusammen mit einem furchtlosen Reporter, einem wasserscheuen und tieftraurigen Gespenstermädchen und einem ziemlich süßen Meerjungen am Steg saßen und einen perfekten Schlachtplan entwarfen, um den dreisten Schatzsucher-Dieb zur Strecke zu bringen.

»Wir werden dem Riesen auf dieser Insel so einen Schrecken einjagen, dass er freiwillig verschwindet«, erklärte Charlie.

Mia stimmte zu. »Er muss so große Angst haben, dass er nie wieder kommt und keines der Geheimnisse verrät.«

Mögern überlegte mit. »Gute Idee, aber dieser Typ scheint ziemlich furchtlos zu sein, wenn er sogar einem Wassergeist den Schatz stehlen will.«

»Dann brauchen wir ein ganz großes Schauspiel, mit Geistern, Seeungeheuern, Flüchen und dem ganzen Horror«, entschied Mia.

Da meldete sich Lorie jammernd zu Wort. »Aber wa-*hicks*, wenn uns der Riese schnappt? Er is-*hicks* bestimmt viel stärker als wir!«

»*Sí, pero* wir sind schlauer als er«, erklärte Paulina entschlossen.

»Und wir sind mehr«, sagte Charlie.

»Und wir haben Magie«, triumphierte Mia.

Sie schlugen ein.

Die *Operation Geisterinsel* konnte beginnen.

Ihre geheime Mission sah vor, dass sie sich aufteilten. Charlie und Paulina fuhren zusammen mit Mögern per Fahrrad zum Seebad, und Mia sollte mit Tony durch den See zur Insel schwimmen.

Also sprang sie zu dem Meerjungen ins Wasser, der bereits am Steg auf sie gewartet hatte.

Doch bevor sie sich auf den Weg machten, erfuhr Mia

noch ein Geheimnis, nämlich, wie sie auch außerhalb ihrer Träume zusammen mit Tony tauchen konnte, ohne Luft holen zu müssen, und wie sie unter Wasser mit ihm sprechen und sogar riechen konnte.

In Mias Träumen hatte ihre magische Begabung ausgereicht, um ihre Sinne auf die Unterwasserwelt einzustellen und die Kommunikation zu ermöglichen. Für das wahre Leben aber galten nun andere Gesetze.

»Das Dritte Auge erlaubt es dir, auch außerhalb deiner Träume Unterwasserfähigkeiten anzunehmen. Dafür musst du dich allerdings mit einem Meerwesen wie mir magisch verbinden«, erklärte Tony mit seiner glucksenden Stimme.

Mia fand, das klang sehr schön und irgendwie romantisch, auch wenn sie immer noch nicht verstanden hatte, wie es genau funktionieren sollte. »Und wie verbindet man sich magisch mit einem Meerwesen?«

Tony grinste, dann streckte er seine goldene Schwanzflosse nach oben und riss eine kleine goldene Schuppe aus dem Ende.

»Autsch!« Mia verzog bei dem Anblick das Gesicht.

»Nicht so schlimm«, sagte er tapfer. »Wächst schnell wieder nach.«

Dann legte er die kleine, goldene Schuppe in die Innenfläche seiner Hand und hielt sie Mia entgegen. »Du hältst meine Hand und ich deine. So einfach ist es.«

Mia spürte einen kleinen Stich in ihrem Herzen, so sehr

sehnte sie sich danach, ihn wieder zu berühren. Und als er ihr in die Augen sah, ergriff sie, ohne zu zögern, seine Hand. Seine Finger umschlossen ihre, und sofort spürte Mia ein unbeschreibliches Kribbeln. Die kleine Schuppe zwischen ihnen wurde ganz warm und begann zu pulsieren wie ein Herz, das inmitten ihrer Verbindung pochte. Es war ein unglaubliches Gefühl.

Sie tauchte mit Tony unter, und tatsächlich, sie konnte unter Wasser sehen, atmen und hören! Sogar den Geruch des Seegrases nahm sie wahr. Alles leuchtete und strahlte wieder wie in ihrem Traum, und doch fühlte es sich ganz anders an. Sie erlebte diesen magischen Unterwasser-Zustand viel klarer und bewusster als im Schlaf. Alles kam ihr echter, aber gleichzeitig auch noch unglaublicher vor.

Sie lachte und staunte im nächsten Moment über die Blubberbläschen, die dabei aus ihrem Mund und ihrer Nase kamen. »Wow! Krass! Wahnsinn!«, rief sie, überrascht von ihrer gurgelnden Unterwasserstimme.

Tony lächelte und nickte. »Willkommen in meiner Welt, Mia Wunder«, blubberte er ihr entgegen.

Das war echt spektakulär! Ob es sich für ihn wohl genauso schön anfühlte wie für sie? Wie gerne wäre sie jetzt einfach Hand in Hand mit Tony umhergeschwommen und hätte diesen Moment genossen – aber dafür war der falsche Zeitpunkt. Sie mussten erst noch einen Dieb fangen und einen Wassergeist besänftigen.

Mia schwamm mit Tony unter Wasser zur Insel. Sie achteten darauf, auf Abstand zu Undarthors Höhle zu bleiben. Es sah zwar so aus, als verhielte sich der Wassergeist in dieser Nacht friedlich, aber sicher war sicher.

Die Unterwasserwelt rund um die Insel schien ruhig. Ob Undarthor ihre Flaschenpost bekommen hatte oder ihm nach dem Wutausbruch gestern einfach die Lust auf Krawall vergangen war, blieb vorerst ungeklärt.

Mia und Tony tauchten kurz vor der Insel auf. Sie konnten die lange Treppe sehen, die vom Eingangstor der ehemaligen Burg Schauerstein hinab bis zum See führte und im Wasser endete. Hier hatte Lutzer auch das gestohlene Tretboot festgemacht. Richards Aussagen stimmten bisher also.

Mia schaute sich um. Es war kurz vor halb eins. Von dem Dieb fehlte jede Spur. Ob er in den Ruinen von Burg Schauerstein schlief? Oder wartete er hier irgendwo hinter einem Mauervorsprung und beobachtete sie?

Zum Glück kam Lorie im nächsten Moment angeschwebt. Sie war völlig außer Atem und wie immer den Tränen nah. »Es ist furcht-*hicks*-bar hier, so dunkel und gruselig. Und so viel Wass-*hicks*-er drum herum!«

»Lorie, du bist doch ein mutiges Gespenst! Du hast dich sogar getraut, über das Wasser hierherzuschweben. Du bekommst doch jetzt nicht etwa Schiss?«, flüsterte Mia.

»Gespenst-*hicks* ja, mutig nein. Ich find's auch voll gemein und diskrimini-*hicks*-rend, dass Gespenster immer muti-*hicks* sein sollen.«

»Wo ist Lutzer? Hast du ihn irgendwo da oben gesehen?«, fragte Mia und deutete auf die Burgruine.

»Ja, der schläft, oben in dem verfall-*hicks*-enen Turm. Hildegard bewacht ihn.«

»Hildegard? Wer ist das denn?«, wunderte sich Mia.

»Na, Hildegard von Schauerstein, das Burggespenst. Meinst-*hicks* du, so eine alte Burgruine hat kein Burggespens-*hicks*-t?«

Mia verdrehte die Augen. »Hätte ich mir denken können, hättest du mir aber auch sagen können«, flüsterte sie etwas genervt, woraufhin Lorie natürlich wieder anfing zu weinen.

»Entschuldigung, Entschuld-*hicks*-igung, es tut mir leid.«

»Pssst!« Mia hob den Finger mahnend vor ihren Mund. Es war schon halb eins, sie mussten sich beeilen. Also kletterte sie aus dem Wasser und löste die Leine des Tretboots. Sachte schob Tony das Boot weg vom Ufer, raus auf den See. Nun konnte Falk Lutzer nicht mehr entkommen. Er war mit den Wunschmünzen auf der Insel gefangen, denn das Gold war viel zu schwer, um damit zum Ufer zu schwimmen. Er würde ihnen nicht entkommen.

»Alles gut, Lorie. Wir sehen uns im Freibad«, flüsterte Mia eilig. Dann glitt sie schnell wieder ins Wasser und tauchte unter. Sie hielt die Luft an und schwamm zu Tony. Sofort griff er nach ihrer Hand, sie stellten ihre Verbindung wieder her, und sie konnte unter Wasser weiteratmen. Es fühlte sich vertraut und gleichzeitig immer noch sehr aufregend an. Mia lächelte ihn dankbar an. Tony grinste. Sie waren ein gutes Team.

Gemeinsam zogen sie das Tretboot zur gegenüberliegenden Uferseite.

Die anderen warteten schon am Strand des Seebades auf sie.

»Hat er euch gesehen?«, flüsterte Charlie aufgeregt.

»Nee, war alles ruhig. Hildegard, das Burggespenst, behält ihn im Auge«, sagte Mia.

»Hildegard? Krass«, meinte Charlie. »Aber war ja klar, dass es in so einer Burgruine ein Gespenst gibt.«

»Sieh-*hicks*-t du, war klar«, brummte Lorie trotzig.

»Aber dann hätte diese Hildegard uns ja auch sagen können, dass Lutzer sich dort versteckt! Oder zumindest den Herrschaften Bescheid geben«, konterte Mia.

»Wie oft muss i-*hicks* es noch erklären? Wir hassen Wasser. Niemal-*hicks* würde ein Hausgeist oder ein Burg-*hicks*-gespenst freiwillig über WASSER fl-*hicks*-en. Und Hildegard hat ja kein-*hicks* Telefon.«

Paulina beendete die Diskussion und begann, die Rucksäcke auszupacken. »*Todo bien, chicas*. Jetzt kommt es auf unsere Täuschung an. *Venga*, wir müssen uns beeilen.«

Die Mädchen begannen, das Tretboot in ein täuschend echtes Seeungeheuer zu verwandeln. Mia war sicher, wer an Wassergeister und magische Goldschätze glaubte, der würde auch die Existenz von Seeungeheuern für möglich halten. Also wollten sie Lutzer damit Angst einflößen.

Mithilfe einiger Abdeckplanen aus dem Bootshaus, Taschenlampen als Augen und einer roten Luftmatratze als Maul machten sie aus dem alten Tretboot ein gruseliges, schwimmendes Monster.

Im Inneren nahmen Charlie und Paulina Platz. Sie würden das Seeungeheuer zur Insel manövrieren. Tony sollte mit seiner goldleuchtenden Schwanzflosse hinterherschwimmen und dem Ganzen zusätzliche Magie verleihen.

»Sieht es irgendwie aus wie ein Seeungeheuer?«, fragte Charlie besorgt.

»Bei Mondschein und von Weitem hoffentlich schon«, antwortete Mia ebenso besorgt.

Als Nächstes verkleidete sich Mögern. Er sollte in die Rolle von Ritchi schlüpfen und wie vereinbart zur Insel paddeln, um Lutzer scheinbar wie verabredet unterhalb der Treppe zu treffen. So wollten sie Lutzer aus der Ruine locken. Doch statt der verlangten Edelsteine sollte der Ganove dann einen gewaltigen Schrecken erleben.

Ritchis Butleruniform war Mögern natürlich viel zu klein und zu eng. Es sah ziemlich komisch aus, wie seine langen, nackten Arme und Beine herausschauten.

»Sehe ich Richard auch ähnlich genug?«, fragte er besorgt.

»Bei Mondschein und von Weitem hoffentlich schon«, antwortete Mia wieder. Sie hoffte sehr, dass alles gut gehen würde.

So machten sie sich auf den Weg zur Schauerstein-Insel. Mia tauchte mit Tony hinter dem Seeungeheuer-Tretboot her, das von Charlie und Paulina gesteuert wurde. Mögern paddelte in Ritchi-Verkleidung mit dem Paddelbord über den See. Und Lorie flog über sie hinweg.

Der falsche Ritchi lenkte direkt auf die Insel zu. Zur Tarnung hatte er einen Rucksack dabei, in dem sich vermeintlich die gestohlenen Juwelen befanden. Als er näher kam, schwamm Mia zu ihm, bereit, jederzeit unterzutauchen, um nicht von Lutzer gesehen zu werden.

Charlie und Paulina versteckten das Tretbootungeheuer vorerst hinter einem Felsvorsprung. Tony blieb bei ihnen, er war ja schließlich der magische Teil des Ungeheuers.

Die Insel mit der Burgruine lag vor ihnen. Der Mond war hinter den Wolken hervorgekommen und erleuchtete die lange, alte Treppe. Ein heiserer Uhu schrie vom Burgturm.

Mia gruselte sich, obwohl sie sicher war, dass alle anwesenden Gespenster auf ihrer Seite standen. Doch der Anblick der Ruine hatte wirklich etwas Unheimliches. Diese Burg trug nicht umsonst den Namen Schauerstein, denn es war echt ziemlich schauerlich hier, zumindest nachts.

Lorie schwebte zu ihr. Mia wollte ihr gerade etwas zuflüstern, da sahen sie eine große Gestalt die Treppe herunterkommen. Es war genau ein Uhr, der Riese war also pünktlich.

Mögern winkte Falk Lutzer zu und paddelte weiter, bis er am Fuße der Treppe angekommen war. Doch bevor er seine Maskerade fallen ließ und der Dieb erkennen würde, dass er gar nicht Richard war, sollten die Gespenster Lutzer gemeinsam den Weg zurück zur Burgruine abschneiden.

Mia gab Lorie ein Zeichen, und das kleine Gespenstermädchen sauste hoch in die Ruine, um Hildegard zu alarmieren.

Nur noch wenige Stufen fehlten, dann würde Lutzer bei Mögern ankommen. Doch der Riese blieb plötzlich stehen und sah sich verstohlen um.

Ob er bereits ahnte, dass etwas nicht stimmte?

Mia hielt den Atem an.

»Richard?«, rief Lutzer die Treppe herunter.

Mögern antwortete mit verstellter Stimme: »Ja, hier!«

Er legte an und stieg vorsichtig von dem wackeligen Paddelboard auf die letzte Treppenstufe. *Ritchi hätte das nie geschafft, der wäre bestimmt umgekippt und ins Wasser gefallen*, dachte Mia, während sie das Geschehen unbemerkt vom Wasser aus beobachtete.

»Richard?«, rief Lutzer ihm skeptisch entgegen. Und im nächsten Moment holte er eine Taschenlampe hervor und leuchtete Mögern direkt ins Gesicht.

Mist! Damit war er wohl aufgeflogen!

»Sie sind nicht Richard! Was soll das?«

Mögern reagierte schnell. »Nein, aber … Richard schickt mich. Ich … habe die Juwelen«, log er und nahm demonstrativ den Rucksack vom Rücken.

Jetzt waren die Gespenster dran. Mia gab Lorie ein Zeichen, und sie schwebte zusammen mit Hildegard die Treppe herunter.

Mia staunte, wie groß und füllig Hildegard war. Sie sah aus wie eine Operndiva in einem puderrosa Tüllkleid mit ausladendem Dekolleté und langen, wehenden, blonden Haaren.

»Huuuuiiiooo! Huuuuiiii! Huuuhiiiioooh!«, trällerte Hildegard mit einer krächzend schrillen Stimme. Sie klang wie eine Walküre mit Halsschmerzen. Das Geräusch war ziemlich furchteinflößend.

Lorie tat es ihr gleich, auch wenn ihr Geheule dagegen etwas traurig klang: »Huu-huu-*hicks*-huuu-huuu!«

Lutzer schaute sich schockiert zu den Gespenstern um und traute offenbar seinen Augen kaum. Die Geister-Umhänge der beiden schimmerten silbern im Mondlicht, und ihr halbdurchsichtiges Äußeres verschwamm mit der gruseligen Kulisse von Burg Schauerstein. Dazu kam die eisige Kälte, die von den Gespenstern ausging. All das zusammen reichte, um den Riesen in Schreckstarre zu versetzen.

Lorie und Hildegard umkreisten ihn und flogen sogar durch ihn hindurch.

Mia wusste, wie eisig und entsetzlich niederschmetternd es sich anfühlte, von einem Geist auch nur umarmt zu werden. Wie unangenehm musste es erst sein, wenn er durch einen hindurchschwebte?

Falk Lutzer bibberte und schüttelte sich. Als er realisierte, was geschah, begann er, panisch mit den Armen zu wedeln, um einen erneuten Gespensterangriff abzuwehren.

»Nein. Nicht noch einmal! Haut ab! Los, weg!«

»Huuuuiiii! Huuuiiiioooo! Du hast uns bestohlen! Huuuiiii! Huuuu! Gib uns das Gold zurück! Huuuiiiooo! Huuuiii!«, jammerte Hildegard, während sie Lutzer weiter mit Lorie umkreiste.

Nun mischte sich auch Mögern ein. »Herr Lutzer, wenn ich nicht irre? Es sieht folgendermaßen aus: Ich habe sie angelogen. Ich habe gar keine Juwelen dabei, im Gegenteil. Ich habe den Auftrag, die Goldmünzen aus dem Brunnen bei Ihnen abzuholen.«

»Was? Warum? Ihr habt mich reingelegt?«, schimpfte der Riese und schaute sich aufgebracht um.

»Ja, ich fürchte schon«, antwortete Mögern und kicherte ein wenig.

Doch Lutzer war ein harter Brocken. »Auf keinen Fall, das Gold gehört mir! Ich habe keine Angst vor Gespenstern!«, rief der Riese. Doch Mia konnte an seiner zittrigen Stimme hören, dass dies eine Lüge war.

»Huuuuiii! Huuuuiiiooo! Gib ihm das Gold! Huuuuiii! Hohoohui!«, schrie Hildegard und machte sich zu einem neuen Angriff bereit.

Mia beobachtete, wie Lutzer sich wegduckte, um zu verhindern, dass sie noch einmal durch ihn hindurchschwebten. Er wand sich hin und her, sprang Treppenstufen hoch und runter. Die Gespensterladys hielten ihn ganz schön auf Trab, und im Grunde hatte er keine Chance, ihnen zu entkommen. Das merkte er auch irgendwann und rief erschöpft: »Aufhören! Bitte! Sofort aufhören!«

Doch zwei Gespenster reichten sicher nicht, um ihn zur Kapitulation zu bringen. Also gab Mia Charlie und Paulina ein Zeichen, und im nächsten Moment erschien das vermeidliche Seeungeheuer hinter dem Felsen. Im Mondlicht und mit der Unterwasserbeleuchtung durch Tonys Schwanzflosse sah es wirklich ziemlich furchterregend aus.

Als der Riese nun auch noch das Seeungeheuer auf sich zukommen sah, verschlug es ihm die Sprache. Zitternd vor Angst und mit offenem Mund schaute er auf den See. »Was … was ist das?«, stammelte er schließlich.

Mögern spielte perfekt mit. »Oje, wie fürchterlich, das Seeungeheuer vom Blankensee! O nein! Es will Gold! Schnell, die Goldmünzen, oder es wird angreifen!«

Mia konnte sich ein Kichern kaum verkneifen. Sie fand, der Reporter hatte wirklich ein großes schauspielerisches Talent.

Lorie und Hildegard postierten sich hinter Lutzer, sodass der Riese gefangen war zwischen den Gespenstern und dem Seeungeheuer.

Erschrocken schaute er sich um und bekam nun doch richtige Panik. »HILFE! HILFE!«, rief er verzweifelt.

Da stieg Mia aus dem Wasser und ging neben Mögern in Position.

Jetzt war der Riese endgültig verwirrt. »Du? Verdammte Göre, was soll das?«, rief er verwundert.

Mias Herz klopfte wie wild, und ihre Knie wurden weich, als sie dem Riesen gegenüberstand. Aber sie war wild entschlossen, das Gold zurückzuholen. Also überlegte sie, wie sich ihre rigorose Großmutter wohl in dieser Situation verhalten würde. Die Vorstellung verlieh ihr Mut und Kraft.

Sie holte tief Luft, schaute Falk Lutzer streng in die Augen und sprach mit lauter, entschlossener Stimme: »Sie haben Furchtbares getan! Sie haben uns bestohlen und Richard betrogen. Damit haben Sie den ewigen Zorn und die endlose Wut aller magischen und menschlichen Bewohner des Grand Hotel Wunder, der Burg Schauerstein und des ganzen Blankensees auf sich geladen. Wir haben die Macht und die Unterstützung von Geschöpfen auf unserer Seite, mit denen Sie sich nicht messen können.« Mia zeigte hinaus auf den See, wo das Ungeheuer vor der Insel bedrohlich auf und ab schwamm.

Jetzt wurde der Riese ganz kleinlaut. Er sank auf der Treppe nieder und bettelte um Gnade. »Nein, BITTE, es tut mir leid. Bitte tut mir nichts! Verschont mich!«

Mia sah ihn mit Genugtuung an – das war leichter gewesen als befürchtet. »Sie haben noch eine Chance. Geben Sie uns die Goldmünzen, verschwinden Sie so schnell wie möglich und kommen Sie NIE wieder!«

Lutzer nickte eifrig. »Nie wieder.«

Mia holte noch einmal Luft. »Und wenn Sie jemals ein Wort über das Grand Hotel Wunder, diese Burg oder den Blankensee verlieren, werden wir Sie finden und zum Schweigen bringen. Verstanden? Kein Wort, zu niemandem!«

Lutzer nickte wieder. »Kein Wort.«

Mögern reichte Falk Lutzer den Rucksack. »Hier hinein mit dem Gold, und zwar schnell!«

13

Vorläufiges magisches Endergebnis

Lorie und Hildegard begleiteten Falk Lutzer hinauf in die Ruine, um das Gold zu holen. Wenig später erschien er, eskortiert von den beiden Gespenstern, wieder auf der Treppe und übergab widerstandslos die Wunschmünzen.

Mögern nahm den goldgefüllten Rucksack an sich, für Mia wäre er vermutlich zu schwer gewesen.

»Darf ich … jetzt … gehen?«, stotterte Lutzer vor Kälte zitternd und mit ängstlichem Blick auf Hildegard und Lorie, die immer noch drohend dicht über ihm schwebten.

Mögern nickt. »Jawohl. Ziehen Sie sich aus, schwimmen Sie an Land und hauen Sie ab!«

»Die Unterhose dürfen Sie anlassen«, fügte Mia gnädig hinzu.

Lutzer tat wie befohlen und schaute dabei ängstlich Richtung Seeungeheuer. »Aber wird es mich nicht angreifen, wenn ich ins Wasser steige?«

Mia musste ein Grinsen unterdrücken. Langsam machte die Sache richtig Spaß. »Nicht, wenn Sie sich beeilen! Wir werden das Ungeheuer für Sie in Schach halten. Und die Geisterinnen werden Sie begleiten, um sicherzugehen, dass Sie auch wirklich verschwinden.«

Er versprach, nie wieder in die Nähe des Hotels, des Ortes und des ganzen Blankensees zu kommen.

Und so jagten sie Falk Lutzer, den riesenhaften Schatzsucher, Betrüger und Dieb, barfuß und in einer nassen Unterhose davon.

Als er weg war, kamen Charlie und Paulina mit dem Tretbootungeheuer zur Insel gestrampelt, und zusammen brachen sie in lauten Jubel aus.

»Krasse Aktion, *Chicas*! Du warst super, Mia!«, lobte Charlie ihre Cousine und klopfte ihr auf die Schulter.

»*Sí, increíble*, Mia. Wie hast du das gemacht? Ich hätte mich das nie getraut«, sagte auch Paulina anerkennend.

»Ich hab mich gefragt, was Lady Lou tun würde, und dann war es ganz einfach.«

Alle lachten.

Mission erfüllt? Bei Weitem nicht. Lutzer war ja nur ihr erster harmloserer, weil unmagischer Gegner gewesen. Die nächste Herausforderung war das Treffen mit Undarthor, dem mächtigen, uralten Wassergeist. Und nach seiner Flutwellenracheaktion war zu befürchten, dass er ziemlich unberechenbar und jähzornig war. Sie mussten Undarthor das Wunschbrunnengold bringen, ohne ihn erneut zu erzürnen. Es war also angebracht, sehr vorsichtig und durchdacht vorzugehen.

»Ich tauche mit Tony zusammen runter, und wir bringen den Rucksack direkt in Undarthors Höhle«, erklärte Mia mutig. Es graute ihr zwar davor, noch einmal dorthin zurückzukehren, aber es schien ihr die einzige Möglichkeit zu sein.

»Ist das nicht viel zu gefährlich?«, fragte Paulina besorgt.

Und auch Charlie schüttelte den Kopf. »Das Gold ist viel zu schwer, damit können sie nicht schwimmen, damit geht man sofort unter.«

»Also, ich geh sicher nicht unter«, blubberte Tony beleidigt.

»Wo ist denn *la cueva* von Undarthor?«, fragte Paulina.

»Auf der anderen Seite der Insel, direkt unter dem Felsen, auf dem die Ruine des Burgturms steht«, erklärte Mia.

Da hatte Charlie eine Idee. »Wir bringen den Rucksack mit dem Tretboot dorthin und lassen ihn dann an einem

Seil runter. Dann müsst ihr ihn nur noch unauffällig in die Höhle bringen.«

Mia stimmt zu.

Doch da mischte sich Tony noch mal ein. »Wir müssen den richtigen Moment abwarten. Wir sollten Undarthor auf keinen Fall wecken, sonst wird er wieder wütend. Das war das letzte Mal echt nicht lustig.«

Ein Schauer lief Mia über den Rücken, als sie sich an ihren letzten Ausflug zu Undarthors Höhle und den Strudel erinnerte, in den sie geraten war.

»*Sí,* ihr müsst echt *extremamente* vorsichtig sein«, erklärte Paulina besorgt.

Wenig später hievte Mögern den Rucksack ins Tretboot, das vorher von seiner ungeheuerlichen Verkleidung befreit worden war, und Charlie und Paulina strampelten los.

Tony hielt Mia seine Hand entgegen, damit sie zusammen mit ihm wieder in die Unterwasserwelt abtauchte.

Die kleine goldene Schuppe lag noch immer in seiner Hand und hatte ihre Kraft nicht verloren. Sobald ihre Hände ineinandergriffen, begann sie erneut, zwischen ihnen zu pulsieren, und stellte die magische Unterwasserverbindung her.

Im nächsten Moment konnte Mia wieder frei atmen und die wundervolle Welt des Sees mit allen Sinnen erleben. Es blieb eine unbeschreibliche Erfahrung.

»Du warst wirklich total mutig«, blubberte Tony anerkennend.

Mia lächelte verlegen. »Ich hatte voll die Angst, aber das hat der Riese anscheinend nicht gemerkt.«

»Ich hatte Angst um dich«, gestand Tony und drückte ihre Hand noch ein bisschen fester.

Mia wurde es ganz warm ums Herz, und sie wäre wahrscheinlich auch rot geworden, wenn sie nicht gerade unter Wasser gewesen wären. »Meinst du, Undarthor ist noch wütend?«

Tony zuckte mit den Schultern. »Keine Ahnung, du musst mich auf jeden Fall beschützen, Mia-Mutig.«

Mia lachte und hätte sich fast dabei verschluckt. Ganz so easy war die Unterwasserkommunikation wohl doch nicht, trotz Meerwesen-Verbindung.

»Du darfst den Mund nicht zu weit aufmachen«, mahnte Tony und lachte.

»Hey, hör auf zu lachen. Ich will dich mal beim Fahrradfahren sehen«, konterte sie und steckte ihm zum Spaß die Zunge heraus.

Es dauerte nicht lange, und sie waren auf der anderen Seite der Insel angekommen. Der Eingang von Undarthors Höhle war hinter einem leuchtenden Blütenvorhang versteckt. Es sah so schön aus, dass Mia sich gar nicht vorstellen konnte, dass dahinter ein bösartiger Wassergeist wohnen sollte. Die Blüten dufteten und glitzerten wunderschön. Die knallroten Flusskrebse mit den langen Scheren waren allerdings auch wieder da, und Mia musste gut aufpassen, den Boden nicht zu berühren, um nicht noch einmal von ihnen gezwickt zu werden. Sie musste sich an einem Felsvorsprung festhalten, um von der Strömung nicht direkt auf die Höhle zu gezogen zu werden.

Tony ließ ein paar große Blubberblasen aufsteigen, als Zeichen an Charlie und Paulina, wo sie den Rucksack mit dem Gold herablassen sollten.

Schon konnten sie das Tretboot über ihnen heranpaddeln sehen.

Charlie ließ den Rucksack herunter. Das Seil reichte nicht bis zum Grund des Sees, also fing Tony den Rucksack auf und knotete ihn ab. Das war mit einer Hand nicht so einfach, aber mit der anderen musste er ja Mia festhalten.

Jetzt war es so weit, sie würden das Gold in die Höhle bringen. Ob sie Undarthor selbst dabei treffen würden?

Mia war erschöpft und ängstlich. Von dem Mut, den sie in den letzten Stunden bewiesen hatte, war nicht mehr viel übrig.

Sie lauschte. Dieses Mal war kein Wassergeist-Schnarchen zu hören. Hieß das, dass Undarthor wach war und auf sie wartete? Vielleicht war er ja gar nicht zu Hause?

Wäre es eventuell eine Möglichkeit, das Gold einfach vor die Höhle zu legen und davonzuschwimmen? Aber dann liefen sie ja wieder Gefahr, dass es wieder irgendjemand klaute, bevor es bei Undarthor ankam!

Tony drückte ihre Hand und lächelte aufmunternd. »Also? Schwimmen wir rein?«

Mia zögerte. Sie musste sich erst sammeln. Mit Tony zusammen konnte sie hier unter Wasser atmen und sprechen, das war ein eindeutiger Vorteil. Und sie war nicht alleine, das war auch gut. Sie waren so weit gekommen, nun musste sie sich nur noch zusammenreißen und sich trauen, in die Höhle hineinzugehen – beziehungsweise zu schwimmen.

Doch während Mia noch versuchte, ihren ganzen Mut zusammenzunehmen, tat sich etwas in der Höhle. Die Blumenlichter wechselten plötzlich ihre Farbe von Hellgelb zu Dunkellila. Und – ein Beben erschütterte die Unterwasserwelt: *Bumm! Bumm! Bumm!*

Die roten Flusskrebse huschten verängstigt davon und versteckten sich unter den Felsen. Auch Mia erschrak und klammerte sich instinktiv an Tony. *Bumm! Bumm! Bumm!*

Die plötzliche Nähe zu ihm schockierte sie natürlich noch mehr. Aber es fühlte sich auch ziemlich gut an, dass er beschützend den Arm um sie legte, und er roch wieder so gut nach Pfefferminze.

Bumm! Bumm! Waren das Schritte? *Bumm! Bumm!* Ja, das mussten Schritte sein.

Ängstlich starrte Mia zum Höhleneingang. War das womöglich Undarthor selbst, der auf sie zutrampelte? Sie hielt den Atem an und erwartete, dass im nächsten Moment ein riesenhafter, düsterer Wassergeist erschien, der einem schrecklichen Monster glich und sich auf sie stürzte. Vielleicht konnten sie sich ja auch noch irgendwo verstecken, so wie die Flusskrebse?

Aber dafür war es zu spät. Schon öffnete sich der Rankenvorhang.

Doch zum Vorschein kam kein riesenhaftes Monster, sondern ein kleines Männchen, nicht größer als ein Meter. Das also war Undarthor, der mächtige Wassergeist des Blankensees?

Mia staunte. Er trug einen langen Bart aus lila-weiß gesprenkelten Oktopustentakeln, die bis zum Boden reichten und sich wild hin und her bewegten. Seine Gestalt war aus halbdurchsichtigem, schimmerndem Wasser. Seine Augen glichen funkelnden Saphiren, und sein Haar schien aus grünen Seetangsträhnen zu bestehen. Dazu trug er eine Art Toga aus einem Fischernetz, und er hatte ziemlich große Füße, zumindest für seine geringe Körpergröße. Deshalb trampelte er wahrscheinlich so laut.

Mia wechselte einen erstaunten Blick mit Tony. Den hatte sie sich völlig anders vorgestellt. Aber vielleicht war es ja auch gar nicht der mächtige Undarthor, sondern sein Diener oder sein Mitbewohner? Sollte sie ihn fragen?

Doch er kam ihr zuvor. »Mia Agathe Wunder, Tochter von Marlen und Enkelin von Luise Wunder? Und Triton, Bewohner des Meeres, Sohn des Poseidon?«, fragte das Männchen mit einer unglaublich tiefen, brummenden Stimme.

Mit seinem Auftauchen war die Strömung vor der Höhle abgeflaut.

Mia löste sich aus Tonys Umarmung und nickte. »Jawohl, und Sie sind …?«

»Undarthor, der Herrscher des Blankensees und aller angrenzenden Gewässer.«

»Ah ja, das habe ich mir schon gedacht.«

Mia konnte es nicht fassen. Der gefährliche, wütende Wassergeist, vor dem sich alle so gefürchtet hatten, war ein kleines, rundes Männchen mit einem freundlichen Lächeln und einem Krakenbart! Ob er sich wohl auch unsichtbar machen konnte wie die Land-Geister?

Er kam auf die beiden zu, und bei jedem Schritt bebte die Unterwasserwelt. *Bumm! Bumm! Bumm!* Er musste unglaublich schwer sein, wenn er unter Wasser so laufen konnte wie sie an Land, überlegte Mia. Vielleicht trampelte er auch deshalb so? Oder galten für Wassergeister andere physikalische Gesetze?

»Wir bringen das Gold, also die Münzen aus dem Wunschbrunnen. Es tut uns sehr leid, dass es zu spät kommt, es gab Komplikationen«, erklärte Mia. Und Tony hielt Undarthor den Rucksack entgegen. Sofort schlangen sich mehrere seiner Barttentakel darum.

Der Wassergeist öffnete den Rucksack, sodass er das Gold sehen konnte. Seine saphirblauen Augen erstrahlten bei dem Anblick. »Gut, kommt mit in meine Felsengrotte.«

Er ging vor. *Bumm! Bumm! Bumm!*

Echt jetzt? Mia schaute fragend zu Tony. Der Wassergeist war zwar viel kleiner als erwartet und schien ziemlich entspannt, aber sollten sie wirklich mit ihm in seine Grotte schwimmen? Hatten sie nicht schon alles erledigt? Und hatte ihre Mutter sie nicht immer davor gewarnt, mit fremden Wassergeistern in ihre Grotte zu schwimmen?

Tony zuckte mit den Schultern.

Undarthor drehte sich zu ihnen und machte eine einladende Geste. »Folgt mir. Wir müssen den Unterseepakt erneuern.«

Okay, jetzt war klar, dass sie die Einladung unmöglich ausschlagen konnten. Also schwamm Mia mit Tony an der Hand hinterher.

Als sie den Eingang zur Felsgrotte passierten, leuchteten die Blumen wieder hellgelb auf, und schon erschien alles in einem viel freundlicheren Licht.

In der Unterwasserhöhle, inmitten des strahlenden Gelbs der Blüten, offenbarte sich den neugierigen Blicken von Mia und Tony eine Umgebung, die sie in absolutes Staunen versetzte.

Vor ihnen erhob sich ein majestätischer Thron aus bunten Muscheln und Korallen. Er war mit funkelnden Steinen besetzt, die im Licht der Blüten wie Diamanten erstrahlten. Mithilfe seiner langen, geschmeidigen Tentakel kletterte Undarthor daran empor.

Hinter seinem majestätischen Thron befand sich eine leuchtend blaue Wand. Beim genauen Hinsehen erkannte Mia, dass es sich um Tausende der Flaschenpostflaschen handelte, die in unzähligen Reihen übereinander auf einem riesigen Felsenregal standen. Ob auch die Flasche dabei war, in der sie ihre Nachricht an den Wassergeist geschickt hatten?

Neben dem Thron stand eine uralte, algenbewachsene Truhe. Sie war reich verziert mit orientalischen Ornamenten und goldenen Beschlägen. Mia erkannte, dass in den Verzierungen einmal Edelsteine eingefasst gewesen sein mussten, die wohl entfernt worden waren. Sie hatte keinen Zweifel, dass es sich um die legendäre magische Schatztruhe handelte, die Ritter Hubertus von Schauerstein einst in Levante geraubt und hierhergebracht hatte.

»Setzt euch, bitte«, brummte der Wassergeist freundlich.

Mia schaute sich um. Dem Thron gegenüber befanden sich einige merkwürdige Sitzelemente, die wie lebende Wesen aussahen. Sie bestanden aus hohen, schlanken Seegrasstängeln, die sich bogen, um bequeme Sitzflächen zu bilden. Daneben erhoben sich Algenkissen, die sich sanft an die Körper der Sitzenden schmiegten. In einem tieferen Bereich der Höhle entdeckte Mia geheimnisvolle, lebende Kissen in Form von Quallen, die in einem sanften Rhythmus auf und ab schwebten und es den Besuchern ermöglichten, sich in ihrer weichen, schimmernden Umarmung niederzulassen.

Das musste sie ausprobieren! Sie gab Tony ein Zeichen, und sie schwammen zu den Quallenkissen und setzten sich, so gut dies unter Wasser ging. Die Dinger waren unglaublich bequem! Man wurde sanft hin und her geschaukelt, und wäre Mia nicht so aufgeregt gewesen, hier hätte sie gut einschlafen können.

Sie sah sich fasziniert um und atmete den betörenden Duft der Blüten ein, die sanft im Wasser schaukelten und dabei ein faszinierendes Spiel aus Licht und Schatten erzeugten. Es war ein Ort, an dem die Grenzen zwischen Realität und Fantasie verschwammen. Hier, inmitten dieses verzauberten Ortes, schien die Zeit stillzustehen.

Mia hatte das Gefühl, in eine Welt eingetaucht zu sein, die weit über ihre Vorstellungskraft hinausging.

Während Mia und Tony staunten, hatte Undarthor begonnen, die Goldmünzen aus dem Rucksack zu holen. Die Tentakel an seinem Bart waren lang genug, dass er auf seinem Thron sitzen konnte, während er mit acht Oktopusarmen die Schatztruhe öffnete und die Münzen eine nach der anderen hineinlegte.

»58. Es war ein sehr gutes Jahr für Wünsche«, blubberte er mit Genugtuung.

»Äh, Entschuldigung, darf ich etwas fragen? Müsste diese Schatztruhe nicht schon überlaufen, wenn Sie jedes Jahr Gold aus dem Brunnen bekommen?«

Undarthor schaute sie verwundert an. »Mia Wunder, verstehst du denn gar nichts von der Magie des Wunschgoldes?«

Mia zuckte mit den Schultern. »Na ja, also gar nichts würde ich jetzt nicht sagen.«

»Es schrumpft, jedes Jahr ein bisschen. Schau hinein!«, forderte Undarthor und deutete auf die Schatztruhe.

Mia und Tony schwammen hinüber und beugten sich über den offenen Schrein. Und wirklich, es waren Münzen in unzähligen verschiedenen Größen darin zu finden. Die Goldmünzen, die sie mitgebracht hatten, waren die größten, alle anderen waren kleiner, noch kleiner, ganz klein, winzig klein und so weiter, bis hin zu klitzekleinen Goldkrümeln.

»Sie werden immer mickriger, bis sie zu Goldstaub zerfallen. Wie alles Leben. Und auch ich schrumpfte, wenn ich kein neues Gold erhalte.«

Oje, war er deshalb so klein? War er mal viel größer gewesen und nun geschrumpft, weil er das Gold nicht bekommen hatte? Vielleicht war er deshalb auch so schwer, weil sich seine Größe irgendwie komprimiert hatte. Mia nickte, als hätte sie es verstanden, obwohl ihr das alles ziemlich unglaublich vorkam.

»Dein Urgroßvater hat einen Pakt mit mir geschlossen. Doch in diesem Jahr wurde er gebrochen«, brummte Undarthor und klang dabei nicht mehr ganz so freundlich.

»Ja, äh, sorry, es war, wie gesagt, nicht unsere Schuld. Aber ich glaube, ich kann für meine Großmutter sprechen, wenn ich sage, wir stehen zu diesem Pakt und werden alles tun, um ihn auch in Zukunft zu erfüllen.«

Undarthor nickte. »Das ist gut. Ich zeige nur ungern meine Macht. Tsunamis sind ausgesprochen anstrengend. Und auch Stürme und Gewitter rufe ich ungern hervor.«

War das eine Drohung? Mia machte große Augen. »Nee, ja, verstehe ich. Wir wollen nicht noch so eine Flutwelle, und auch keinen Sturm oder so. Wir werden den Pakt einhalten, versprochen. Ich werde die Münzen im nächsten Jahr selbst zusammen mit meinen Freundinnen zum Steg bringen.«

Damit war der alte Wassergeist einverstanden. »So soll es sein«, brummte er und hielt ihr seine kleine Hand entgegen.

Als Mia sie ergriff und schüttelte, schlangen sich alle seine acht Oktopusbartarme darum, um die Einigung zu bekräftigen.

So hatte Mia das Wunschgold übergeben und den Pakt mit Undarthor erneuert. Die Ordnung war wiederhergestellt. Sie hatten die Mission erfüllt und machten sich müde, aber glücklich auf den Rückweg zum Hotel.

Charlie und Paulina fuhren mit dem ungeheuerlichen Tretboot, Mögern erst per Paddelboard und dann per Rad, und Mia und Tony tauchten Hand in Hand durch den See.

Es dämmerte schon, als sie beim Hotelsteg ankamen. Erleichtert sahen sie schließlich alle zusammen die Sonne aufgehen. Keiner von ihnen sagte etwas, denn in diesem Moment brauchte es keine Worte, um die Magie des Augenblicks zu spüren.

Als Mia erwachte, war es schon fast Mittag. Sie fand ihre Eltern knutschend auf dem Küchensofa. Die beiden hatten sich wieder versöhnt. Wie schön! Aber müssten sie sich deshalb mitten im Wohnzimmer abschmatzen? Mia räusperte sich laut, um sich bemerkbar zu machen.

»Ah, hi, Mia-Maus, ausgeschlafen? Alles gut bei dir?«, fragte ihr Vater verlegen, und ihre Mutter kicherte.

»Ja, klaro. Und bei euch?«, frage Mia, obwohl es offensichtlich war.

»Alles wieder gut«, sagte ihr Vater und grinste.

Da steckte ihre Mutter Marlen den Arm nach ihr aus. »Komm mal zu uns.«

Mia runzelte die Stirn. Doch dann ließ sie sich von ihrer Mutter aufs Sofa ziehen und genoss es, von beiden Eltern gleichzeitig umarmt zu werden.

»Bleibst du jetzt bei uns?«, fragte sie ihren Vater vorsichtig.

Er schüttelte traurig den Kopf. »Nein, ich muss zurück zur Queen Esmeralda. Aber ihr kommt mich in zwei Wochen besuchen, und ich komme auch bald wieder zurück in dieses verrückte Hotel. Wir werden einen Weg finden, das verspreche ich dir.«

Okay, damit konnte Mia leben. Hauptsache, alle waren glücklich und hatten sich lieb. Aber hieß das jetzt, dass sich die Brunnenwünsche wieder erfüllt hatten?

Die Antwort auf diese Frage würde wohl auf ewig ein Geheimnis bleiben. Lady Lou erklärte ihnen später, man könne nicht mit Sicherheit sagen, ob es ihre Wünsche seien, die wieder in Erfüllung gegangen waren, oder ob das Schicksal auch von alleine diese Richtung eingeschlagen hätte. Wünsche seien eine sehr zerbrechliche Sache. Vielleicht hätte auch einfach die Liebe ihrer Eltern gesiegt. Mia fand, das war ein sehr schöner Gedanke.

Charlies Eltern beschlossen, sich auch ganz ohne wissenschaftlichen Durchbruch eine Auszeit zu gönnen und mit der ganzen Familie in Camping-Urlaub zu fahren.

Und Paulina hatte sich ja bereits entschieden, auch ohne Leon glücklich zu sein.

Als Mia später am Tag aus dem Hotel kam, bemerkte sie, dass der Seejungfrauenbrunnen verhüllt wurde. Lady Lou gab einigen Arbeitern Anweisungen, die einen hohen Holzzaun um den Brunnen errichteten.

Paulina schaute von der Treppe aus zu. Als sie ihre Freundin entdeckte, erklärte sie Mia, was gerade passierte. »Das sind die Steinmetze. Sie sollen die Edelsteine aus *la fuente*, dem Brunnen, nehmen und durch bunte Glassteine ersetzen, damit die Juwelen nicht geklaut werden.«

Mia nickte, doch dann kam ihr ein Gedanke. »Aber dann wird der Wunschbrunnen ja gar nicht mehr funktionieren! Und dadurch wird es keine Goldmünzen für Undarthor mehr geben!«

Charlie, die sich zu den beiden gesellt hatte, widersprach. »Nee, nee, so wie ich es verstanden habe, sollen die Juwelen sicher im Inneren der Seejungfrau verborgen werden. In einem Geheimversteck, hat Lady Lou gesagt.«

»Aber brauchen wir nicht die Sonne, um die Juwelen zum Strahlen zu bringen, damit die Wunschmagie funktioniert?«, gab Mia zu bedenken.

»*Sí, claro,* das ist ein Problem«, bestätigte Paulina.

Doch Charlie hatte auch dafür einen Ausweg parat. »Wenn man die große Wasserfontäne im richtigen Moment ausschaltet, scheint das Sonnenlicht durch die Öffnung direkt ins Innere der Nixe und lässt die Edelsteine dort erstrahlen, ohne dass es jemand bemerkt.«

»Ah, super Trick. Da bin ich ja erleichtert«, meine Mia. »Ich hab da nämlich noch so einige unerfüllte Wünsche.«

Die *Chicas* lachten sich gerade kaputt, da entdeckte die Hoteldirektorin die drei und rief sie zu einer Unterredung in ihr Büro. Im Gegensatz zu den Mädchen schien sie erstaunlich ausgeschlafen und voller Tatendrang zu sein.

»Und, wie war es? Ich hätte gerne einen umfangreichen Bericht eurer Heldentaten. Wie habt ihr es geschafft, das Grand Hotel Wunder wieder einmal zu retten?«

Die Freundinnen grinsten stolz und begannen, die ganze Geschichte zu erzählen. Angefangen mit dem falschen Ritchi Mögern über Hildegard, die Burggespenstin, und das furchtbare Blankenseeungeheuer sowie den verjagten Dieb bis hin zur Erneuerung des Untersee-Paktes mit Undarthor persönlich.

»Grandios!«, jubelte Lady Lou. »Aber nichts anderes habe ich erwartet, Kinder. Nun bleibt nur noch das Problem mit Richard. Was soll ich nur mit ihm anstellen? Durch seinen unverzeihlichen Verrat hat er mehr als bewiesen, dass er nicht mehr in der Lage ist, seinen Job zu bewältigen. Aber woher soll ich einen Nachfolger für ihn nehmen, der bereit wäre, die ganzen Geheimnisse zu hüten – und die Herrschaften zu disziplinieren? Und Tag und Nacht über die wundersame Welt dieses Hotels zu wachen?«

Ein neuer Concierge musste her! Zusammen überlegten sie, wie sie einen Ersatz für Richard finden sollte.

»Vielleicht müssen wir ein Casting machen? Das wäre sicher lustig«, schlug Paulina vor.

»Niemals, wir müssen absolut sicher sein, dass derjenige – oder diejenige – die richtige Person ist, bevor wir ihr irgendwelche Mysterien anvertrauen«, erklärte Lady Lou entschieden.

»Okay, dann gibt es keine andere Möglichkeit: Ich übernehme den Job! Ich hab eh keinen Bock mehr auf Schule«, erklärte Charlie und grinste.

Ihre Freundinnen lachten, aber Lady Lou tippte sich an die Stirn. »Bei dir piept es wohl, Charlotte.«

Mia hatte noch eine viel bessere Idee. »Wie wäre es mit Mögern, dem Reporter? Er kennt sich aus mit allem Übersinnlichen und ist ziemlich unerschrocken. Außerdem war er eine große Hilfe.«

»Aber *sí*, *Señor* Mögern passt *fantastico* zum Hotel Wunder«, jubelte Paulina.

Lady Lou räusperte sich. »Welch eine abstruse Idee! Aber … sie gefällt mir! Jedoch nur, wenn dieser Mögern verspräche, fortan jedes Geheimnis des Grand Hotels mit seinem Leben zu verteidigen und seine journalistische Karriere umgehend an den Nagel zu hängen. Lasst uns ihm auf den Zahn fühlen, Mädels!«

Mögern wurde herbeigerufen, und wie erwartet zögerte er keinen Moment, den neuen Job anzunehmen. Er werde ALLES dafür tun, im Grand Hotel Wunder arbeiten zu dürfen und noch tiefer in die Magie dieses Ortes eintauchen zu können, sagte er. Im Grunde hatte sowieso niemand seine Geisterberichte in der Lokalzeitung ernst genommen. Ständig sei er als »Geisterjäger« und »Verschwörungstheoretiker« verspottet worden, nur weil er an übernatürliche Dinge glaube. Es würde ihm überhaupt nicht schwerfallen, seinen Job beim Blankenseer Tageblatt aufzugeben.

Also stimmte Lady Lou zu. Und Mögern war überglücklich und wartete begierig darauf, mehr über die Geheimnisse des Wunders zu erfahren.

Ritchi hingegen wurde mit sofortiger Wirkung in Rente geschickt. Er bekam ein kleines Zimmer im Gartenhaus und sollte künftig nur noch dafür zuständig sein, Stammgästen Pralinen zu reichen. Damit waren alle einverstanden.

Geheimakte Wunder 10. Eintrag

Neuer (magischer) Geheimnisträger:

Der z. Z. (zudringliche Zeitungsfritze) Klaus-Maria Mögern hat sich als sehr brauchbarer, zuverlässiger und unerschrockener Geheimnisträger herausgestellt. Als neuer Empfangschef wird er die Geheimnisse des Grand Hotels beschützen und verteidigen. Außerdem wird es seine Aufgabe sein, den Generalbund zu verwahren und die Herrschaften, wenn nötig, zu disziplinieren. Nach und nach wird er in alle Geheimnisse und Mysterien eingeführt, die er zu diesem Zweck kennen sollte.

Abgeschlossene Missionen:

- Mission »Schwups«
- Operation Geisterinsel
- Erneuerung des Unterseepaktes mit Undarthor

Abschließende Erkenntnis:

1. Wünsche sind ein kostbarer Schatz und viel mehr wert als Geld und Gold. Pass auf, dass sie nicht in falsche Hände geraten!
2. Wassergeister lieben Gold, und Landgeister sind wasserscheu.

3. Wenn man die Begabung des Dritten Auges besitzt (wie Mia), kann man eine magische Verbindung zu Meerwesen herstellen und so unter Wasser atmen, sprechen und riechen. Dafür muss der Meermensch sich eine goldene Schuppe aus der Flosse reißen und in seine Hand legen. Sobald sich die Hände berühren, ist die Verbindung zu dem Wasserwesen hergestellt. Es ist absolut unglaublich und wunderschön! Vorsicht: Mund nicht zu weit aufmachen!
4. Die Größe sagt nichts über Macht und Gefährlichkeit eines Geistes aus.

Vorläufiges magisches Ermittlungsergebnis:
Die Geschehnisse im Grand Hotel Wunder lassen keine andere Schlussfolgerung zu: Magie ist möglich (aber nicht weitersagen)!

FAZIT:
Wesentliche Fragen bleiben offen, unzählige Geheimnisse verborgen, viele Zusammenhänge ungeklärt.

Und dann wurde es doch noch mal traurig, denn Mia musste sich von Tony verabschieden. Der Meerjunge musste zurück ins Meer. Auf Dauer war Süßwasser leider nicht gesund für ihn.

Mia und er verbrachten noch einen letzten, wundervollen gemeinsamen Tauchgang. Hand in Hand schwammen sie durch den wundervollen Blankensee.

Tony grinste sie an und sah dabei unverschämt gut aus. Mia grinste zurück, und ihr Flummiherz schlug Purzelbäume. Und als sie sich schließlich unterhalb des Stegs verabschiedeten, wollte sie seine Hand gar nicht wieder loslassen.

»Ich werde dich definitiv vermissen«, blubberte er.

Sie zog ihn zu sich, bis sie seine goldenen Spaghetti-Haare berühren konnte. Dann flüsterte sie: »Darf ich … dich vielleicht zum Abschied küss…?« Sie schaffte es nicht, den Satz zu beenden, denn da hatte sich Tony schon über sie gebeugt und seine Lippen sanft auf ihre gepresst.

WAHNSINN! Sie küsste einen Meerjungen! Sie küsste Tony!!!

Seine Lippen fühlten sich ganz weich und warm an. Ihr ganzer Körper kribbelte, und ihr Herz hüpfte so heftig, dass sie Angst hatte, ohnmächtig zu werden. Es dauerte nur einen kurzen Moment, aber der kam ihr vor wie eine Ewigkeit.

Als ihr erster, einzigartiger, umwerfender Kuss vorbei

war, lachten beide verlegen. Mia war total verwirrt und hatte ein Gefühl, als sei ihr Kopf mit rosa Zuckerwatte gefüllt. Ob es sich für Tony genauso unglaublich angefühlt hatte wie für sie? Das Gold seiner Haare und seiner Schuppen schien noch intensiver zu leuchten als sonst. Ob das etwas zu bedeuten hatte? Oder war es nur der Salzwasserentzug?

»Sehen wir uns wieder? Irgendwann? Im Meer?«, fragte sie schließlich.

»Ich finde dich, wo auch immer du bist«, antwortete er und drückte ihre Hand ganz fest.

Das klang wunderschön, aber würde es auch wahr werden? Mia wusste, wie unglaublich weit die Welt der Meere und Ozeane war.

Ihr Herz zersprang, als sie seine Hand zum letzten Mal loslassen und aus dem Wasser steigen musste.

Tony tauchte ab, und sie sah sein goldenes Leuchten langsam in den Weiten des Sees verschwinden. Es blieb ihr nur eine kleine Schuppe von ihm, die noch immer in ihrer Hand lag und golden leuchtete.

Tränen liefen ihr über die Wangen. Wie konnte etwas gleichzeitig so schön und so traurig sein?

14

Bienenstichgeheimnis

Mia rannte nach oben in ihr Zimmer, schmiss sich aufs Bett und weinte herzzerreißend. Weder ihre Mutter noch ihr Vater konnten sie trösten. Und auch Paulina und Charlie scheiterten bei dem Versuch, sie aufzuheitern.

Lorie war die Einzige, die bei ihr sein durfte. Denn das kleine, graue Gespenstermädchen würde sie als Spezialistin für Trübsinn und Trauer sicher nicht davon überzeugen wollen, dass alles nicht so schlimm sei. Denn es war schlimm. Sehr schlimm. Der Gedanke, Tony vielleicht nie wiederzusehen, war kaum zu ertragen.

Nachdem Mia den ganzen Nachmittag mit Liebeskummer auf dem Bett gelegen und sich gegen jeden von Lories kläglichen Aufheiterungsversuchen gewehrt hatte, hatte das Gespenstermädchen eine Idee. »Wir besuch-*hicks*-en die Orakelfrösche. Die wissen, ob du diesen Meerbengel wied-*hicks*-ersiehst oder nicht«, sagte sie und schwebte auf den Dachbalken über Mias Bett.

»Aber was, wenn sie sagen, dass ich ihn nie, nie wiedersehe? Dann bin ich für immer und ewig traurig – so wie du«, antwortete Mia trotzig.

»Du bis-*hicks* so gemein!«, antwortete Lorie niedergeschlagen und begann, herzzerreißend zu weinen. Ihre dicken, eisigen Gespenstertränen tropften auf Mia hinunter und ließen sie bibbern.

»Sorry, Lorie, das war nicht so gemeint. Ich wollte das nicht ... vergleichen«, sagte Mia. Doch als sie realisierte, womit sie Lories erneuten Weinkrampf ausgelöst hatte, lief ihr ein Schauer über den Rücken. War es womöglich doch vergleichbar? Hatte Lorie auch ihre große Liebe verloren? War das der Grund, warum sie immer so schrecklich deprimiert war? Mia hatte schon öfter versucht, herauszufinden, was auf Lories Seele lastete, warum sie kein Glück und keine Freude empfinden konnte und so schrecklich traurig war. Aber es war ihr bisher nie gelungen, hinter die düstere Fassade des Gespenstermädchens zu blicken. Stets war Lorie dem Thema ausgewichen, und Mia hatte sie nicht bedrängen wollen. Aber nun konnte sie nicht anders, als weiter nachzuforschen.

»Lorie«, flüsterte Mia. »Kann es sein, dass du auch mal so schlimm verliebt warst?«

Das Gespenstermädchen schniefte und dreht sich verlegen zur Wand. Anscheinend traute sie sich nicht, darüber zu sprechen.

»Bist du deshalb immer traurig?«

Keine Reaktion, nur ein gespenstisches Wimmern. Aber Mia ließ nicht locker. »Bitte, erzähl es mir! Ich sage es auch nicht weiter.«

»Ha, ha, das glaube i-*hicks* nicht. Du würdest Charlie und Paulina alles sagen. Imm-*hicks*-er. Ihr habt es geschworen, das weiß ich.«

Da hatte sie natürlich recht. »Stimmt, aber das kann ja eine magische Ausnahme sein. Ich könnte ja so was wie ein Schweigegelübde in dieser Sache ablegen. Bitte, Lorie vertrau mir. Ich hab dir auch von Tony erzählt, als Pauli und Charlie noch gar nichts von ihm wussten.«

Lorie heulte weiter. Mias Bettdecke war schon ganz nass vor eisigen Gespenstertränen. Also beschloss sie, erst mal abzuwarten, bis sich das kleine Gespenstermädchen etwas beruhigt hatte.

»Willst du es wirkli-*hicks* wissen?«, flüsterte Lorie schließlich mit gebrochener Stimme.

»Unbedingt«, antwortete Mia und lächelte sie aufmunternd an.

Lorie putzte sich die Nase und schwebte zu Mia hinunter.

»Also, nach dem Tod mein-*hicks*-er Eltern, als ich fünf war, bin ich bei meinem Gro-*hicks*-vater Gustav aufgewachsen.«

Mia seufzte, das fing ja schon ganz schön deprimierend an. Doch Lorie erzählte tapfer weiter.

Sie war ein total schüchternes und ängstliches Kind gewesen. Und ihr Opa war damals schon ziemlich alt und hatte nicht gewusst, was er mit ihr anfangen sollte. Also kaufte er ihr Bücher mit Abenteuergeschichten, weil er hoffte, dass sie dadurch mutig und furchtlos werden würde.

»Das war aber cool von deinem Opa«, sagte Mia. Sie traute sich nicht, nach Lories Eltern zu fragen, weil sie ahnte, dass die Geschichte dann noch trauriger werden würde. Also hörte sie einfach weiter zu.

Lorie erzählte, dass sie durch die Bücher leider gar nicht mutiger geworden war, sondern stattdessen nur noch in der Welt der Geschichten gelebt hatte. Doch dann, vor etwa 29 Jahren, machte sie zusammen mit ihrem Großvater und einem ganzen Koffer voller Bücher Urlaub im Grand Hotel Wunder.

»Wie alt warst du da?«, wollte Mia wissen.

»Sech-*hicks*-zehn« antwortete Lorie.

Das Schreckliche an der Sache war, dass sie kurz vor den Sommerferien eine feste Zahnspange bekommen hatte und sich sehr, sehr unwohl damit fühlte. Deswegen hatte sie sich gar nicht mehr getraut, zu lachen oder auch nur zu lächeln. Sie erzählte in einem dramatischen Jammerton, der die Geschichte zusammen mit den ständigen Hicksern fast unerträglich machte, dass sie zwar immer schon eine Einzelgängerin gewesen sei, durch diese schreckliche Zahnspange aber alles nur noch schlimmer geworden sei.

Mia versuchte, sie zu trösten. »Aber so eine Zahnspange ist doch gar nicht schlimm, hat doch fast jeder. Paulina auch. Ich wollte auch immer eine haben, weil ich dachte, dann gehört man irgendwie dazu.«

Aber Lorie widersprach. »Also frü-*hicks*-er hatte das noch nicht jeder, und meine Zahnspange war voll auffälli-*hicks* und ekelig, mit voll vielen Drähten und Klammern.«

Ganz, ganz schlimm und ganz, ganz hässlich sei diese Zahnspange gewesen, erzählte Lorie weiter. Also verkroch sie sich die ganzen Sommerferien hinter ihren Büchern, bis sie alle ihre Bücher aus ihrem großen Koffer ausgelesen hatte. Dann machte sie sich auf den Weg in die Blankenseer Stadtbibliothek, um Nachschub zu beschaffen. Und dort nahm das ganze Drama ihres kläglichen Daseins seinen Anfang. Denn als sie in der Bibliothek einen riesigen Stapel Bücher ausleihen wollte, begegnete sie einem Jungen, der einen ähnlich großen Stapel Bücher trug und sie anlächelte.

»Und das war soooo schreckl-*hicks*«, heulte Lorie.

»Wieso? Hat er dir etwas getan?«, fragte Mia besorgt.

Lorie schüttelte den Kopf. »Nein, im Gegenteil, er ist superfreundlich gewesen und hat mir sogar die Tür aufgehalten, damit ich meine Bücher heraustragen konnte. Aber am nächsten Tag, als ich mit einem der neuen Bücher am Hotelstrand lag, kam er und legte sich, ebenfalls mit einem Buch in der Hand, neben mich.«

»Und dann war er total blöd?«, forschte Mia weiter.

»Nein, er war total-*hicks* toll«, widersprach Lorie. Sie erzählte, dass sie den ganzen Nachmittag nebeneinandergelegen und gelesen hätten, und das sei total wundervoll gewesen.

Jetzt war Mia verwirrt. »Also, war es jetzt schrecklich oder toll?«

»Beid-*hicks*«, erklärte Lorie. »Weil, der hat immer zu mir hinüb-*hicks*-er geschaut und mich ganz süß-*hicks* angelächelt.«

»Klingt doch voll romantisch. Wie hieß er denn?«

»Konrad«, quetschte Lorie heraus, wischte sich die Tränen von der Wange und erzählte weiter. Erst hatte sie sich gar nicht getraut, ihn anzusehen. Aber dann schaute sie doch heimlich über ihr Buch hinweg zu ihm und merkte, dass er auch noch voll hübsch war. Seine Augen waren blau-grau und seine Haare dunkel gelockt, und er hatte ganz süße Grübchen. Doch dann ertappte er sie dabei, wie sie ihn ansah. »Und da habe ich ganz-*hicks* schnell wieder in mein Buch geschaut.«

»Klingt doch voll süß«, sagte Mia und hoffte sehr, dass die Geschichte ein Happy End haben würde, auch wenn sie ahnte, dass das recht unwahrscheinlich war.

»Warte ab«, forderte Lorie und erzählte leise weiter, wie Konrad sie am nächsten Tag ansprach und sie sich unterhielten. Er erzählte ihr von der Geschichte in seinem Buch und sie ihm von der Geschichte in ihrem Buch. In seinem ging es um das wilde Kurdistan und in ihrem um eine kriegerische schottische Königin.

Kam es Mia nur so vor, oder lächelte Lorie, als sie dies erzählte? Doch die schöne Erinnerung hielt leider nur einen kurzen Moment, dann fing das Gespenstermädchen wieder an zu weinen. Es sei so schön gewesen, aber sie habe sich die ganze Zeit nicht getraut, ihn anzulächeln, weil sie dachte, wenn er sähe, wie hässlich sie mit der Zahnspange war, würde er nichts mehr mit ihr zu tun haben wollen. Dabei verstanden sie sich in den nächsten Tagen immer besser. Sie verbrachten jeden Nachmittag zusammen lesend und quatschend am Ufer des Blankensees. Er habe immer so verschmitzt gelächelt und sei so witzig gewesen. Aber sie sei einfach zu feige gewesen, zurückzulächeln oder über seine Scherze zu lachen. Doch insgeheim habe sie sich in Konrad verliebt.

»Und weißt du, wie schw-*hicks*-er es ist, nicht lächeln zu dürfen, obwohl man unsterbli-*hicks* verliebt ist?«

Mia konnte es nur erahnen. »Was ist dann passiert?«

»Eines Tag-*hicks* kam die große Katastrophe«, antwortete Lorie, und dicke Tränen kullerten ihr die Wangen hinunter.

An dem schicksalhaften Nachmittag hatte sie Konrad wie immer auf der Wiese vor dem Hotel getroffen. Er hatte ihr ein Schokoladeneis mitgebracht und sie umwerfend süß angelächelt. Es war so lieb von ihm gewesen, aber trotzdem hatte sie sich immer noch nicht getraut, zurückzulächeln. Also fragte er, warum sie immer so böse schaue und ob sie ihn denn gar nicht möge.

»Doch, doch, habe ich gesag-*hicks*, aber das hat-*hicks* er mir nicht geglaubt. Lächele doch mal für mich, ha-*hicks* er immer wieder gesagt.«

Also habe sie versucht zu lächeln, ohne die Zähne beziehungsweise ohne die Zahnspange zu zeigen. Und dabei habe sie sich so heftig am Schokoladeneis verschluckte, dass sie diesen blöden Schluckauf bekam.

»Es war total schrecklic-*hicks*«.

Von da an hickste sie die ganze Zeit. Es hörte gar nicht wieder auf. Und Konrad fand es total komisch. Er begann zu lachen, und jedes Mal, wenn sie hickste, lachte er noch mehr und noch lauter. Und sein Lachen war so ansteckend, dass auch Lorie irgendwann lachen musste. Sie konnte nicht anders. Sie lachte und hickste und lachte und hickste und lachte noch mehr. Zusammen hatten sie einen richtigen Lachanfall. Natürlich sah er dabei auch irgendwann ihre Zahnspange, aber das war ihr in diesem Moment völlig egal. Es war eine totale Befreiung für Lorie, endlich wieder zu lachen. Doch tragischerweise flog ihr bei diesem ausgelassenen Lachen und Hicksen eine magische Biene in den Mund. Sie war wohl von dem Schokoladeneis aus dem magischen Ewigkeitsbienenstock des Hotels gelockt worden. Zunächst bemerkte Lorie die Biene gar nicht, bis sie sie beim Lachen verschluckte und dabei gestochen wurde.

Mia hatte keine Ahnung, um was für eine magische Spezies es sich bei dieser »Ewigkeitsbiene« handelte. Aber gut klang die Geschichte nicht. Selbst wenn es eine »normale« Biene gewesen wäre.

»Oh, nein, und dann?«

»Und dann wurde all-*hicks* schwarz um mich herum, und als ich wieder aufgewacht bin, war i-*hicks* hier auf dem Dachboden … Die Zahnspange war plötzlich weg, aber ich war … ein Geist, Gespens-*hicks*, Phantom – und das werde ich ewig bleiben. Ein dummes, klein-*hicks* Schluckauf-Gespenst!«

Mia schaute sie mit großen Augen an. Das war ja absolut unglaublich! »Aber … Aber wie kann das sein? Warum bist du zum Geist geworden? Wegen dieses magischen Bienenstichs?«

»Ich weiß es nicht. Prinzessin Anastasia hat gesag-*hicks*-t, es ist wahrscheinlich zu einer metaphy-*hicks*-ischen Konfusion gekommen, weil zu viel Magie gleichzeit-*hicks* im Spiel war – mit zu vielen gleich-*hicks*-zeitigen Zufällen kann das Universum n-*hicks* umgehen, also landet man in der Zwischenwelt der Geister.«

»Krass.« Mia war ziemlich erschüttert von Lories Geschichte. »Und wie ging es mit Konrad weiter?«

»Der war zieml-*hicks* deprimiert, als ich plötzlich weg war. Ich hätte mich ihm als Geist zeig-*hicks*-en können, aber ich hab mich so geschämt und war sooo schreckl-*hicks* traurig.«

»Weil du Konrad nicht vergessen konntest?«, fragte Mia vorsichtig.

»Wie soll ich den denn jemals vergess-*hicks*-en? Er war sooo sü-*hicks*! Aber verliebt bin ich schon lange n-*hicks* mehr. Der ist ja jetzt auch schon voll alt und erwach-*hicks*-en und langweilig geworden.«

Mia runzelte verzweifelt die Stirn. »Und warum bist du dann immer noch traurig? Ich meine, als Geist könntest du doch sicher auch glücklich werden, so wie die anderen Herrschaften? Zum Beispiel Spukball, da bist du richtig gut, und das macht dir doch Spaß, oder?«

Da heulte Lorie erneut laut auf. »Jaaa, das hab ich ja versucht-*hicks*, aber Prinzessin Anastasia hat gesagt, das ist, weil i-*hicks* sooo glücklich war, als mich die Ewigkeitsbiene gestoch-*hicks*-en hat. Deshalb bin ich jetzt sooo unglückli-*hicks*. Es hat sich umgekehrt.«

»Wie bei den Brunnenwünschen?«, überlegte Mia.

Lorie nickte. »Ja, aber halt bis in all-*hicks* EWIGKEIT. Lady Lou hat den Ewigkeitsbienenstock ausräuchern lassen, aber für mich war e-*hicks* zu spät.«

»Verdammte Kacke.«

»Ja, richtig Kack-*hicks*-e.«

»Und da kann man gar nichts machen?«, fragte Mia erschüttert.

Lorie zuckte mit den Schultern. »Nee. Wenn wenigstens der Schluckauf aufhö-*hicks*-en würde. Aber du kannst mir auch n-*hicks* helfen. Oder hast du eine verdamm-*hicks*-e Zeitmaschine?«, jammerte Lorie.

Mia seufzte. Lorie hatte recht, sie würde ihr nicht helfen und die Zeit zurückdrehen können. Aber sie hatte eine andere Idee. »Also gut, gehen wir zu den Orakelfröschen.«

»Warum denn da-*hicks* jetzt?«

»Hast du doch selbst vorgeschlagen. Wir müssen rausfinden, ob wir zwei jemals wieder glücklich werden oder besser den Club der trübsinnigen Trauerklöße gründen sollen.«

»Wollen wir das wirklich wiss-*hicks*-en?«

»Ja, wollen wir. Los, wir haben nichts zu verlieren.«

Also machten sich Mia und Lorie auf den Weg zum Seeufer. Es dämmerte bereits, und so war es die perfekte Tageszeit, um den gemeinen Orakelfröschen einen Besuch abzustatten.

Fluchend kämpfte sich Mia durch das sumpfige Schilfdickicht und die sirrenden Mückenschwärme, während Lorie über sie hinwegschwebte. Wie schon bei ihrem ersten Besuch hier saßen die Orakelfrösche auf dem dichten Blätterteppich zwischen Hunderten von rosa-weißen Seerosen. Die lila Streifen auf ihren grasgrünen Körpern leuchteten im Abendlicht. Ihre klebrigen Zungen schnellten im Sekundentakt hervor, um Mücken zu fangen.

Mia schaute unsicher zu Lorie. Ohne Charlie und Paulina war ihr die Sache hier nicht ganz geheuer, aber sie hatten schließlich wichtige Fragen an die wahrsagenden Frösche. Lorie schien ebenso verängstigt, sie schwebte hinab und versteckte sich hinter Mias Rücken. Jetzt wurde Mia auch noch eiskalt.

Es half nichts, sie musste ihren Mut zusammennehmen und die Frösche ansprechen. »Äh, ja, hallo, guten Abend, Orakelfrösche!«, rief sie zu ihnen herüber.

Auf der Stelle hielten die Frösche inne, vergaßen ihren Mückenfraß und reckten ihre Köpfe zu Mia und Lorie.

Ein besonders dicker Frosch hüpfte ein paar Seerosenblätter weiter nach vorne, bis er direkt vor ihnen saß. »*Quak*. Was wollt ihr *Quak*-Fratzen denn schon wieder? Was *quakt* euch ein, uns das Abendessen zu ver*quak*en? Geht, ihr *quak*lichen Kinder. Wir mögen keinen be*quak*ten Besuch.«

»Aber ich, also wir ... haben Fragen an euch ...«, stammelte Mia.

»Fragen? *Quak*. Die *Quak*köpfe haben Fragen? Und ihr

quakt, wir haben nichts Besseres zu *quaken*, als sie zu beantworten? Absolut *quak*lose Aktion. Wie *quak*otisch seid ihr denn? Voll be*quak*t.«

Mia presste die Lippen zusammen und holte tief Luft. Jetzt bloß nicht provozieren lassen. Sie hatte sich genau überlegt, wie sie die Frage formulierte. »Also. Wir wollen wissen, ob Loreley jemals wieder glücklich werden kann, und wenn ja wie?«

Kaum hatte sie die Frage gestellt, verwandelten sich die motzenden Frösche. Eine glitzernde Welle durchströmte sie, und sie wechselten die Farbe von Grün in ein leuchtendes Lila. Gleichzeitig fingen sie erst an zu nicken und dann zu sprech-*quaken*.

Quak, Lorie, das traurige Gespenst, schnief,
gestochen, quak, von einem Ewigkeitsbienchen, im Halse tief.
Ihr Glück verwandelte sich, quak, in endlose Trauer, ach,
kann sie jemals wieder lächeln, quak, ist die Frage danach.

Die Ewigkeit, quak, ist ein endloser Raum, quak,
doch ohne Beginn, quak, sie ist nur ein böser Traum.
Eine Chance wäre, quak, die Zeit zurückzudrehen, wie schlau,
die Freundinnen stehen bereit. Quak, Lorie vertrau!
Gemeinsam können sie, quak, besiegen den Schreck,
die Ewigkeit neu zu schreiben, quak, ist der Weg.
Quaaaak!«

Mia runzelte die Stirn. Was sollte das denn jetzt bedeuten? »Chance« und »besiegen den Schreck« klang ja schon mal gut. Doch von dem Rest hatte sie nur die Hälfte verstanden.

Aber weil sie nicht wie bei ihrer letzten Froschorakel-Befragung wieder die Hälfte vergessen wollte, hatte sie kurzerhand die ganze Prophezeiung mit ihrem Handy aufgenommen. Ob das erlaubt war? Keine Ahnung. Aber wie sollte man sich das denn sonst alles merken? Das Gute daran war, dass sie jetzt gar nicht überlegen mussten, was das Gequake bedeuten sollte, sondern gleich mit der nächsten Frage weitermachen konnten.

Mia räusperte sich. »Ähm, also gut, und dann haben wir noch eine Frage, und zwar, ob ich, Mia Wunder, Tony-Triton, den Sohn des Poseidon, jemals wiedersehen werde. Und ob ein Landmädchen wie ich mit einem Seejungen glücklich werden könnte, also, in Zukunft irgendwann.«

Sie beobachteten, wie eine erneute Glitzerwelle die Frösche durchzuckte, bevor sie wieder im Chor antworteten:

Mia Wunder und Tritony, quak, werden sich finden, wie fein.
In türkisblauen Weiten, quak, bleiben sie nicht allein.
Ihre Liebe kann wachsen, so zart,
quak, wie ihre Herzen, so stark.

Doch ob sie füreinander bestimmt, quak,
so verschieden ihre Lebensräume sind, quak,
hat das Schicksal, quak, nicht entschieden.
Vielleicht sind sie doch zu verschieden? Quak.

Dank Mia Wunders besonderem Talent, quak,
wäre auch möglich ein Happy End.
Doch zuvor muss sie lernen, quak, ihrer Gabe zu vertrauen
und mit dem Dritten Auge, quak, in die Welt zu schauen.

Wunderkind, quak, nimm dein Geschenk,
die Magie dich immer wieder erkennt.
Quaaaak!«

Verwirrt beendete Mia die Tonaufnahme an ihrem Handy und schaute zu Lorie. Das Gespenstermädchen zuckte mit den Schultern. Sie hatten zwar Antworten bekommen, aber ob sie darüber froh sein sollten, war ihnen noch nicht so ganz klar.

Sie beschlossen, trotzdem zu gehen, bevor sich die lila Orakelfrösche wieder in arrogante grüne Frösche zurückverwandelten.

Als sie aus dem Schilfdickicht zurück auf die Uferwiese kamen, waren Mia und Lorie immer noch irritiert von dem Frosch-Orakel. Also liefen sie schnell zurück in Mias Zimmer und hörten sich die Prophezeiungen mindestens tausendmal hintereinander auf Mias Handy an.

Irgendwann waren sie sicher, dass es einen Hoffnungsschimmer gab, sowohl dafür, dass Lories Traurigkeit irgendwann ein Ende haben könnte, als auch dafür, dass Mia ihren Tony wiedersähe. Und so endete dieser traurige Tag doch mit einer gewissen Zuversicht.

Und auch wenn die Prophezeiungen verwirrend und alles andere als eindeutig waren, so hatte Mia doch verstanden, dass sie lernen musste, ihrer besonderen Gabe zu vertrauen.

Bei genauer Betrachtung war es ja wirklich ein großes Geschenk, dass sie dieses besondere magische Talent besaß. Denn sonst hätte sie niemals die gemeinsamen Abenteuer mit Tony erleben können. Und so nahm sie endlich ihre Gabe des Dritten Auges an und freute sich darüber. Es war zwar etwas erschreckend, Gestalten zu sehen, die »normale« Leute nicht sehen konnten, magische Sprachen zu sprechen, mystische Dinge zu erspüren und im Traum zu verreisen, aber es war auch unglaublich spannend und besonders. Doch sie musste unbedingt lernen, das Auge der Erkenntnis besser zu verstehen und mit ihrer magischen Begabung umzugehen.

Deshalb machte sich Mia gleich am nächsten Morgen auf den Weg in Lady Lous Büro und erklärte ihrer Großmutter, dass sie ihre Unterstützung brauche. Sie müsse ihr alles beibringen, was mit dem Dritten Auge zusammenhing.

»Es ist superwichtig, dass ich das endlich begreife. Für mich, für dich und für die Zukunft des Grand Hotel Wunder«, forderte Mia entschlossen.

»*Mon dieu*, meine Güte, Kind, nicht so dramatisch«, mahnte Lady Lou streng, doch dann begann sie zu lächeln. »Da hast du vollkommen recht. Du hast deine Gabe eingesetzt, um das Grand Hotel und uns alle vor großem Unheil zu bewahren. Das war sehr mutig und außerordentlich schlau. Das Dritte Auge ist ein großes Geschenk, und ich freue mich, dass du das nun auch so siehst.«

Doch Mia hatte Bedenken. »Ja, aber ich glaube, bei mir ist es irgendwie anders als bei Mama und dir. Das mit den Traumbegegnungen kennt ihr ja gar nicht, oder?«

»Bei jedem ist das Dritte Auge anders ausgeprägt. Es kann sein, dass nur du dieses Talent besitzt. Oder wir sind einfach noch nie einem Meerjungen begegnet, der uns im Traum besuchen wollte.«

Sie lächelte ihre Enkelin verschmitzt an, woraufhin Mia sofort rot wurde und versuchte, ihre Verlegenheit zu überspielen. »Hm, ja. Aber ich will das alles besser verstehen und beherrschen, und dafür brauche ich deine Hilfe.«

»Also gut, Mia Wunder, wir zwei werden regelmäßige Magie-Lektionen einplanen. Und ich werde dir alles beibringen, was ich in meinem langen Leben über das Auge der Erkenntnis in Erfahrung gebracht habe. Aber ich sage dir gleich, das wird kein Zuckerschlecken. Die ernsthafte Auseinandersetzung mit Magie ist anspruchsvoll und mitunter gefährlich.«

Mia nickte trotzdem. Sie würde alles in Kauf nehmen, um den Umgang mit ihrem besonderen Talent zu erlernen. Es klang zwar etwas beängstigend, aber auch superspannend.

»Okay. Wann fangen wir an?«

Foto © Janine Guldener

Katharina Schöde, geboren in Köln, studierte an der Hochschule für Fernsehen und Film in München. Seitdem realisiert sie als Drehbuchautorin und Regisseurin erfolgreich Kinofilme wie z.B. die Romanverfilmung »Rubinrot«. Zuletzt setzte sie einen der ersten deutschen Filme für Netflix um. Gerade die junge Zielgruppe liegt ihr besonders am Herzen. Katharina Schöde lebt mit ihrer Familie in Berlin.

KARIBU – Ein Verlag der Edel Verlagsgruppe

MIX
Papier | Fördert gute Waldnutzung
FSC® C014496

1. Auflage 2024

Umschlag- und Innenillustrationen: Marco Guadalupi
Umschlaggestaltung: Frauke Schneider
Abbildungen: © Shutterstock.com (S. 9, 147: DigitalMagus, S. 10, 12, 54: Andrey_Kuzmin, S. 220: Shpak Anton)
Layout & Satz: Uhl + Massopust, Aalen
Druck: GGP Media GmbH, Pößneck
ISBN: 978-3-96129-343-8
Printed in Germany
www.karibubuecher.de